我們的語言

應用／爭議／修辭

語言

Our
Language
Application,
Argumentation
and Rhetoric

紀蔚然

目次

序言

語言的日常生活

真正懂得閱讀始自一面吸收文章內容、一面琢磨書寫方式（用字遣詞、標點符號、論述邏輯、組織結構），其過程慢如龜速、甚至走兩步退三步，但受益良多。然而，編寫舞台劇本多年後方才了解，早於學習文字藝術之前，我已無意識領略言談的藝術。幼時不懂人情世故，亦不察複雜人際關係，但從大人之間談話以及與他人互動，我一直在揣摩話語的意義及其流露的情緒。這份技能，或說求生之道，每個人自小便已具備。

我一直對語言感興趣，卻從未認真鑽研，直到四、五年前。不過一旦一頭栽進，立即面臨取捨問題，只因這個領域範圍之廣、分門別類之雜，令人不知從何著手。過程中體察兩件事實，其一，過去對於語言的直覺多半是錯的，正如傳統智慧多半有待商榷；其二，關於語言，沒有一個面向不具爭議，這些爭議至今尚未止息，未來亦難有落幕之日。

語言擾人之處在此，迷人之處亦於此。

哲學家看語言

很難遇到哲學家不對語言發表意見，所示洞察多半艱澀深奧，不易明瞭，卻魅力十足。且看底下這首詩，粗譯自德國詩人喬治（Stefan George）之〈詞語〉（"The Word"）：

來自遠方的幻奇與夢
我帶回祖國岸邊

俟至暮光下的女神
自井底取出名稱——

我遂能緊緊持擁
它於是盛開發光往前拓展……

有一回我快樂出航後返鄉
得到一份禮物豐盛而脆弱

女神找尋良久後傳訊
「深井裡找無此類名稱。」

它瞬間從我手中消失。
寶物因此無緣為我鄉土增光……

我於是放棄並哀傷地看透：
詞語斷離時無一物存在。

詩人提及兩次旅程，兩次均有所獲。第一次，命運女神在井底找到適當的字詞為「幻奇與夢」命名，詩人因而感覺踏實，以致能與國人分享這趟奇遇。然而，第二次女神卻找不到相對應的名稱，寶物因此化為烏有，詩人哀嘆之餘，領悟一個道理：沒有語言，事物無法現身。

德國哲學家海德格（Martin Heidegger）反覆分析此詩，藉以鋪陳他的語言觀。西方一般將語言視為傳遞訊息的工具；據此，語言只是服務某個目的之手段。但海德格認為，人類經驗語言的歷程較像是語言擁有人類，我們只是透過它創造意義罷了。因此：

> 語言不只是人類眾多工具中的一項；反而，它授予〔人類〕置身於存在的邊闊。有了語言，才有世界……唯有世界發揮作用，才有歷史……語言不是任由人類使用的工具，而是促成人類達到最高可能性的事件。

詩中，兩次遭遇代表詩人理解語言的兩種層次。於第一層次，詩人的任務是為事物命名，找到貼切的詞語和世人分享經驗與想像；然而於第二層次，語言讓他失望，「寶物」因無言可喻當即消失，遂悟及語言不只是命名的工具，還關乎事物是否存在。表面上，此作觸及詩人和語言的關係，詩人仰賴語言表達感受。但誠如標題「詞語」所示，那個無法命名的寶物即「詞語」本身：語言並非實體，也不僅是指涉事物的符號，而是「詞語使一個東西成為東西」。從這個角度來看，第二次經驗並非「失敗」，而是更深層次體會語言的本質。海德格認為語言乃存在的居所（house of being）。我們活在語言裡；我們的存在以及所做的任何事，皆不脫語言的統轄。

如此語言觀有其魅力，觸發想像。海德格要我們從存在的角度「經驗」（experience）語言，但談何容易。在我充分理解他看待存在的方式，並基本認同他的思想體系之前，實難以此方式感受語言。

我對眾多哲學家語言觀的想法是：一方面個人色彩濃厚而流於玄妙，另一方面境界深遠，無能企及。本書不行此道，只想依個人能力與興趣分享幾個關於語言的基本概念。語言可以神奇詭祕，可以平易近人，我較關心它的日常生活。

完美語言

　　人們不時埋怨語言，不懂為何規則多如牛毛，例外亦復如是。有些用法雖不甚合理，卻是約定俗成。我們不明白為何一字多義，一字一義不是更有益人際交流？為何同音不同字，一音一字不是較好區分？

　　然而，邋遢是語言的本色。沒有一個自然語言——自然而然隨文化衍生的語言——是完美的，但我們總期望它完善無瑕。以英語為例，大西洋兩岸不乏抱怨人士。美國語言學家雷德爾（Richard Lederer）表示，語言愛好者很早以前一直為糟糕的拼字與發音感到悲傷，而英國文豪蕭伯納（George Bernard Shaw）也對拼字牢騷滿腹，認為國人不尊重自己的語言，以致字形與字音之間的對應亂無章法。蕭伯納曾為文鼓吹拼字改革運動，並高懸獎金公開徵求一套完全符合 42 個發音的字母系統。

　　然而文字跟著話語而來，出現的時間晚了很久。人造的文字利用話語系統，讓視覺（字形）與發音之間的關係有邏輯可尋。然而歷經代代傳遞，話語產生了變化，字形亦跟著變化，不只文字符號本身變了樣，它的意義亦隨之轉換。有些英文拼法或可從字源（古希臘語或拉丁文）找到脈絡，有些卻真的純屬約定俗成，沒道理可說。

　　如上怨言雖然無聊，卻透露西方世界長久以來渴望擁有完美語言。關於這點，義大利學者兼小說家艾可（Umberto Eco）撰寫了一部有意思的書，《尋找完美語言》，講述西方追尋（找回）完美語言的過程。自中古世紀至文藝復興期間，很多人相信《聖經》裡伊甸園使用的語言乃完美語言，但失樂園（the Fall）與巴別塔（the Tower of Babel）之後，人類的語言因訛誤而愈加失真。且聽艾可怎麼說。

　　《舊約・創世紀》，神說「要有光」，於是有了光。上帝以這個方式創造天地。這意味上帝以「言說」創造了宇宙，透過命名創造了

萬物:「神稱光為晝,稱暗為夜……神稱蒼穹為天。」創世紀第二章,上帝第一次和人類說話,告訴亞當人間天堂之豐盛富足任其支配,惟禁食分別善惡之樹的果實。沒有人知道上帝用什麼語言跟亞當說話,傳統的解釋是「內在發光」(interior illumination)。果真如此,它無法轉譯為任何所知的語言,不過「透過恩寵與特許」,亞當足以理解。接著,「神用土所造成的野地各樣走獸和空中各樣飛鳥都帶到那人面前,看他叫什麼……那人便給一切牲畜和空中飛鳥、野地走獸都起了名」。

原來亞當是命名者,人類語言的創始者。但是我們無法知曉他以什麼基礎為飛禽走獸命名。一種解釋說亞當以「牠們的名字」為牠們命名──聽起來像是廢話;欽定版《聖經》描述「那人怎樣叫各樣的活物,那就是牠的名字」,似乎也幫助不大。因此,亞當的命名方式有兩種可能性。其一,亞當隨興起名,這武斷的語言標籤一旦貼上,便從此和實體(如雞鴨牛羊)分不開。或者,亞當根據實物的本質為其命名。換言之,雞鴨牛羊之所以為「雞鴨牛羊」,因其本質為雞鴨牛羊,他的語言並非輕率隨意,而是直搗事物核心。

創世紀第十一章開篇這麼寫:「那時,天下人的口音、言語都是一樣。」可惜人類基於虛榮,妄想與上帝平起平坐,於是協力打造一座通天塔。為了懲罰人類的傲慢,上帝決定破壞計畫,對天使說:「看哪,他們成為一樣的人民,都是一樣的言語,如今既做起這事來,以後他們所要做的事就沒有不成的了。我們下去,在那裡變亂他們的口音,使他們的言語彼此不通。」之後,人們「各說各話」無法溝通,巴別塔蓋不成後分散四處,此為世上萬千語言之緣起。

然而艾可注意到一個問題,建議我們回頭看第十章。大洪水後,諾亞的子嗣紛紛向外遷徙,「這些人的後裔將各國的地土、海島分開居住,各隨各的語言(languages)、宗族立國」。之於含(Ham)與閃(Shem)的後裔,也以近似詞語描述。我們該如何理解其中矛盾?

第十一章明確指出巴別塔之前只有一種語言，但前一章卻說諾亞的後裔「各隨各的語言」。一般解經大都對此略而不提，頂多加注所謂「各隨各的語言」乃同一語言之方言，並非全然不同的語言。然而艾可認為，第十章使巴別塔傳奇露出破綻。果若語言於諾亞之後已現分歧，或許諾亞之前早有跡象？如果語言分歧乃自然而然的發展，為何非得解釋為一種詛咒？

巴別塔的故事極富戲劇性，深入人心，彷彿難以療癒的創傷，才因此種下重建完美語言的願想。

一長串的失敗史

中古世紀神學家聖奧古斯丁（Saint Augustine）心中有個理想語言，其組成物不是字詞，而是萬物。他將世界看作一部由上帝親筆寫下浩瀚之書，只要懂得如何閱讀，便可理解暗藏於經文裡的密碼，從「植物」、「石頭」、「動物」等文字符號裡找到象徵意義。然而「世界之書」少了解讀之鑰，以致無人可懂。為了找到這把鑰匙，自中古世紀迄今，西方人尋尋覓覓，盼能從象形或其他表意符號找尋線索。

例如，十七世紀時一群愛爾蘭文法家主張口說的蓋爾語（Gaelic）遠較書寫的拉丁文接近巴別塔之前的完美語言。於一篇論述，他們提及巴別塔由九種材料構成，正吻合蓋爾語之八大詞類（名詞、人稱代名詞、動詞、副詞、介副詞、連接詞、介詞、感嘆詞；但艾可指出，有九種材料，為何少了一項詞類？）換言之，蓋爾語結構吻合巴別塔建材，因此分歧之後，現存語言裡它最接近理想語言。然而，《聖經》從未描述巴別塔外觀，更遑論所用建材，其樣貌乃後人想像繪製而成，毫無史實根據，愛爾蘭文法家的說法當然是胡扯。

找回世界通用的單一語言，猶如尋獲失落的聖杯一樣，注定以失

敗收場，但人類仍前仆後繼。美國小說家奧斯特（Paul Auster）《紐約三部曲》之首部描述一個推理小說家受僱保護一名年輕人，年輕人的父親為語言學教授，曾將兒子禁閉於密不透光的暗室長達九年，希望兒子因此說出人類的原始語言。男孩的處境曝光後，父親被關進瘋人院。十三年過去，父親出院了，年輕人相信父親必將找上門來殺了他和妻子。權充偵探的作家先行找到那名教授，兩人之間有一段對話。老教授聲稱即將找到通向所有密門的萬能鑰匙，屆時必可找到新的語言，一種與世界完美連結的新語言。

故事純屬虛構，真實世界這種瘋子不多。然而人類歷史裡，不少人抱持同樣理想，所幸他們不虐待別人，只折磨自己。《人造語言的國度》作者奧克倫特（Arika Okrent）指出，語言並非人類最偉大的發明，因為它並非經過特定設計，也不是由哪位賢達人士所創：「語言就這麼發生了。它們冒出來。有人以某種方式說了什麼，另一個人跟著採用；曾幾何時，一個系統就成形了。此為洋涇浜（pidgins）、俚語、方言誕生的方式，亦為英語、俄語、日語誕生的方式，也是任何自然語言誕生的方式——有機而自發。」

然而，人們總是不滿現有語言，對理想語言執迷不悟。於 900 年間（西元 1110-2010 年），西方總共出現 900 種人造語言。約莫自十七世紀起，一票人畢其生之力，醉心於發明通用語言（universal language）。但他們不再回頭找尋亞當的初始語言；受科學革命影響，尤其是數學符號帶來的靈感，他們企圖發明全新、完美的人造語言。例如，貝克（Cave Beck）以數字取代文字，且每個數字都有指定發音，例如數字「7」的發音為 "sen"：

　　　1 = 放棄

　　　2 = 使羞愧

　　　3 = 減輕

742 = 編織

2126 = 瞪大眼睛的

2654 = 腹部鬆垮

十誡之第五誡「當孝敬父母」，依他的系統為：

leb 2314 p2477 & pf2477.（數字之前的字母用以標示詞類或
文法，如時態與性別。）

其正確發音為：

Leb toreonfo, pee tofosensen et pif tofosensen.

毫無疑問，貝克的系統比自然語言還難，而且一點也不完美。

自十八世紀末期，人造語言之大業轉向了。全球接觸愈趨頻繁
後，發明者為了解決各地語言分歧，企圖創造有利溝通的國際語言
（international language）。受比較文字學影響，一些人企圖在各種語
言之間找到共同根源，並以此為基礎建構通用語言。有些則捨棄文
字、以符號代表概念，例如布利斯（Charles Bliss）所創之符號系統：

情感　　快樂　　悲傷　　驚奇　　懷疑　　愛

「雨水」是水的符號加個向下的箭頭：

雨水

其他和液體有關的概念，皆以水的符號為基礎：

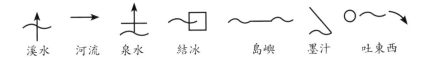

布利斯宣稱這些圖像符號任何人都可輕易學習。涉及具象物件或許如此，然而一旦超出這個範疇，可就沒那麼容易了：

（⌒島嶼＝精神，━＝否定的）

悲傷的符號右邊多出「精神否定」（心情負面）的組合，最後還有個驚嘆號，你猜什麼意思？沮喪？放棄？抑或⋯⋯？布利斯說它代表「羞恥」，任誰也猜不著。光從這個符號便知，布利斯符號系統有其武斷之處，和其標榜的普遍性差遠了。

　　來到二十世紀，英語已是通行全球的國際語言，因此有些人認為當務之急是簡化英語。所有計畫中以奧格登（C. K. Ogden）的《基礎英語》最受矚目。奧格登反對不規則複數形式及時態變化，且贊成改良拼字，不過由於後者工程浩大，只能留待獨裁者執行。奧格登的主要改革是將英語字彙縮減至850字，動詞幾乎刪光，改以輕動詞（light verbs）表達，例如：

> "disembark"（下船）：改為 "get off a ship"
> "tolerate"（容忍）：改為 "put up with"
> "remove"（拿走）：改為 "take away"

簡單解釋，輕動詞（如 do, get, put, take, come, go, have, give）為不具風采、特色之功能性動詞。

奧格登之簡化版獲得邱吉爾（Winston Churchill）支持，後者甚至向美國羅斯福總統推銷。克倫特指出，「基礎英語」或許對初學者有益，但到了 1940 年代，人們對於任何人工語言皆抱持戒心，甚至嗤之以鼻，將這些發明者全都視為「庸醫」。

失敗的前例比比皆是，為何總有人樂此不疲？克倫特和艾可咸認，原因出自對現有語言不滿：不是過於繁瑣，就是不夠精確。殊不知自然語言之邋遢本色為語言帶來彈性與勁道，使語言不只是溝通的工具。語意曖昧及其所欠缺的精確度，在在容許語言成為思慮形塑的媒介，不但有利於實驗，更讓傳達意義成為摸索的過程，並非硬邦邦成品。人際交流涉及雙向協商，其中免不了詮釋與臆測，少了這些心理活動，還有啥樂趣可言？

因此，克倫特說，曖昧或模糊不是缺點，而是語言具備彈性的特色，而彈性正巧符合人類思考模式：有誰能於說話或書寫時完全洞察心裡的意念？

若非得改善自然語言不可，只有獨裁者辦得到，不過屆時將是語言的災難。

應用、爭議、修辭

本書內容分應用、爭議、修辭三篇。爭議、修辭兩篇在初始設計之內，應用篇則是研究過程裡的機緣湊巧。

很慚愧，身為英文作文老師，教書時從未細讀任何一部英語寫作指南。我從來不跟學生談論題（thesis statement）或主題句（thesis sentence），也不談分段原則以及論述該如何延展。換言之，完全亂教。記得於臺師大英語系任教期間，有一次以校外教學之名，帶學生到剛開張的京華城，要他們進裡面逛逛，下週交一篇「京華城遊記」。同學在裡面逛百貨，我在外面喝茶，如此這般，一堂課就這麼解決了，同事得知後無不讚嘆我混功一流。

　　蒐集資料期間，突然回想就讀輔仁英語系時一位有恩於我的老師，以及他教作文時採用的教材，《風格的要素》。當時雖不夠用功，卻也從老師與書中獲得不少關於寫作的啟示。緬懷之餘重新買了一本，一字一句研讀，才發覺有些規範至今依舊堪用，有些早已過時。為了弄清楚原因，從這部經典翻到另一部經典，如此延伸。透過這些書籍，到了這把年紀才終於直面困擾許久的書寫問題，尤其是中英文標點之間的差異，因此決定另闢應用篇，跟各位分享我的理解與困惑。

　　爭議篇主要介紹語言學界的成果，特別是針對基本概念長久以來的辯論。對於語言學，我是門外漢，這部分只能說是一個業餘研究者的心得。於此之前，我對語言的認識一半來自經驗累積，一半來自文學詮釋的訓練；可以說，多半從修辭的角度看待語言。然而投入語言學之後，方知另有天地，雖非以己之力所能徹悟（過於形式主義的論文猶如天書），但即使淺嘗已獲益匪淺。語言學改變我對語言的觀念，諸如母語的定義、雙語教育之成效、語言與認知的關係、語言與思考的關係等等。

　　認知心理語言學家平克（Steven Pinker）指出，一般人心目中的語言如下：

1. 語言是人類最重要的文化發明，為人類有能力善用符號的最佳範例。
2. 語言滲透思考；不同的語言導致建構現實的不同方式。

3. 小孩從大人那邊習得語言。

4. 語言因時代變遷而一代不如一代，不是教育制度未盡責任，便是文明的墮落。

5. 英語不但反邏輯且荒唐可笑，它的拼法亂七八糟，且因教育體制不察，才使「讀音如拼字、拼字如讀音」的理想無法實現。（註：且將「英語」視為所有語言的代名詞，因為世上任何一種語言終躲不過使用者的埋怨。例如，漢語拉丁化於 1900-1930 期間呼聲不斷，倡議者認為漢字繁瑣，不利現代化。）

以上觀點全錯，平克如是說。他認為語言乃人類與生俱來的本能，並非文化產物。關於此點及其他議題，另一派學者持不同意見。本篇以淺顯方式為讀者整理兩方論點，其間不免穿插個人看法與傾向，但中立的基本態度始終如一。理由很簡單，語言學以科學研究自期，一切端賴證據，因此鐵打的證據出現之前，各派說法皆值得參考。

修辭篇討論語言的藝術。小說、詩歌、劇本充滿修辭，任何一篇涉及詮釋的文章字斟句酌的亦離不開修辭，好的範例俯拾皆是。因此，本篇涵蓋的議題以一般讀者為考量，涉及基本概念。

本書內容可無限延伸，畢竟語言的話題扯不完，由於能力有限，只能觸及冰山一角。看似藉口，卻為實話。

主要參考書籍

Eco, Umberto. *The Search for the Perfect Language*. Oxford: Blackwell Publishers, 1995.

Okrent, Arika. *In the Land of Invented Language*. New York: Spiegel &

Grau, 2010.

Pinker, Steven. *The Language Instinct*. New York: Harper Perennial, 1994.
（《語言本能》。洪蘭譯。台北：商周出版，2015。）

應 用 篇

1. 假如我教小朋友英文

　　教育部於 1998 年「九年一貫課程綱要」將英語列入國小正式課程，訂於 2005 年自小學三年級起實施英語教學。在這之前台北市早已偷跑，自行於 1998 年（87 學年度）起從小三開始教英文，到了 2002 年（91 學年度）更回推至一年級。隨後幾年，其他主要城市如基隆、新北、桃園、新竹、台中、嘉義、台南、高雄乃至新竹縣等地，小一便有英語課了。

　　在我的年代，折磨來得晚些，上了初中才有這項科目。

　　小學畢業那個暑假，母親把我押到一個老師家裡，和其他同齡小朋友一起接受英語家教。「聽說他很有名，」媽媽這麼說。事後回想，那位老師的教法很怪，上完 ABCD 26 個字母後，便在黑板左半邊畫出包含 42 音的 KK 音標，圖表自此長駐，接下來一個半月只教音標：何為母音、子音，什麼是短母音、長母音、組合音，以及無聲子音和有聲子音的差別等等。他讀出聲，我們跟著唸，如此反覆練習，課堂宛如佛堂，無聊到靠背。（那時小孩子不許「哭爸哭母」，無異詛咒父母早亡，如今醫術發達，年輕人放心得很，百無禁忌。）

　　到了學校才知，那位老師力教的音標只出現於課本的單元附錄，供輔助教學所用，進度趕不及時略過無妨。看來母親白花了辛苦從麻將桌上贏來的鈔票，而我則因此缺席了好幾場彈珠大賽。學校老師也教音標，但毫無系統可言，只把重點放在解釋 "This is a book" 並要求背下單字，音標則順便帶過。沒學過音標的同學怎麼辦？當然只好以ㄅㄆㄇㄈ或中文來標示發音："this" 是「ㄗㄙ」，"book" 為「不可」。

或許我有點語言天分，英語學科從初中到高中不用特別努力便能過關。然而我想真正原因是那個暑假、那位不苟言笑老師的「音標集中營」，為我日後學習打下紮實基礎。因為他，我明白要學懂一個生字之前，得先查明它的音標，一旦知道該字如何發音，其拼法便相對好記；只要記住母音與拼字的一般通則，不難猜出一個字的組合。英文裡，一個字的發音和長相是接近的。中文不然，有大半字形與發音之間無內在邏輯可言，只能強記，因此對初學者來說難上加難。

　　你或許抗議：中文大多為形聲字，怎能說字形和發音沒關聯？形聲字為漢字一種造字方式，於象形字、指事字、會意字的基礎上形成，由表示意義範疇的意符（形旁）和表示聲音類別的聲符（聲旁）組合而成。形聲字種類繁多，如左形右聲（材、偏、銅、凍、騎）或右形左聲（攻、頸、削、瓢、領），又如上形下聲（管、露、爸、芳、崖）或下形上聲（架、案、慈、斧、貢）。然而，隨便舉個形聲字為例：「刎」該如何發音？首先我們要確定它為左聲右形，因此發音和「勿」相近，但「勿」本身不會提示我們如何發音，即便知道「勿」的發音，第一次學習此字的人無法猜想「勿」右邊加個「刂」旁，發音為「ㄨㄣ」，而且是三聲「ㄨㄣˇ」。

　　總之，能說能讀中文但不會寫的例子不少，但能說能讀英文卻不會寫的，我沒遇過。

　　假如我必須教英語，我只想教小朋友（九年級以前）。成人若無法自學，八成沒救了，教法再好，也勢必敗給之前學習的挫折與排斥心。

　　假如由我教小朋友英文，我會從音標開始，而且花很長時間教音標，直到他們看到母音、子音符號便能發出正確讀音。教他們發音同時，佐以單字示範，這些單字最好抽取自學校課本，以免學生（尤其家長）覺得我所教和學校所學是兩碼事。

　　我的教法以音標為主、單字為輔。音標教學要求學生了解字母和

發音的關係，其終極目標不外是：遇到任何生字，只要知道發音，便能寫出音符並標示輕重音位置，例如：

phonics /ˈfo.niks/（音標）
combination /ˌkɒm.bɪˈneɪ.ʃən/（組合）

反過來也行，他們可試著從音符組合推敲一個字的拼法，並於過程裡認出模式及其例外。如此一來，背單字因有規則可循簡單許多。整個教學過程冗長、重複——打好基礎至少得花個把月——熬不過來的學生只能另請高明，而迷信「快樂學習」的家長可千萬別把孩子送來受苦。

迪克與珍

以上雖基於個人學習經驗，倒不是胡亂瞎說。

以美式英語教學為例，提升學生閱讀能力該如何下手，美國幼教界爭論不休，持續打著一場閱讀論戰（the reading wars）。這段歷史得從十九世紀說起。

自 1830 年代至二十世紀初期，美國小學大體採用由麥古飛（William McGuffey）編寫、以音標為主的教科書。然而進步年代（Progressive Era, 1896–1932）期間，教改者認為麥古飛那套枯燥且過於教條，老要小朋友做乖寶寶，向他們灌輸「國父華盛頓小時向父親坦承砍倒了櫻桃樹」一類的雞湯故事。他們提倡較為簡單的教法，主張教材應貼近小朋友的日常生活。第一次世界大戰後，出版商開始根據教改者（包括哲學家杜威，John Dewey）所倡議的方式設計教科書，其結果即「迪克與珍」（Dick and Jane）系列。

到了 1920-30 年代，此系列已大致取代麥古飛的教材。它的特色是平易近人，尤其生動活潑的插圖頗能吸引小朋友的目光，但最大不同在於：音標不見了，孩童無須學習無聊透頂的音標。相對於音標教學，這套方法為「看—說」（look-say）教學法，其基本方式即要求學童反覆學習一個單字，直到記住讀音和拼法為止。

1955 年弗萊施（Rudolf Flesch）出了一本「憤怒之書」，《為何強尼不能閱讀：而你該怎麼做》，指控「看—說」教法誤人子弟，堅持紮實的音標教學才是正道。書中的強尼能說 "kid"，也知道意思是「小孩」，但已經十二歲的他看到印刷的 "kid" 卻認不得。弗萊施認為此為不教音標的惡果。要是強尼學過音標，知道字母 "k" 和 "d" 與音標 /k/ 和 /d/ 實為一體，且字母 " i " 在音標通常發長音 /i/ 或短音 /ɪ/ 並依此類推時，認識這個字和其他字便不難矣：只要小孩了解每個音節和字母的對應通則，很快便能學習閱讀。總而言之，他認為「迪克與珍」害人不淺。在一封寫給強尼母親的公開信中，幼時隨父母移民美國的弗萊施直言道：

> 妳知道我在奧地利出生與成長。但妳可知在奧地利沒有閱讀輔導課程？妳可知德國、法國、義大利、挪威、西班牙——幾乎除了美國以外的國家，沒有閱讀輔導課程？而且妳可知三十年前的美國，也沒人聽過閱讀輔導課？妳可知在美國，教導學童閱讀從來不是個問題，直到 1925 年起改採目前的〔「看—說」〕教學法？

這本暢銷書雖然獲得許多家長認同，但當時掌控教材的相關人士卻不予理會，其理由或許給弗萊施說中了：教科書可是一筆龐大生意呢。

到了 1960 更開放的年代，音標教學倡議者跟隨弗萊施的腳步，呼籲全面教改。此一陣營指出「迪克與珍」的缺點：以白人中產階級

家庭為主的教科書對弱勢族群的小孩不利；他們家沒院子、養不起寵物、不過聖誕節。更關鍵的是他們的父母「窮忙」，多半無暇陪孩子讀書、做習題。因此，較無階級色彩的音標教學才是所有孩童邁向自主學習的不二法門。

浸潤教學法

如此紛爭之下，美國小學自 1980 年代起出現「一國三制」。一是看圖認字，即「看一說」教學法，二是從音標打底的教學法，最後是蔚為主流的「浸潤教學法」（immersive method），源自古德曼（Ken Goodman）教授「整體語言」（whole language）理論，讓學生透過大量接觸書籍學習閱讀：認識一個字，用不著死記它的音標和拼法，而是透過句子的脈絡理解字義。

說穿了，浸潤法就是混合前面兩種教學之折衷版，但事實證明效果不彰，某些學童仍有閱讀障礙，且根據 2017 年統計，美國成人裡只有 48% 算得上是純熟的閱讀者（proficient readers），而四年級學童（9-10 歲）的閱讀能力於世界評比只排名第十五。

問題出在哪裡？

浸潤法也教音標，但只教一點。然而，一點音標等於沒音標。

鼓吹音標教學的陣營堅持於初級階段，音標必須每天教、反覆地教、有系統地教；老師必須在課堂花上一半的時間教音標。要之，「整體語言」的方式是讓學生從句子和敘述脈絡「猜測」一個字的意思，音標教學法則是提供學生「解讀」拼法與字義的利器，類似於摩斯密碼。

2018 那年專題報導記者漢福德（Emily Hanford）透過電台指出，很多學校無視科學證據，依舊忽視音標教學。此舉再度點燃閱讀論

戰，音標與浸潤兩邊各有激情的擁護者。就我目前觀察，音標教學在輿論界占上風，至於實務作法是否順風跟進則有待觀察。

2021 年 6 月美國版《經濟學人》刊出一篇文章，標題直接了當寫明「美國學校教閱讀的方法全錯」，並於首句道出重點：「音標，一個音節接一個音節地發出字的聲音，乃教導孩童的最好方式。」隔沒多久，語言學家麥克沃特（John McWhorter）於 9 月 3 日於《紐約時報》隔空唱和：「……事實是，音標，尤其是恩格曼（Siegfried Engelmann）所開創的直接教法（Direct Instruction method）是有效的。對所有小孩都有效。」（直接教法針對小量教材，設定明確方法和目標，不急著要求孩童既要學語言還得兼顧文化、歷史、道德等等。）

初階英語在台灣

麥克沃特認為「看─說」教法不致令所有學生困擾，但它通常只對家庭有閱讀文化的小孩有效，因為閱讀習慣較易以耳濡目染的方式傳遞給他們。對那些沒成人陪讀的小孩，這個教學法就有點冒險了，因為它不是一套通曉後便可自學的系統。麥克沃特是指貧困家庭的小孩，以及家長不諳英語的移民家庭。由此類推，對於將英語當作外語學習的孩童來說，「看─說」教法同樣不理想。

台灣怎麼教初階英語？從我升上倒數第二屆初中那年（1966）到現在有什麼轉變？當今初階英語課程有沒有教音標？

以「台灣有沒有教音標」在網路搜尋會跑出很多資料，大多是一些「專家」（尤其是英語教師）的意見，例如：

> 近年許多老師主張改用「自然發音法」（phonics；也叫「自然拼讀法」）。

> 套用到英語發音上頭，自然發音法（也有人稱作字母拼讀法，phonics），就是類似中文「有邊讀邊，沒邊讀中間」的直覺式唸法。

以上都是胡說八道。嚴格來說，「自然發音法」稱不上是音標。我猜它指的是，看到字母 K 便可猜想它的發音類似ㄎ，而字母 B 的發音類似ㄅ，因此「自然」。然而，這套方法用於子音或可蒙混，若遇到雙子音或母音則多半派不上用場。

音標教學有兩種方式，一種是我所認同「系統的、明確的音標教學」，另一種是浸潤法所採取「順便的、隱含的音標教學」。前者直接教發音系統，教到學生滾瓜爛熟為止，後者則是課文裡出現哪些字，才順便教那些字的音標。台灣初階英語教學所謂的「自然發音法」兩種都不是，仍停留在已遭淘汰的「看—說」教學法，完全沒音標。

「自然發音法」不是音標，因此絕不能說它是phonics。「看—說」的特色就是不管 phonics，著重於認字。美國人可以這麼做，因為英語是母語，多數孩童都能說了不是嗎？而我們的小孩不會說英語，你不教音標打下基礎，如何融會貫通、事半功倍？

再看下列文字：

> 不過，KK 音標不教或很少教以後，又衍生出許多問題：學生更沒有正確發音的可靠依據。如今這場 KK vs. Phonics 的論戰方興未艾，吵鬧不休。到底學英文的音標，應該使用 KK 音標還是 phonics ？

作者將音標教學紛爭形容為「KK vs. Phonics 的論戰」，可謂荒謬至極。若真有論戰，也該是 "KK Phonics vs. Look-Say"，或者更直截了

當「KK 音標 vs. NO 音標」，因為所謂「自然發音法」就是「無音標」。有個 YouTuber 大放厥詞，在影片中宣稱「KK 音標是自然發音法的改良版」，我差點沒昏倒。

KK phonetic system 為美國標示字母發音的符號系統，正如 IPA（International Phonetic Alphabet）指的是國際（萬國）音標系統，兩者無好壞之別。有人以為學了 KK，講起英文來便十足美國腔，國際音標則導致英國腔，全屬無稽之談。所有英語音標系統基本發音都一樣，只是符號不同罷了。

一名孩子剛上國中的家長曾問老師，是不是該教音標了？那位老師答道：「我們一直有教音標啊！」家長的問題沒錯，但老師錯了，他誤以為「自然發音法」是音標的一種。

有人教音標嗎？

以 2022 年康軒英語教科書為例，所有初階英語皆採用「看一說」，以看圖學單字的方式教小朋友：

Good morning!
I'm Andy.
I'm 7.
I'm a boy.
I'm tall.

這些教材裡看不到音標符號。有些人或許認為，小學生嘛，音標可以晚點再學。但據我了解，目前台灣國中正規英語教育體系裡，幾乎沒有老師系統性地介紹音標。如前所述，1960 年代學校的老師只偶爾

教些音標。我詢問一名 1996 年起上國中的男士，他說「記得國一剛開始老師有教一些音標」，再問小他十歲的太太，她說 1999 年小一開始學校就有英文課但老師沒教音標，音標是國中在補習班學的。

我們似乎看到一個趨勢：台灣初階英語教學，從我的年代到二十世紀末期，學校有教音標，但屬補充教學，教不教或教多少隨老師高興；然而到了二十一世紀，音標消失了，由「看一說」教學法取而代之。如此發展頗為諷刺，正當音標教學於美國逐漸抬頭，它卻在台灣初階英語課程一步步消失。

今天你可以在書店買到音標教材，但多半用於補習班，少數由家長購回自主教學。〈自然發音或 KK 音標哪個好？〉這篇文章作者認為，能夠正確無誤地看懂音標非常重要，不過：

> ……學習 KK 音標，對國中階段學生合適，但是對幼兒不合適。KK 音標是抽象的符號，「形」與「音」分開，而且有的符號與英文字母長得一模一樣，唸法卻不同。對具有邏輯、抽象思維，處於形式運思期的國中生來說，同時學英文字母和 KK 音標不是難事。

> 但現在小孩學英語的時間提前到小學甚至幼兒階段。才剛開始接觸注音符號，又要學英文字母，若再加上 KK 音標，小孩搞不清楚注音符號的「ㄨ」和英文字母「X」是「意料之事」。

> 自然發音法顧名思義「很自然」，就是看到字就能唸，不需再另記一套系統，對還不能掌握抽象概念的孩子來說，學自然發音的確比學 KK 音標更實用、省力。

文章最後，作者提到一位應用外語系教授，因為她同樣認為先教自然發音再教音標較為適合。

在學習方面，作者和那名教授顯然主張先甘後苦，我則以為不如先苦後甘。雖然沒有初階英語教學實務經驗，所持立場卻有學理根據。

首先，要教音標就得趁早教、一鼓作氣地教，尤其在孩子們尚未來到「形式運思期」之前，不妨填鴨地教。理由很簡單，這時阻力最小。對小朋友來說，任何東西在他們理解消化之前都是抽象符號，一面接收、一面解讀是他們出生以來一直運作的工程。對他們來說，ABCD和音標一樣都是抽象符號，既然字母能學會，音標沒有學不會的道理。更何況，誰說音標教學一定乏味至極？在我設想的音標集中營，我會搭配適合的卡通影片，如早期迪士尼動物短片，先教片子裡出現的單字，接著是句子，最後播放影片。

更重要的，根據認知心理語言學多年研究成果，學習語言的能力只有越來越弱，不會越來越強。可以這麼比喻：把小孩丟到荒野，他的求生能力不及成人十分之一；把他丟在新的語言環境，他的適應能力卻是成人十倍以上。學習語言和學習理性思考的運作方式不同，就語言學習而言，越小越厲害，越老越遲鈍。

如果台灣真要搞雙語教育，如果我們的孩子小學時期就得學習英語，系統性音標教學就像注音符號或日文五十音一樣，是不能避開的。成功推廣英語為第二語言，少不得兩個必備條件，一是環境（「看一說」或浸潤法靠的是環境），另一是打底（音標）。

台灣沒環境，再不打底恐怕事倍功半了。

主要參考書籍

Flesch, Rudolf. *Why Johnny Can't Read—And What You Can Do About It.*
New York: Harper and Brothers, 1955.

2. 語言學習關鍵期

　　搬來淡水不久便認識一名可愛的小男孩，將滿兩歲卻不會說話，仍在呀呀發聲的階段。和他互動時覺得認知問題不大，深入了解後方知媽媽平常不太跟他說話，只顧滑手機，而且不知從何聽來的偏方，每天播放英語、法語、日語 CD 給孩子聽，以為這就是多語教育。

　　近日小男孩上了幼稚園，接受評估後多項表現遠遠落後同齡小孩，語言能力為其中一項。雖然醫師及身邊友人多次提醒父母必須重視此事，兩人卻不願面對現實。他們有所不知，若不及時挽救，這孩子即將錯過時機。一個人學習語言有幾個重要階段：

　　　關鍵期：0-13 歲。
　　　黃金期：0-5 歲。
　　　語法爆炸期：3 歲。（小孩無師自通，已粗略掌握語法訣竅。）
　　　衰退期：12-13 歲以後。（學習新的語言較為吃力。）

母語不用教

　　小孩從出生到兩三歲如何習得母語，我們只覺得神奇，卻說不出道理，也因一知半解甚或不知不解而有不少迷思。

　　母語的概念複雜且涉及自我（族群）認同，不是三言兩語說得清。

簡單解釋，母語即一個人襁褓期間接觸的第一語言，而不是他上學或成長後學到的語言。如果因某種因素，這孩子長大後不會使用第一語言，那麼在學校習得的第二語言就變成他的母語。

嬰兒的母語不一定是媽媽或爸爸的母語，可能是阿姨、阿公、外籍保母或育幼院老師的語言；也未必是出生地的語言，而是成長地的語言。例如嬰兒的爸爸是能說客語的「客家人」，而媽媽是能說台語的「台灣人」，假設這對父母皆以「國語」和他互動，那麼這個小孩的母語是「普通話」（Mandarin Chinese）。若父母同時使用單一語言（客語或台語），小孩的母語不是客語就是台語。還有一個情況（最好的情況），假使父母雙管齊下，爸爸使用客語而媽媽使用台語，這個小孩便擁有雙母語，國語則是上了幼稚園後才密集學習的第三語言。據某派定義而言，這孩子擁有三種母語。

有些家長以為小孩需要明確指導、刻意訓練才能習得語言——這是錯誤觀念。我父母沒時間犯這種錯誤，他們有六個小孩，把我們餵飽已經夠累了。我自己這代也多半不至犯同樣錯誤，因為彼時幼教市場瘋的是才藝班。然而再往後的世代，包括雅痞世代乃至今日中產階級父母，天啊，完全聽信「贏在起跑點」的咒語，孩子上幼稚園之前便買來各種教材，教他們看圖認字。

大人只要天天跟小孩說話，小孩自然學會說話。當小朋友用法錯誤時不用急著糾正，時間到了他們自然懂得正確使用。

學者指出某些社群根本不把孩童的語言教育當一回事，然而他們的後代照樣可以習得語言。位於夏威夷與紐西蘭之間南太平洋島國薩摩亞（Samoa），那裡的成人完全不將小孩當作互談對象，也不會為了方便他們學習而簡化語言。他們懶得理會小孩子說些什麼，彷彿不將後者視為語言社群的一分子。即便如此，該地的孩童照樣能說會用，且其習得速度與駕馭能力不亞於世界其他各地的小朋友。換言之，他們是在耳濡目染、自然而然的狀態下習得語言。

並不是說薩摩亞的家長完全不跟小孩說話；他們和小孩說話不是為了溝通，而是下達指令。但是，這樣就夠了。假使把一個嬰孩安置在客廳某處，天天聽著十幾個成人以各不相同的語言熱烈交談，卻從未有人與他直接對話，經年累月之後，大人們的聲音仍只是沒有意義的背景噪音，就像嘈嘈切切的電視聲。也就是說，這可憐的小孩一輩子也學不會說話。換個情況，不管嬰兒父母是美國白人還是阿拉伯人，假使與他親密互動的只有一個韓國人，等他兩三歲時，韓語是唯一具有意義的語言，其他只是 gibberish（胡言亂語），聽無。

兒語

成人嗲聲嗲氣怎麼來的？

有人天生如此，例如眾所周知的林志玲。美國創作型歌手格里菲斯（Nanci Griffith）無論是唱歌或說話都帶點嗲，因非造作使然，反而有一種韻味。有時嗲聲是演出來的，例如《宅男行不行》伯爾納德（Bernadette）有特色的聲音是由演員試鏡時創想而來，平常不是這麼講話。

然而不少情況卻是裝出來的，為的是賣萌、撒嬌或故作親密。根據一項調查，成人之間的嗲聲嗲氣多半不會在「外人」面前使用；同時，一般人聽到成人嗲聲嗲氣多半感覺不舒服。

嗲聲嗲氣是兒語（baby talk）或「媽媽語」（motherese）的一種。當嬰兒發出咕嚕咕嚕聲，身旁的大人很難不模仿他們——高音調、誇張語氣和表情——為的是讓寶寶覺得親切並發出更多天籟之音。小孩兩三歲時，有些父母為了方便他們學習持續使用兒語互動，「你看車車」、「有一隻狗狗」，還好飛機不至說成「機機」，否則聽起來像是別的東西。等孩子再大一點，父母通常改回「正常」說話方式。

兒語好不好？哪時該停？

不少研究顯示，兒語對襁褓階段的小孩有幫助，他們因此較易學習說話並感受關愛。不過專研腦部與認知科學的艾斯蘭（Richard Aslan）認為，這些研究提出的證據不夠嚴謹，除非有足夠資料顯示未受兒語洗禮的小孩其語言發展較為遲緩，否則無法確定兒語有利學習。當然，他也清楚這種資料取得不易，因為極少發生大人不跟寶寶兒語的情況，聽到他們咕嚕咕嚕，大人便無力招架，跟著嘰哩嘰哩。

同樣的道理，艾斯蘭亦無從證明兒語毫無幫助。重點是哪時該停？父母情不自禁乃天經地義，不過小孩三歲之後，家長若仍兒語個沒完，並以「可愛」讚許，小朋友恐怕會以為「兒語吃四方」而一直沿用至成人階段。

兒語是否有害但看階段。我較偏激，認為當停則停且越早越好，一旦孩子到了完整說出句子的年齡，便應以平常語調和他們互動，不用再滿口車車狗狗。身為父親，我也有過情不自禁的階段，卻因對兒語過度反感，曾不慎傷了剛上小學女兒的心。那天夫妻倆和幾個鄰居站在街上，一邊閒聊一邊看孩子們玩在一起，女兒興頭正熱，跑過來嗲聲對我說「把鼻我們看到一個蜻蜓」，我立刻制止：「不行，no baby talk ！」聞此，女兒心頭一頓，眼眶隨即泛紅，不知自己何錯之有，快快離去。當晚，可想而知，被太太訓了一頓，「當眾糾正，完全不管孩子的感受」。女兒臨睡前我向她道歉，獲得原諒、抱抱之後，以最溫柔的聲音跟她解釋「兒語不可為」大道理。（事後觀察，兒語是她們幾個同伴之間的密碼──帶點諧擬意味──沒什麼好大驚小怪的。）

綜上所述，有意識的母語教學沒必要，而刻意且長期的兒語互動或有不良影響。

關鍵期

　　嬰兒如何習得語言？為何到了兩三歲便懂語法？

　　早期的理論以為人類因具備模仿能力才得以習得語言，嬰兒藉由模仿照護者的語言而學會說話。這是另一個迷思。

　　一些實例顯示如果一個小孩於語言學習關鍵期未曾與人說話，這輩子多半不能說話。

　　1797 年，有人在法國南部阿韋龍省森林找到一個與世隔絕的年輕人，因不詳其名，媒體稱他為「阿韋龍的野孩子」（Wild Boy of Aveyron）。種種跡象顯示他由動物養大，因此習慣坐在地上進食或發出類似犬科的叫聲。即便聽覺沒毛病，十二歲的他一句話也不會說。一位以幫助聽障孩童聞名的醫生試圖教導這位年輕人說話，但後者只能認得幾個簡單字眼，無法領會造句的基本法則。

　　另一個例子是吉妮（Genie），十三歲的她於 1970 年被救出前，一直被父親囚禁於密室，導致幾乎無法走路亦不知語言為何物。雖然不少專家試著幫她，但能學會的僅止於幾個字眼。到了中年，吉妮不再試著說話。還有其他例子，大都和變態家長有關，受剝奪的小孩有語言學習障礙，不管事後專家如何補救，克服的成效極為有限。

　　有一個及早發現的案例。法國女孩伊莎貝爾（Isabelle）從小被父母藏匿起來，從未受過任何語言刺激，六歲被發現時不會說話，且很多方面的表現嚴重落後於同齡小孩。然而將她安置於正常環境後，伊莎貝爾便能快速學習法語，不到一年的時間，語言能力已不輸給其他小孩。針對此案，神經學家勒納伯格（Eric Lenneberg）感慨地說伊莎貝爾是幸運的，要是過了十二、三歲才救出，已為時晚矣。

　　足見，光是具備模仿能力無法保證習得語言。問題癥結在於，這些因後天環境不足而無法正常說話的人們，於社會密集關照下為何依舊無力回天？學者因此認為人類之所以能使用語言，除了模仿能力與

語言環境兩大因素外，還有一個更為關鍵的條件，這個條件和生物構造有關。

2001 年，一項語言失能研究計畫發現了和言語功能發育有關的叉頭框 P2 基因（FOXP2），該基因位於人體第七對染色體，不過在具備發聲學習能力的動物如鳴禽體內亦可尋獲。因此科學家認為語言屬生物學範疇，且大約在 620 萬至 460 萬年前之間，人體因發展出叉頭框 P2 基因而與猩猩及其他靈長類分道揚鑣。

生物語言學家做了如下假設：人腦存在一個語言機制，具學習、消化、生產語言的功能；雖為實體，卻不像腎臟、肝臟那麼完整，很可能是不連貫的實體散布於人腦中交相運作。多項病例顯示，人腦的語言機制於五歲前最為活躍，黃金期之後機制便逐步退化，一旦錯過關鍵期（12-13 歲之前），機制便無法正常運作。

基於倫理考量，科學家不可能拿小孩實驗。然而很多語言當機的案例，在在顯示上述假設有憑有據。例如有人因中風喪失語言能力，但他的智力卻絲毫無損。或如，嚴重的腦部創傷導致語言能力減弱。靠近額葉左半部傷害導致布洛卡失語症（Broca's aphasia），患者只能以簡短、斷續的話語表達，因此又稱表達型失語症。靠近後腦左半部傷害則導致渥尼克失語症（Wernicke's aphasia），又稱接收型失語症，因為患者喪失理解語意的能力。倘若整個左半部受損，整體型失語症（global aphasia）恐怕是難逃的命運。

有必要再次提醒，關於語言研究的任何議題，沒有一項不具爭議。大腦布洛卡區（Broca area）和語言功能有關這個發現，雖然頗受語言學家歡迎，並據此推斷「語言之為天生」，但認知科學家艾弗列特（Daniel Everett）指出，布洛卡區負責的功能除了語言，還包括其他和運動有關的活動，如走路、彈吉他。換言之，布洛卡區並非專司語言功能，目前唯一確定的只是：它提供人們使用語言時所需的協調能力。

嬰兒學會語言進程如下：

首先，母語習得始於胎內。約於妊娠期第七個月，胎兒的聽覺系統已大致成形，聽得到外面的聲音。（這意味懷孕期間，夫妻應避免經常吵嘴，以免嬰兒以為正常說話即大吼大叫。以上純屬臆想，和以為每天播放心靈樂音、寶寶便較為鎮靜的想法一樣無稽。）

初生兒對於母親、父親以及其他照護者的聲音特別有反應。約莫一歲前後，嬰兒便能說幾個單字，到了兩歲，已能說兩個單字組成的片語，例如「不要」、「沒了」等上千個詞語。三歲左右（早的兩歲半、晚的三歲半）的小孩語言能力突然躍進，可說出複雜的句子，甚至自創字眼。到了四歲，他們已融會語言基本要素，不過要掌握語法細節得等到多年之後。上述只是一般而論，每個小孩學習語言的速度與程度不盡相同。

以我女兒為例，她一歲多說出的第一個中文是「燈」，第一個英文是 "bird"，「媽媽」、「爸爸」排很後面。未滿兩足歲時，已可說出片語或多音節單字。然而最令我們嘖嘖稱奇的是，要奶嘴時她會說 "ba-deh"，既不是我口中的「奶嘴」，也不是媽媽的 "pacifier"。依我猜測，這個嬰兒依賴的小東西中英文都不好發音，於是她自行簡化，至於為何是「八嗲」，而不是「奶奶」、「啪啪」或別的，只能視為語言學習過程的小驚奇吧。

更神奇的還在後頭

有哪個神經的家長跟兩三歲小孩解釋語法？一般父母不會，語言學家更不可能。小朋友錯用語法時有些家長予以糾正，但說歸說，小朋友不見得改正。多數家長聽到孩子說錯時選擇回以正確說法暗示性地糾正，果不其然，時間到了自然矯正過來。

母語養成與語法用不著父母擔心，可謂船到橋頭自然直。

平克（Steven Pinker）認為人類天生具有語言本能（the language instinct）——某種生理與心理構造的組合——因此小孩到了三歲已是「文法天才」，即使還看不懂其他符號或紅綠燈。他把小孩接收語言的直覺類比蜘蛛抽絲結網：沒有哪個蜘蛛爸或蜘蛛媽會傳授蜘蛛兒一張網的結構概念，可是每個蜘蛛兒長大後都是一級工程師。我也有一個較為不雅的類比：每隻狗都本能地知道小解後得往前一兩步、向後蹬地標示地盤，即便未曾有長輩告訴牠：「尿液的氣味加上腳掌腺體分泌的費洛蒙，是咱們犬科動物簽名的方式。」

因為具備語言本能，所謂「父母教小孩說話」並不正確。我們已經知道，生活在沒有語言環境的小孩不會說話，但嚴格來說，小孩理解語言並非父母所教，而是自行歸納而來。

大西洋奴隸貿易期間（16 至 19 世紀），人蛇集團刻意將不同族群的非洲人混在同一艘船上運送，讓他們語言不通，以致無法團結起來叛變。這些非洲人沒有足夠的時間理解各自的語言，只能模仿殖民者的語言而發展出一種混雜語（pidgin）。

"Pidgin" 這個稱呼很有趣，它原本專指中國上海租界區買辦和販夫走卒講的破英文，之後卻成為所有混雜語的通稱。一般認為這個字是英文「生意」（business）以訛傳訛腐蝕而來，但很多人質疑這個說法：上海人聽力再差也不至於將 "business" 說成 "pidgin" 吧？有人認為它應出自葡萄牙語，另有人堅持它是某南美土著的稱謂，更有人相信「pidgin」就是「北京」。至於中文「洋涇浜」並非譯自 "pidgin"，而是指黃浦江支河洋涇浜，英法租界的界河，才有「洋涇浜英語」一說。

混雜語只是語言碎片，不算完整的語言。根據語言學家比克頓（Derek Bickerton）的研究，一旦混雜語傳給下一代，後者會從中衍生、創造出一套複雜且具備文法通則的語言：克里奧語（creole）。

這全是孩子的功勞，因為只說混雜語的大人這輩子就這樣了，但小孩無法滿足於表達有限的混雜語，因此於互動中創造新字並建立語法，一步步將混雜語進化為克里奧語。

以上說法或許可信，但平克認為它終究是根據史料及訪談得出的結果，多少摻雜比克頓的臆測，不如其他現成的例子更能取信於人。

賽門（Simon，為化名）是個九歲聽障男孩。他的父母也從小失聰，兩人幼時學的是一套既帶歧視色彩且不甚管用的讀唇教育，遲至十五、六歲才有機會學習美式手語，因為錯過了關鍵期，以致效果不佳，學得七零八落。他們以手語和幼小的賽門溝通時，屢屢搞砸語法，例如錯誤使用動詞或無法掌握語調的抑揚變化等。令人驚奇的是，從未受過正規訓練的賽門自己摸索而來的手語竟然比父母的破手語精確、成熟許多。顯然，這個小孩能夠從一堆錯誤示範歸納正確語法。

同樣叫人稱奇的是，母語為英文的小孩很快便能分辨語法，例如動詞字尾變化（inflection）：

> I walk. vs. He walks.
>
> He walks. vs. They walk.
>
> He walks. vs. He walked.
>
> He walks to school. vs. He is walking to school.

平克稱這個現象為「文法爆炸」，大約發生在小孩滿三歲後幾個月。以「小孩模仿父母」解釋這個現象無法說通，因為很多父母一口破英文，但他們的孩子在學齡前已能自行搞懂字尾變化與時態。一旦能夠閱讀，小朋友吸收語言的能力自然更強了。

根據平克提供的數據，一般人聽懂一個字眼所花的時間只需五分之一秒，閱讀時速度更快，八分之一秒。一般人看到一個物件想到其名稱只需四分之一秒，再給他四分之一秒，便能動用嘴巴和舌頭表達

出來。

　　培養這些能力的必要條件是，必須在小孩很小的時候——語言學習黃金期——打下良好基礎。母語養成，小孩雖無師自通，但照護者提供的話語環境與刺激不可或缺。

主要參考書籍

Everett, Daniel. *How Language Began*. New York: Liveright Publishing Corporation, 2017.

Napoli, Donna Jo, and Vera Lee-Schoenfeld. *Language Matters*. Oxford: Oxford UP, 2010.

Pinker, Steven. *The Language Instinct*. New York: Harper Perennial, 1994.

——. *Words and Rules*. New York: Basic Books, 1999.

Trask, R. L. *Language: The Basics*. London: Routledge, 1995.

3. 雙語行不行？

你的母語是什麼？這個問題對你可能很簡單，有些人卻不易回答。

我太太不確定她的第一語言是什麼，思索半晌後自認母語為英文時，我有點訝異。她生於菲律賓，父親江蘇人，母親福建人，學齡前接觸的語言有爸爸的普通話、媽媽的福建話，以及菲律賓塔加祿語（Tagalog）。六歲後上的華僑小學早上以英語上課，下午則改為中文。十一歲隨父母移居美國便一頭栽進英語世界；及長，英語後來居上成為首要語言，中文退居第二，福建話只記得淡薄，至於塔加祿語則忘得一乾二淨。

母語不易界定，雙語使用（bilingualism）同樣棘手。我不想踩地雷，底下討論只涉及雙語養育與學習。

女兒出生後太太決定用英語跟她說話，我認為主意不錯，但那時什麼都不懂，事後才察覺原來「媽媽講英語、爸爸說中文」叫做雙語養育。

雙語養育好不好？剛開始有點擔心，深怕女兒腦袋因此打結，而且早年跡象似乎證明不是杞人憂天。

中英夾雜

女兒三、四歲左右時說出的句型不時透露雙語養育的痕跡：

We are doing what?

We are going where?

The mountain is where?

逐字譯成中文超順的——「我們要做什麼」、「我們要去哪裡」、「山在哪裡」，卻是不折不扣中式英語。我同時察覺她的中文表達能力沒一般小朋友明快、精準。我認識一個小男孩，才剛兩歲已能分辨「一個人」、「一張椅」、「一頭牛」、「一隻狗」，女兒到了三、四歲卻只能以「個」計量，「一個牛」、「一個狗」、「一個貓」，儘管多次糾正，仍然「個」個不停。不僅如此，她常說些主詞指涉不明的句子，例如在車後座突然說「他們好奇怪喔？」我問她，妳看到什麼覺得誰好奇怪？她說「我同學」。身為「語言警察」的我當然馬上糾正：「妳應該說『我的同學好奇怪』，否則誰曉得妳說的他們是誰。」然而所有的糾正皆付諸流水，未曾留下痕跡。

類似狀況延續到小學高年級。某回在景美漢神百貨看完電影，她在車上閉目養神，我隨口問一聲「累了吧」，她答道「我在休息他們」，我只能猜「他們」是指雙眼，句法則從英文而來："I'm resting my eyes." 經過多次挫折，我放聰明了，不再糾正，反而覺得如此表達好似現代詩，並想起她三歲時一件趣事。有一天在家看電視，太太和我同時發覺女兒好久不見人影，於是齊聲喊她，結果從浴室傳來一句："I'm da-da'ing."（我正在大大。）

實在太可愛了。然而我不免擔憂，雙語養育是否已對女兒造成難以彌補的傷害，以致在語意表達上比別人慢半拍，或者更嚴重，攪亂她的思路，導致中英都不夠流利的雙語半吊子？

女兒年幼時，我隱約覺得應該跟她說我的母語，然而一方面太太聽不懂台語、另一方面怕女兒負荷不了，就這麼擱置了。如此錯誤決

定導致女兒長大後，覺得爸爸的母語無異外國話，直到今天還在怪我沒跟她說台語。

只怪那時沒認真研究，不知其中奧祕。小孩說話時雙語混用，通常是因為爸媽互動時混雜了兩種語言。我們夫妻平常以中文交談，爭論時則改用英語，我猜原因是我個性執拗、她個性溫和，雙方激動時我用較弱的第二語言、她用較強的第一語言，這樣吵起來比較公平。當然，夫妻間中英夾雜的情況屢見不鮮：

> "Jane, where is the⋯鍋鏟？"
> "Where's what?"
> 「鍋鏟，炒菜的鏟子。」
> "Oh, you mean spatula. 原來 spatula 叫鍋鏟。"
> 「原來鍋鏟叫 spatula。」

一陣混亂之後，我倆各學一個新字，雖然鍋鏟仍下落不明。語境如此，哪天要是女兒來一句 "The 鍋鏟 is where?" 我們不該驚訝，也不用擔心。

「雙語悖論」

論及雙語使用，學者不時提到「雙語悖論」（the bilingual paradox），意指家長和學者一方面認為，幼童於學齡前習得雙語的過程既輕鬆且不具意識，另一方面卻擔憂，雙語環境恐怕會延遲孩子的發展並造成心理困擾。然而，這個悖論並不成立。

理髮師悖論是個著名的例子。假設我們給理髮師的定義是「只為所有不為自己刮鬍子的人刮鬍子」，那麼問題來了，誰替理髮師刮鬍

子？自己動手可不成，他若為自己刮鬍子，已超出定義範圍。找別代勞總可以吧？但如此一來，他屬於「所有不為自己刮鬍子的人」之一員，怎能算是理髮師？於是，理髮師的鬍子越來越長，越來越長。

雙語悖論則說不通：學齡前幼童很容易學會兩種母語是事實，但是家長和學者的憂慮充其量只是未經驗證的假設。而且，一旦心理語言學、認知語言學、腦神經語言學各個領域不約而同地證明假設完全錯誤，何來悖論之說？

現今已難找到一位學者宣稱雙語養育有害，然而 1960 年代之前，情況大不相同。

反對派學者葉斯柏森（Otto Jespersen）於 1922 年寫道：「當然，一個小孩能夠熟悉兩種語言堪稱優勢，但毫無疑問，這項優勢的取得可能且通常得付出昂貴代價。首先，這個小孩幾乎無法完美習得雙語的其中一種，比不上他只學習單一語言便能精通的程度。或許在表面上，他說起話來有如母語人士，但是他無法真正掌握那個語言的精髓。」他還說，雙語使用所耗費的腦力必然降低小孩學習其他事物的能力。其他學者呼應道，雙語養育會造成心理負擔，以及認知或認同混淆；一些現象如口吃、反應慢半拍或句法混雜（如我女兒的中式英語）將導致情緒不穩及智能減弱等深層負面影響。有人甚至危言聳聽，宣稱雙語使用將戕害整個族群的智力。

以上見解大都屬直覺式觀察，拿不出證據，有些則根據田調而來。然而，測試問卷的設計及其執行的背景大有問題。誠如斯科巴（Ramin Skibba）指出，不少田調係針對一戰及二戰後隨父母移民英美兩國的孩童，他們大都歷經教育中斷，有些為難民、孤兒，甚且待過集中營──這些或有創傷症候群的小孩怎麼可能拿高分？如此不中立的田調莫不給人一心找碴之感，或許測試者真正反對的不是雙語教育，而是移民政策。

1924 年賽爾（D. J. Saer）於英國威爾斯五個地區測驗 1,400 名學

童（7-14 歲）的智商，得到以下平均數據：

> 城市雙語者（威爾斯語／英語）：100
> 城市單語者（英語）：99
> 鄉村雙語者（威爾斯語／英語）：86
> 鄉村單語者（威爾斯語）：96。

賽爾認為鄉村雙語者智商最低，是因為他們負荷過重而導致心理困惑。同時，他從數據發覺在語言韻律這方面的能力，雙語者足足落後單語者兩年。

　　針對賽爾的結論，語言學家羅曼（Suzanne Romaine）指出，重點在於城鄉差距，和雙語使用關係不大：測試結果頂多顯示鄉下孩童接觸英語的機會和情境不如城市孩子來得多罷了，與智商高低無關。另一位學者貝克（Colin Baker）更直言，該測試一開始便對雙語者不利，因為智商測試題的原版為英文。針對第一語言為威爾斯語的鄉村單語者，試題是從英文翻譯過來的威爾斯文。羅曼認為翻譯版本在語意、修辭上與原文的差異，勢必影響學童的表現。而且對鄉村雙語學童來說，威爾斯語為優勢語言、英語為劣勢語言，因此一旦問卷以英語測試，情況對他們更加不利了。

好處多多？

　　自 1960 年代起風向變了，證實雙語養育對孩童有利的報告紛紛出爐。至今仍有一批學者結合語言研究和其他領域（認知心理學、大腦科學），持續針對雙語使用提出研究成果。好消息是，雙語養育對嬰兒絕對無害。同時，成年後學習新的語言亦有益身心。

根據認知神經學家赫南德茲（Arturo Hernandez）的研究，嬰兒與成人學習語言的差別在於速度與程度。

每天聽到兩種語言，嬰兒不會區分何為第一、何為第二，成人則是有意識地面對外語。襁褓階段的雙語學習屬無意識浸潤、直覺式吸收，剛開始不免混淆，但因腦袋的彈性夠大且不怕犯錯，不久便能歸納、消化，因此兩種語言都能學得地道。到了成人階段，分析取代了直覺。學習第二語言過程裡，成人一方面不斷受第一語言干擾，且過於在意文法和面子（深怕犯錯），另一方面是腦袋較無彈性，加上（和嬰兒相比）聽力退化，要學到母語人士的程度且毫無口音並非不可能，但相當艱難。

假設有三個小朋友，小明、阿珍、大魏。小明接受單語養育，母語為中文，阿珍也是單語養育，母語為英文，但大魏是雙語養育，中文和英文。常見的情況是，大魏認識的中文字詞比小明少，認識的英文字詞也比阿珍少，這似乎是雙語養育必須付出的代價。不過別忘了，將中英文合起來計算，大魏的詞彙庫可比小明或阿珍的大多了。這是否注定長大之後，大魏的中文程度比小明差？其英文造詣永遠不及阿珍？不一定。未來很難說，狀況百百種，但看個人之後的發展和努力。

「看圖說名稱」測試裡，單語者的反應通常較快，雙語者有時遲疑半秒後作答，或答案「已至舌尖卻一時無言」（tip-of-the-tongue）。這並不代表雙語者較為遲鈍，而是因為物件的兩種名稱同時冒出，相互競逐之下才導致卡頓的狀況。

雙語者常常得「換檔」（code-switch，語碼轉換），從一種語言切換至另一種語言；面臨不同對象或場合他得選擇適當的語言。換檔時所造成的猶豫看似腦袋打結，然而因為必須處理兩種系統並反覆切換，科學家認為雙語者的認知控制（cognitive control）比單語者靈活許多，也因此較有執行力與自制力。

關於這點姑且聽之，不用太上心。科學家下結論除了看數據，不免加上個人詮釋。支持雙語養育的學者不時以放大鏡看待些微差距，並將單一測試得出的「傾向」說成「通則」。依我拙見，若真有差別，必十分微小（參考第17、18章）。一位學者認為等孩子們來到青春期，所謂差距已幾可忽略不計。說真的，縱使測試時我的反應比小明、阿珍、大魏慢上 0.4 秒又如何？他們彈珠打得比我好嗎？能和我打麻將摸八圈嗎？為何科學家不認真研究麻將養育的好處？

後設語言觀

換檔是個中性術語。不過在反對雙語養育者眼裡，它代表疲於奔命，情況嚴峻者將導致精神分裂（夠誇張了吧），對鼓吹者而言，則代表附加價值，可致使腦袋較為靈活。若從社會語言學切入，換檔的意義更多元了。

我生活在一個以能說洋話（尤其是英語）為榮的社會。每當日文流利的爸媽突然改以日語交談，我們幾個小孩都知道他們在講悄悄話。於此，換檔成了暗號，私通的密碼。有時我受虛榮心驅使於中文裡摺幾個英文字，只為表現本人的水準，此時換檔即炫耀，階級的標籤。假設某天我與小明、大魏玩在一塊，出於對小明不爽，我跟大魏講幾句小明聽不懂的英語，拒他於話題之外，此時換檔是排他，一種武器。面對操一口「台灣國語」的人，我為了在友人面前表現幽默與機智，刻意加以模仿，這種換檔是歧視加愚蠢。

不時聽美國友人抱怨，「很奇怪，我來台灣就是要學本地話，可是遇到的人多半堅持跟我講英語」。我問，結果呢？結果「他講他的破英文，我講我的破中文，雙方都不懂對方在講什麼，不過也混了一個下午」。這裡的換檔代表台灣最美的人情味抑或崇洋媚外，我不確

定答案。

學者列舉諸多好處中，我較能認同的一項是：雙語使用促使一個人對語言本身感到好奇，至於這份敏感能發展至什麼程度則因人而異。面對不懂的語言，單語者較易心生排斥而陷入絕對觀，認為自己的母語及其表徵的文化才是最棒的。雙語者很難不察覺一個東西有兩種說法，同樣的概念有不同表達方式。說不定正如學者所示，假以時日他對語言的態度會逐漸發展「後設」視野：不再只是無意識地使用語言，而是帶著自覺，從觀察、分析的角度看待這個名為「語言」的奇妙東西。

有一點可以確定：學習第二種語言後，使用者會反過來檢視自己的母語。一個中英雙語者勢必察覺，中文的動詞不因主詞為單數或多數而有所變化，而且一旦得知有些語言——法文、德文、西班牙文、俄文、阿拉伯文——的名詞，從人類、其他生物到沒有生命的桌子或石頭皆有陰陽之分時，怎會不覺得神奇？英文裡，A 男現在說「我愛她」（"I love her."），要是下一秒她死了，A 男必須立即改口為「我曾愛她」（"I loved her."），太現實了吧。

學習英語後——很久之後——我才幡然醒悟：Shit，中文也有文法！在那之前，對中文的掌握純屬知其然而不知其所以然，原以為動詞、名詞、代名詞、形容詞、助動詞、副詞、連接詞只存在於英文，沒想到中文也有。

隨著英文稍微深入，白話中文也於不知不覺中跟著進步。我相信原因在於能夠對使用的語言——台語、中文、英文——抱持相對態度並拉開視野，一邊領略一邊比較不同語言各自的奧妙。

主要參考書籍

Bauer, Laurie, et al. *Language Matters*. New York: Palgrave Macmillan, 2006.

Hernandez, Arturo E. *The Bilingual Brain*. Oxford, Oxford UP, 2013.

Romaine, Suzanne. *Bilingualism*. Oxford: Basil Blackwell, 1989.

4. 逗點之戰

　　可曾聽聞一部討論標點符號的專書於英美兩國皆傳捷報，高居暢銷排行榜第一名？可曾聽聞一本捍衛標點正確使用的專書，還沒翻到內文甚至序言之前，於題獻頁便發生標點錯誤？這兩件事確實發生，而且是同一本書。

　　英國作家特拉斯（Lynn Truss）曾於 BBC 電台主持節目，經常邀請專家學者討論標點符號。她於 2003 年推出《進食、開槍、閃人：標點錯誤零容忍》，書名源自一則笑話：一隻貓熊走進餐廳，點了三明治，吃飽後開槍射殺服務生，起身離去，經理大喊「喂，你幹嘛！」貓熊回嗆，「老子是貓熊！去查字典！」經理翻開字典一瞧：

　　Panda: A bear, in the Ursidae family, of Asian origin, characterized by distinct black and white coloring. <u>Eats, shoots and leaves.</u>"

　　大熊貓：為熊，屬熊科，源自亞洲，特徵為其毛色黑白相間。進食、開槍、閃人。

問題出在底線部分多出一個逗點，意思變成熊貓吃完東西便開槍。正確寫法不能加逗點：

　　Eats shoots and leaves.（以竹筍和葉子為食。）

加了逗點，"Eats, shoots and leaves" 三個字都是動詞，不能怪貓熊耍橫了。

想不到下錯標點竟能鬧出人命。另一則和標點有關的笑話，一名英文教授在黑板寫下：

Woman without her man is nothing.

要求學生為此句添上標點符號，結果男女同學各顯身手：

Woman, without her man, is nothing. （女人，少了她男人，啥都不是。）

Woman: without her, man is nothing. （女人：少了她，男人啥都不是。）

難纏的逗點

我行事還算乾脆，寫作時卻總猶豫不決，字斟句酌，一篇文章得來回校對，一改再改無止盡。除了用語、句型難搞定，標點符號也很麻煩：逗號讓我頭痛，分號讓我迷惑，驚嘆號讓我顫抖。

咱們一個個來，從逗號開始。

受限於資料來源，以下例句大半為英文。不是我不願參考中文資料，而是深入討論逗號的書籍有如鳳毛麟角。這情況暗示著非此即彼的可能性：不是中文使用者認為逗點問題不大，便是逗點問題很大但見仁見智，既然莫衷一是，不談為妙。

《進食、開槍、閃人》作者一派幽默——此書賣座正因文風詼諧——自詡為捍衛正確標點的頑固分子（stickler），並呼籲所有同志團結起來，合力遏止濫用歪風。最讓作者難以忍住殺人衝動的是誤用撇號（apostrophe）。它代表所有格，也可代表省略：

> it's（縮寫："it is"or "it has"，「它是」、「它已」。）
> its（所有格：「它的」。）

如此簡單規則，作者不懂為何錯誤屢屢出現於學生作文、媒體和廣告；無論理由是無知、懶惰或粗心，全都罪無可逭！最惡名昭彰者莫過於「賣場撇號」（the grocer's apostrophe）。假使超市示出 "Banana's on Special"（香蕉特價）的招牌，那是錯誤寫法，應改為 "Bananas on Special"。或者一家餐廳，是亨利開的：

> Henrys Dinner（錯誤）
> Henry's Dinner（正確）

你可能不相信，英國曾有撇號保護協會（The Apostrophe Protection Society），其會員閒閒吃太飽、四處寫信給搞錯撇號的機構。有一次，協會成功勸導某圖書館把錯誤的 "CD's" 改正為 "CDs"。另一回，一家名為 Waterstones's 的公司決定去掉撇號和 "s"，改為 Waterstones，協會於是去信抗議：麥當勞就是 McDonald's，為何偏要把對的改成錯的？

細讀這本暢銷書後，美國評論家梅南迪（Louis Menand）為《紐約客》寫評，指出該書有不少標點問題，並且於題獻頁便已出錯：

> To the memory of the striking Bolshevik printers of St.

Petersburg <u>who</u>, in 1905, demanded to be paid the same rate for punctuation marks as for letters, and thereby directly precipitated the first Russian Revolution.

以此紀念在聖彼得堡罷工的布爾什維克印刷工人，他們於1905年要求標點符號應和字母一樣計費，並因此直接促成第一次俄國革命。

梅南迪認為底線裡兩個字之間應加上逗號：

To the memory of the striking Bolshevik printers of St. <u>Petersburg, who</u>, in 1905, demanded to be paid the same rate for punctuation marks as for letters, and thereby directly precipitated the first Russian Revolution.

差別在哪？

少了那個逗點，"who" 之後的段落是限定子句（restrictive clause），加上逗點，"who" 之後的段落為非限定子句（nonrestrictive clause）。目前為止，看懂的人舉手。好的，我說詳細些。

　　不加標點：由於是限定子句，意味作者想要紀念的不是所有罷工工人，而是那些要求標點也應計價的工人。也就是說，參與罷工但沒同樣訴求者不在她致敬之列，對革命亦無貢獻。彷彿意指，其他罷工人士有不同訴求。

　　加了標點：由於是非限定子句，作者致敬的對象是所有罷

工工人，他們不分彼此，訴求一致，皆同樣對革命有所貢獻。

題獻頁之後往下翻，梅南迪在麥克科特（Frank McCourt）所寫的〈序言〉也找到同樣錯誤：

> I feel no such sympathy for the manager of my local <u>supermarket who</u> must have a cellarful of apostrophes he doesn't know what to do with.

> 我不同情住處附近的超市經理，他想必坐擁堆滿地窖、不知做何是好的撇號。（意指超市經理該用撇號而不用。）

梅南迪認為底線兩字之間該加上逗號：

> I feel no such sympathy for the manager of my local <u>supermarket, who</u> must have a cellarful of apostrophes he doesn't know what to do with.

第一句沒有逗號，意味那家超市經理不只一個，但作者只看不起不懂使用撇號的那個。加上了逗號，意指那家超市只有一位經理，而且他不會用撇號。

派別之分

梅南迪的指正可有道理？

你可能贊同，或者說他吹毛求疵，但看你屬於美國派還是英國派、寬容派抑或嚴謹派。同為英文使用者，英美兩國下標點的方式不盡相同，這和習慣有關，並無明顯對錯之分。

一般來說，在標點使用上美國人嚴謹，英國人馬虎。這個差別或可用來解釋為何《進食、開槍、閃人》在英國知識界普遍獲得好評，卻被美國評論界批得體無完膚。咱們回頭斟酌的那句獻詞，看看若照梅南迪的建議改寫，會有什麼問題：

To the memory of the striking Bolshevik printers of St. <u>Petersburg, who, in 1905, demanded</u> to be paid the same rate for punctuation marks as for letters, and thereby directly precipitated the first Russian Revolution.

以此紀念在聖彼得堡罷工的布爾什維克印刷工人，<u>他們，於 1905 年，要求</u>標點符號應和字母一樣計費，並因此直接促成第一次俄國革命。

注意底線部分，不難發現：雖然這麼做能精準傳達語意，但寥寥數字便出現三個逗點，不但破壞視覺美感，也讓句子有如震碎般地支離。標點符號的功能之一是給讀者休息，避免眼花撩亂或喘不過氣，但逗點過多恐會導致呼吸不順。

各式標點代表不同休息間隔，十九世紀文法家莫瑞（Lindley Murray）區分如下：「逗號是最短的停頓；分號，逗號的兩倍；冒號，分號的兩倍；句點，冒號的兩倍。」設若遇到句點停頓一秒，那麼逗號即八分之一秒，此間差異得用精密碼表測量。著名學者克里斯托（David Crystal）駁斥道，怎可如此量化，找個人朗誦一段文字試試，看他能否達到莫瑞的要求。

《進食、開槍、閃人》的作者不至不懂限定子句和非限定子句的差別。她在書裡曾舉過如下例句：

> The people in the queue who managed to get tickets were very satisfied.
>
> The people in the <u>queue, who</u> managed to get <u>tickets, were</u> very satisfied.

第一句無逗點，為限定子句，意指不是所有排隊的人都拿到票，只有拿到票的人滿意。第二句以逗點隔開，為非限定子句，意指排隊者全都拿到票了，而且都很滿意。兩句試譯為中文如下：

> 排隊行列中那些拿到票的人很滿意。
>
> 排隊的人拿到票後很滿意。

既然如此，為何作者在題獻頁那句漏加了逗號？或許一時粗心，或許她考量的是視覺與節奏，而非語意精準。少了那個逗號，她自信不至造成誤解，以為她有意在已故罷工工人之間搞分化。不過克里斯托認為，特拉斯或可兼顧美感、節奏和語意：

> To the memory of the striking Bolshevik printers of <u>St. Petersburg, who in 1905 demanded</u> to be paid the same rate for punctuation marks as for letters, and thereby directly precipitated the first Russian Revolution.
>
> 以此紀念在聖彼得堡罷工的布爾什維克印刷工<u>人，他們</u>於1905年要求標點符號應和字母一樣計費，並因此直接促成

第一次俄國革命。

把逗點加在 "who" 之前，去掉 "in 1905" 前後的逗點，問題解決了。為何特拉斯不這麼做？我只能猜因為她是英國人，之於逗號，英國人能省則省。

平克（Steven Pinker）指出，能省則省講究的是語言韻律，反方則在乎語意明確。後者最極端的非《紐約客》莫屬，堅持該加必加之態度已近乎偏執。

加逗號與否有時涉及語意，有時則暗示一句話的重點。平克舉例說明：

Stickers who don't understand the conventions of punctuation shouldn't criticize errors by others.（沒標點，為限定子句：「自稱頑固分子卻不懂標點規則的人，不應指正他人的錯誤。」）

Stickers, who don't understand the conventions of punctuation, shouldn't criticize errors by others.（兩個標點構成非限定子句，一竿子打翻整船人：「所謂頑固分子即不懂標點規則的人，不應指正他人的錯誤。」）

Barbara has two sons whom she can rely on and hence is not unduly worried.（「芭芭拉有兩個兒子可以依靠，因此不至過度擔心。」問題是，她到底有幾個小孩？她說不定有很多小孩，但只有兩個兒子靠譜。）

Barbara has two sons, whom she can rely on, and hence is not unduly worried.（加上兩個逗點意思清楚多了：「芭芭拉兩個兒子都可依靠，因此不至過度擔心。」）

Susan visited her friend Teresa.
Susan visited her <u>friend, Teresa</u>.

（兩句意思一樣，但強調的動點不同。第一句受訪者的身分是重點，第二句「蘇珊拜訪朋友」的行為才是重點，受訪者身分只順帶一提，可有可無。中文可有辦法暗示如此細微差別？「蘇珊去找朋友泰瑞莎」或「蘇珊去找朋友，泰瑞莎」？後面這句怎麼看怎麼不順眼，我反而覺得它特別強調泰瑞莎，否則幹嘛加上逗點搞懸疑？）

牛津逗號

　　幽默作家瑟伯（James Thurber）和《紐約客》首席編輯羅斯（Harold Ross）不時為了逗號爭得面紅耳赤。描述美國國旗顏色：

　　瑟伯："red white and blue"
　　羅斯："red, white, and blue"

瑟伯的寫法一個標點也沒，嚴格來說是錯的，但他有名氣，可拿風格為後盾，只能任由他去。對於羅斯的版本，瑟伯認為「那些逗號使得國旗好似被雨淋濕捲了起來」。

　　這個例子將話題導引至另一個爭議，也和逗點有關。請看美國作家兼編輯卓瑞爾（Benjamin Dreyer）舉的例子：

apples, pears, oranges, tangerines, tangelos, <u>bananas, and</u> cherries

蘋果、梨子、柳橙、橘子、橘柚、香蕉，以及櫻桃

英文無頓號，列舉東西、人名、地名或其他事項皆以逗點分隔。依照英文文法，櫻桃為最後一項，在它之前必得加上 "and"，至於底線上的 "bananas" 和 "and" 之間該不該加逗號，各方爭論不休。這個符號叫序列逗號（the serial comma），因牛津大學出版社堅持不加便不合文法，又稱牛津逗號（the Oxford comma）。大體來說，牛津、《紐約客》和一般美國出版社都認為該加，至於英國出版社和多數美國報紙則選擇不加：

apples, pears, oranges, tangerines, tangelos, <u>bananas and</u> cherries

蘋果、梨子、柳橙、橘子、橘柚、<u>香蕉以及</u>櫻桃

主張不加這派認為 "and" 已代表停頓，再來個逗點多此一舉。看來，只要不至造成誤會，加或不加由作者自行斟酌。但在容易出事的情況，可別怪人笑話了：

Among those interviewed were Merle Haggard's two ex-wives, Andy Lau and Stephen Chow.

受訪者有哈賈德的兩位前妻，劉德華和周星馳。

猛然一看以為劉德華和周星馳是哈賈德的前妻。保險的寫法是：

> Among those interviewed were Merle Haggard's two ex-wives, Andy <u>Lau, and</u> Stephen Chow.
>
> 受訪者有哈賈德的兩位<u>妻、劉德華，以及</u>周星馳。

又如下句：

> This book is dedicated to my parents, Ayn Rand and God.
>
> 僅以此書獻給雙親，Ayn Rand 和上帝。

到底上帝是他媽還是他爸？保險的寫法是：

> This book is dedicated to my parents, Ayn <u>Rand, and</u> God.
>
> 僅以此書獻給雙<u>親、Ayn Rand</u>，以及上帝。

以上兩個例子加是不加，作者自行負責，但底下的例子若不加上逗號，將導致驚世駭俗的人倫悲劇：

> Let's eat, Mother.（咱們開動吧，媽。）
> Let's eat Mother.（咱們吃媽媽吧。）

中文裡的序列

於前例，美國國旗顏色若用中文表達有幾種方式：

「紅、白，和藍」（這個不好，完全死守英文規則）
「紅、白和藍」（雖然拿掉了逗點，節奏還是有點卡）
「紅、白、藍」（中規中矩）
「紅白藍」（乾淨俐落，我選這個）

依我淺見，短的序列可省掉逗號、「和」、「以及」：

今天打麻將他有備而來，睡飽飽、去拜拜、穿上老婆的紅內褲。（加上「和」或「以及」，套用劇場術語，拖拍了。）

日常事物可省去頓號：

一年有四季，春夏秋冬。

所謂「開門七件事」：柴米油鹽醬醋茶。

然而遇到較長或複雜的序列，加上「，以及」可以讓讀者喘口氣：

壓力過大、工作時間過長、作息不規律，以及忽視營養均衡等，都會導致健康狀況惡化。（出自《一次搞懂標點符號》）

序列裡最後一項有點長的情況，不妨先讓讀者深呼吸：

> 他連唱了四首歌，《小丑》、《天天天藍》、《恰似你的溫柔》，以及《我們連覺也沒睡決定連夜趕去拜訪艾立克克萊普頓》。

逗點無政府

談論了半天，我好像很懂中文標點符號，其實不然。上面那句有些人這麼寫：

> 他連唱了四首歌，《小丑》《天天天藍》《恰似你的溫柔》，以及《我們連覺也沒睡決定連夜趕去拜訪艾立克克萊普頓》。

曲目之間不加頓號。這樣正確嗎？我不知道。我理解的標點規則全來自英文，因此選擇加上頓號，至於哪個方式較為恰當有請高人指點了。

就我閱讀中文經驗，逗點使用無政府，作者彷彿爵士樂手，興之所至但憑感覺。文法家一再提醒，逗號是讓讀者休息，然而有些作家是給自己休息，嚴重者彷彿得了哮喘。請看底下幾個例子：

> 其實，……
> 然而，……
> 但是，……
> 因此，……

不過，……

顯然受英文汙染，殊不知英語文法書如下建議：短副詞後不需加逗點。

　　不過，若「其實」、「然而」、「但是」之後的立論與之前的立論落差夠大，以逗點加強語氣多少說得通。假使「不過」之後的句子較長，我有時也會加上逗點，以免讀者忿氣怪到我頭上。再看底下：

　　　　王先生認為<u>，</u>……

　　　　資料顯示<u>，</u>……

　　　　由上可知<u>，</u>……

　　　　關鍵因素<u>，</u>不外乎……

　　　　這時我們路過的一帶<u>，</u>是……

　　　　從前台南一帶<u>，</u>流行著一句歇後語。

　　　　類似他的情形<u>，</u>也可見於……

　　　　另外<u>，</u>在研究之初，作者為了……

　　　　他說<u>，</u>他不想回家。

　　　　今天的主題<u>，</u>是……

　　　　第三章討論<u>，</u>……

　　　　一本書的完成<u>，</u>需要……

　　　　這個方式<u>，</u>用一種……

所有加底線的逗號或可省去。有些不合文法，顯然受英文語法影響（'according to' or 'as the above indicates'）導致尊貴的主詞降格為副詞。我說「或可省去」不是「應該省去」，因為逗號與否但看接後的句型及其長短而定。何況我受英語荼毒久矣，不時犯同樣毛病，不敢妄下指令。

　　中文書寫裡逗點無政府是事實。行文者似乎不在意語法，隨心情

下標點而枉顧讀者感受，遭質疑時卻總能自圓其說，只能說中文彈性實在很大。

標點符號這麼難搞，克里斯托說，是因為我們賦予它兩個不相合的任務，一方面藉以提示語調的抑揚頓挫，另一方面用來組織文法。標點符號的起源來自書寫者意欲模擬口語。很早以前，布道牧師為了提醒自己何時該高亢激昂、何時該戲劇性停頓，於文稿上註記符號，之後標點符號系統便由此慢慢成形。隨著時日推進，系統愈趨複雜且持續在變。網路興起之後，英文標點正面臨自文藝復興時期以來最大變革，克里斯托認為除了將其釐清外別無他途，難道還堅持錯誤零容忍，摧毀網路不成？

主要參考書目

Crystal, David. *Making Sense*. New York, Oxford UP, 2017.

──. *The Fight for English*. New York, Oxford UP, 2006.

Pinker, Steven. *The Sense of Style*. New York: Viking, 2014.（《寫作風格的意識》，江先聲譯。台北：商周出版，2016。）

Truss, Lynn. *Eats, Shoots & Leaves*. New York: Gotham Books, 2006.

班傑明‧卓瑞爾（Benjamin Dreyer）。《清晰簡明的英文寫作指南》，林步昇譯。台北：經濟新潮社，2021。

康文炳。《一次搞懂標點符號》。台北：允晨文化，2018。

5. 分號之愛與憎

　　話說 1837 年於巴黎，兩個著名法律教授以短劍決鬥，只因為了一段文字的標點相持不下，結果堅持該用分號的那位手臂受傷，輸給了捍衛冒號的同事。勝利者事後驕傲地說：「看呀，一個小東西燎起的大火。」這個小東西就是分號。

　　有人為它決鬥，有人用它打官司。

　　時間是 1900 年 11 月晚上 11:10，地點在美國麻州福爾里弗市（Fall River），一名男子走進旅館酒吧，點一杯酒，但是老闆拒絕服務，只因不爽他是對街競爭酒店的常客。這名喝不到酒的男子揚言提告，並於隔日付諸行動。他的律師在一則法條找到致命擊點：

> That no sale of spirituous or intoxicating liquor shall be made between the hours of 11 at night and 6 in the morning; nor during the Lord's day, except that if the licensee is also licensed as an innholder he may supply such liquor to guests who have resorted to his house for food and lodging.

> 每晚 11 點至早上 6 點之間，禁止出售具酒精成分的飲<u>料；</u><u>星</u>期日全天禁售，但持有販售執照之旅店經營者例外，他們可為入住的顧客提供酒類飲品。

底線部分的分號將該規定分成兩項：第一、於特定時段不能賣酒，不

論是哪一天，沒有例外；第二、星期日全天不能賣酒，但旅館酒店例外。換言之，法條所指「例外」僅適用於主的日子：旅店經營的酒館可於禮拜天晚上 11 點至早上 6 點期間賣酒。如此一來，前後矛盾，一會說無例外，一會說有例外。

律師見縫插針，要求法院應依據法條，禁止該酒店於任何一天 11 pm 至 6 am 期間賣酒，法官認同律師的主張，於是下達禁令，但酒吧老闆不服，向高等法院申請變更裁決。

訴訟過程裡，大家發現原始禁令（1875 年）用的其實是逗號，只是謄寫時誤植為分號：

> That no sale of spirituous or intoxicating liquor shall be made between the hours of 11 at night and 6 in the morning, nor during the Lord's day, except that if the licensee is also licensed as an innholder he may supply such liquor to guests who have resorted to his house for food and lodging.

> 每晚於 11 點至早上 6 點之間，以及星期日全天，禁止出售具酒精成分的飲料，但持有販售執照之旅店經營者例外，他們可為入住客人提供酒類飲品。

意思清楚多了，且合乎邏輯：每日之特定時段以及星期日全天都不能賣酒，但持有執照之旅館例外。也就是說，只要你為擁有執照的旅館業者，任何一天皆不在受限之內。

豈料保守的高等法院不理會原始文件，決意堅守分號而維持原判，導致當地警察開始取締晚上 11 點過後還在賣酒的店家，管他是零售商、小酒吧還是旅館。憤怒的酒客於是團結起來，成立酒權維護組織和請願團。歷經六年的辯論、聽證會與公投，法院終於取消這道

禁令。反諷的是，述說這段故事的華生（Cecelia Watson）指出，禁令雖解，該市酒類飲品的銷量並未因此顯著增加，似乎說明了禁絕與欲望之間的微妙關係。

非驢非馬

分號乃應景產物，誕生於 1494 年義大利威尼斯。生氣勃發的文藝復興期間，人文主義知識分子致力於研究希臘和羅馬古典文獻。馬努提烏斯（Aldus Manutius）身兼文人及印刷業者，於其出版之第一部拉丁文本裡自創了分號，藉以表徵靈活機敏的時代朝氣。在節奏意義上，分號所代表的停頓介於逗號與冒號之間，比前者略長，比後者稍短。華生戲稱馬努提烏斯有如媒婆，將逗號（，）和冒號（：）送作堆，生出了分號（；）。

分號誕生後，人們對這匹雜種的驟見怪不怪，因為當時歐洲各地正忙著創造其他新的標點符號。有些被時間淘汰，但分號顯然八字夠硬，一路挺立至今。只不過誰能料想，分號於二十世紀卻成了部分知識分子的眼中釘，淪落成無合法身分的私生子。

1800 年之前，華生指出，西方一般認為標點符號的功能在於提示朗讀時必須停頓之處，猶如樂譜休止記號。停頓與否及其長短，但憑作家的品味與判斷。然而到了十九世紀初期，文法家推翻此說，認為節奏韻律應為次要考量，標點主要是為句法（syntax）服務，以確保邏輯無誤、意義分明。十九世紀下半起又有新發展，新一代文法家逐漸偏向科學模式，將語言研究類比自然學科，以歸納法建立起一套死硬規則。隨著標點邁向正規化，它和韻律美感或個人品味已漸行漸遠。

如是發展只會走向災難。

規則是死的，運用是活的；文法書上的律例一旦上路實測，勢必駛向死胡同。語言是有機體，不停地呼吸、演化，可非使用指南裡的化石。倒不是說文法家百無一用，但面對偏重科學方法制定而來的規範，我們應保持高度警戒：所有通則都有例外，時日一長例外慢慢演變為通則。早期文法家以邏輯之名抨擊莎士比亞與彌爾頓（John Milton）文法亂七八糟，如今兩人的風格已為高級英語之典範。

文法家不可盡信，美感取向的作家呢？亦不全然靠譜。有些作家偏激的態度正是邏輯、科學的反面，說好聽是風格至上，說實在即自我中心。作家面對分號尤其客觀不起來，更別提科學精神。所有標點符號裡沒有一個像分號那樣，被一幫人唾棄、被另一幫人鍾愛。反差之大，匪夷所思。

不少作家（珍‧奧斯丁、喬伊斯）愛用分號。據說《白鯨記》總長 21 萬字，用了 4,000 個分號；吳爾芙（Virginia Woolf）不遑多讓，揮灑分號有如繽紛「飄落的五彩碎紙」。喜愛分號的作家不常對此表達意見，倒是恨之入骨者往往不吐不快。

《1984》作者歐威爾（George Orwell）曾向編輯表示：「我已決定分號乃無足輕重的停頓，下一部書一個都不用。」他說到做到，完成一部沒有分號的小說。美國後現代小說家巴塞爾姆（Donald Barthelme）說分號「醜陋如一隻狗肚皮上的壁蝨」。《第五號屠宰場》作者馮內果（Kurt Vonnegut）曾感慨道：「海明威自殺時為他的人生落下句點。老年則像分號。」但他還有更辛辣的評語：「給大家一個創作提示。首要法則：拒用分號。它們是有變裝癖的陰陽人，啥都不是。頂多看出你上過大學。」

的確，除了認為分號過於學究，不少作家反感中流露性別歧視，認為分號不夠陽剛，它齷齪、怯懦、神經質、娘。有人甚至扯上道德，如英國詩人羅賓遜（Paul Robinson）：「分號令人如此厭惡，每每使用它便覺得道德讓步了。」彷彿用了分號不但有損雄風，還可能下地

獄。

這些人還好吧？

規則與例外

所幸並非沒有人出面為分號辯護，而且辯護者多半說些道理，而不只是停留於個人偏好。

美國作家托馬斯（Lewis Thomas）認為，分號使讀者懷抱後續的期待，不像句點那般切斷話題：「後面還有；繼續讀下去；意思會漸漸清楚的。」他尤其欣賞艾略特（T. S. Eliot）詩作的運用：「你聽不到分號的聲音，但分號就在那裡，連結著畫面與思想。有時，你往下讀幾行便能瞥見分號到來，就像爬上一條陡峭的小徑，穿過樹林，只見前方轉彎處有張木頭長椅，容你坐下喘口氣。」對散文家索尼特（Rebecca Solnit）而言，分號可蓄積能量，將讀者帶回往昔較為從容的日常韻律。施南（Kathy Schenck）則說，分號「彷彿含糊的吟唱，把你引導至另一個思緒，但不是要你停下來休息」。愛爾蘭作家巴特沃斯（Trevor Butterworth）讚美分號，因為它意味的停頓代表「曖昧、興味、複雜、錯綜、疑惑、細微差異」，還說一旦書寫少了這些優雅質地，文章便如電腦手冊般味如嚼蠟。

分號的使用規則不難理解，但要用得適切而不顯得多此一舉可就不好拿捏了。當然，打破成規、巧妙運用更是難上加難：用壞了是矯情；用得好，餘韻綿綿。

首先，分號使用規則裡只有一兩項算得上共識：

The menu offered us <u>juice; a</u> boiled, fried, or poached <u>egg;</u> <u>toast; and</u> tea or coffee.

菜單上有果汁；水煮蛋、炒蛋或荷包蛋；吐司；以及茶或咖啡。

若以逗號取代分號，則：

The menu offered us juice, a boiled, fried, or poached egg, toast, and tea or coffee.

菜單上有果汁、水煮蛋、炒蛋或荷包蛋、吐司，以及茶或咖啡。

分號清楚畫分早餐，除了飯後飲料，共三道：果汁、蛋、吐司。換成逗號則混淆不清，好似五、六道。或如：

Lucy's favorite novels are *Raise High the Roof Beam, Carpenter* and *Seymour: An <u>Introduction; Farewell</u>, My <u>Lady; and</u>* One Time, One Place.

露西最愛的小說是《抬高屋梁吧，木匠：西摩傳》、《再見，吾愛》和《一時一地》。

兩個分號明確標示只有三部。換成逗號，恐怕以為五、六本。

第二項規則：分號連結兩個獨立子句（具備主詞、動詞及其他該有要素的完整句子）：

I am drinking a lot of coffee <u>today, I</u> was up too late last night.

我今天喝了很多咖啡，我昨晚太晚睡。

英文裡，底線部分的逗號用法錯誤，為逗號拼接（comma splice）：用逗號連接兩個獨立子句。下一個錯誤用法稱連寫句（run-on sentence），於兩個獨立子句之間未加任何標點：

The results were <u>tabulated they</u> turned out to be statistically significant.

測試結果已製成表格它們有統計上的意義。

底線兩個字之間不能沒有標點。

　　以上兩例為基本文法，很少人犯錯，提出來討論是為了示範可修改的選項。第一句可以這麼改：

I am drinking a lot of coffee <u>today. I</u> was up too late last night.（逗點改為句號：「我今天喝了很多咖啡。我昨晚太晚睡。」）

I am drinking a lot of coffee today <u>because</u> I was up too late last night.（去掉逗點，加連接詞 "because"：「我今天喝了很多咖啡因為我昨晚太晚睡。」）

I am drinking a lot of coffee <u>today; I</u> was up too late last night.（用分號取代逗點：「我今天喝了很多咖啡；我昨晚太晚睡。」）

三個版本都正確，怎麼選？如果不想語氣顯得急促（雖然有時需要急促的效果），可以選擇不用第一句；如果不想平白多個連接詞（彷彿昨晚熬夜的理由多麼重要），可以選擇不用第二句。改為分號的第三句讀起來較為從容、含蓄，它補充說明「猛灌咖啡」的原因但沒那麼慎重其事。然而，我認為中文這麼表達較好：

我今天喝了很多咖啡，昨晚太晚睡。

再來看少了標點的第二句：

The results were tabulated. They turned out to be statistically significant.（加句號：「測試結果已製成表格。它們有統計上的意義。」）

The results were tabulated, and they turned out to be statistically significant.（加逗點和連接詞 'and'：「測試結果已製成表格，而且它們有統計上的意義。」）

The test results were tabulated; they turned out to be statistically significant.（加分號：「測試結果已製成表格；它們有統計上的意義。」）

哪個方式較佳？很難說。不但得依事情嚴重程度而定，還得看作者個人偏好。要是測試結果涉及重大實驗，使用句點的第一句較能製造懸疑效果，猶如頒獎典禮公布結果前的漫長停頓。如果作者平時喜好營造效果，他應該會選第一句：「測試結果出來了。它們具有統計上意

義。」第二句和第三句差別不大，有人選擇用分號大半基於簡潔考量，覺得多個連接詞囉唆了。

凡有規則必有例外。沒有例外不叫規則，是定理，因此有人說，例外之所以存在是為了造就通則。請參考底下這句：

> It was the best of times, it was the worst of times, it was the age of wisdom, it was the age of foolishness, it was the epoch of belief, it was the epoch of incredulity, it was the season of Light, it was the season of Darkness, it was the spring of hope, it was the winter of despair, we had everything before us, we had nothing before us, we were all going direct to Heaven, we were all going direct the other way...

> 那是最好的時代，那是最壞的時代，那是智慧的時期，那是愚昧的時期，那是信仰的世紀，那是懷疑的世紀，那是光明的時段，那是黑暗的時段，那是希望的春天，那是絕望的冬天，我們擁有了一切，我們的面前又一無所有，我們全都直奔天堂而去，卻走向了相反的方向……）（馬鳴謙譯）

若是學生作業，老師必定嚴厲指出通篇「逗號拼接」，該用分號、句號或連接詞穿插，但此為狄更斯（Charles Dickens）名句，大家沒意見吧？然而，正當我以為只因他是大師便可胡來時，文法家卻這麼說：這個句法屬「無連接詞的對等子句」（asyndetic coordination），意思是：涉及句型對稱的系列時，連接詞 "and" 可省略，以逗號分隔即可。換言之，若只是短短的：

It was the best of <u>times, it</u> was the worst of times.

逗點應改為分號：

It was the best of <u>times; it</u> was the worst of times.

否則前一句是「逗號拼接」，沒常識。不過，若以中文表達呢？

那是最好的時代，那是最壞的時代。
那是最好的時代；那是最壞的時代。

逗號或分號有差嗎？我直覺認為逗點較好，分號有點「學究」了，但我懂什麼？

追述或對比

很多情況，使用分號是為了省略連接詞，而省略連接詞是為了讓句子看起來輕盈、讀起來流暢。為方便解釋，權且將分號的功能粗分為兩種：一為確定語意，一為修辭效益。涉及語意，分號當用則用；涉及修辭，可用可不用。前者和邏輯有關，因此爭議不大，麻煩的是修辭，它見仁見智，但憑作者的音感和意欲達成的效果。

分號常用來連結兩個意義相關且分量相當的獨立子句，後面的子句用來追加述明：

Karen was drawn to Princeton's beautiful campus; its call proved irresistible.

凱倫受美麗的普林斯頓校園吸引；其召喚顯然無可抵擋。（以間接方式告訴我們凱倫為何到普林斯頓就讀；前句為因，後句為果。）

I ordered a cheeseburger for lunch; life's too short for counting calories.

午餐我點了起司漢堡；人生苦短就別管卡路里了。（後句的想法解釋前句的行動。若小題大作加上「因為」，便消減了俏皮話的幽默效果。）

推理小說家昆恩（Ellery Queen）之《雙面萊維爾》（許瓊瑩譯）有一句：

她兩者都不是，也兩者都是；她會像個小孩一樣拉著你的手，也會像女人一樣突然鬆開。（後句以鮮明的意象追加說明人物特質。）

或如簡媜《誰在銀閃閃的地方，等你》這句：

壯士斷腕，容易，斷幾束水草，難。見將軍白頭，不忍；見將軍禿頭，更不忍。（以誇飾手法形容男人為掉髮難過。分號前後兩句意思一樣，唯程度有別，後句增強了危機的迫切感。你可能會問，為何第一句不用分號：「壯士斷腕，容易；斷幾束水草，難」？但如此一來，短短幾字便有兩個分號，太擠、太工整了。）

前後兩句意思相左時，分號可簡潔、含蓄地顯示對比：

Money is the root of all evil; the reverse is not necessarily true.

金錢是萬罪之源；倒過來說不一定成立。

Some people prefer urban living; others don't.

有些人喜歡城市生活；有些人不喜歡。（有人譯為「有些人喜歡城市生活；有些人則不喜歡」，我覺得不妥。分號的作用就是為了避開「然而」、「但是」、「則」這些有礙節奏且直接預告前後相悖的警示燈。）

Clair passed the test with flying colors; Laura failed.

克萊兒高分通過；蘿拉不及格。（不過，這句中文若寫成「克萊兒高分通過，蘿拉不及格」，沒有人敢說你錯，反而比較自然。）

漣漪漫漫

如果分號出現於長句，通常意味作者有意維持節奏，達到一氣呵成的效果：

凡是活在絕對的現實中，沒有生物能長時間保持清醒；有

些人認為，即使是雲雀和蝱斯也會作夢。這座山莊並不清醒，兀自背山矗立，把黑暗鎖在其內；至今已矗立了八十年，可能再矗立八十年。山莊內部，牆壁無不筆直，磚頭細密相接，地板片片牢固，門皆逐一關妥；寂靜籠罩著山莊一石一木，無論什麼在裡頭走動，均孤獨而行。

「一個段落，三個分號。」卓瑞爾（Benjamin Dreyer）如此說明：「我想，一般人可能把這些分號換成句號，並將後面每個句子當作子句重寫。但結果卻是把原來緊密交織、幾近幽閉恐懼的念頭硬生生斷開，而原本始終抓著你的手在山莊巡禮的段落便會變成普通句子的集合。」或如：

> 秋天，藏在藍色天空某一群白雲裡，優游著，尋找落腳之處。小城處處可見野宴與水鴨，閒棲於湖上或在草地闊<u>步；秋天</u>，裹著冷氣流的天必定藏入了湖心，沁涼了雁鴨的羽翼，隨雁陣低空而飛，灑落於群樹、屋頂及綠油油的草茵上。（簡媜，《老師的十二樣見面禮》）

有畫面，有動靜。秋天躲了起來但伺機而動，先是野雁和水鴨恬然自得的氛圍，然後是秋天，從雲端潛入湖底，然後隨著野雁飛起，最終一陣涼意遍灑大地。分號讓這段文字的節奏一氣呵成，若換成句點，則秋天從藏匿到露臉之間似有時間流逝，彷彿兩個分開的現象。

除了掌控節奏，分號亦可接續前句氛圍，牽引讀者情緒。試看底下神來一筆：

> 她的老化首先表現在對家人的依賴上。每一日都太漫長，以致晚間有一種熱切的期<u>待；孫兒下班，晚餐，喝茶，聊天，</u>

<u>有人陪伴。</u>（《誰在銀閃閃的地方，等你》）

假使底線段落由冒號取代分號、頓號取代逗點：

> 她的老化首先表現在對家人的依賴上。每一日都太漫長，
> 以致晚間有一種熱切的期待<u>:孫兒下班、晚餐、喝茶、聊天、</u>
> <u>有人陪伴。</u>

換成了冒號和頓號，這位老人家每天引領期盼的時光儼然流水帳，彷彿意味雖然有人陪伴，那些條列式的活動單調而機械。冒號只是交代她期待些什麼，但分號除了透露之外，還不著痕跡地滑進老太太的心情，而那些穿插在不同活動之間的逗號，不如頓號那麼死板、急促，我們因此覺得每一個她珍惜的時光都帶來溫暖踏實的慰藉，為她感到欣慰之餘，亦深切感受年老的寂寥。

推理小說家錢德勒（Raymond Chandler）撰寫一般文章不會躲著分號，但創作小說時很少使用，例如《大眠》這部只出現兩次。其中一次是偵探馬羅（Marlowe）審視房內，看著自己所有：

> Not <u>much; a</u> few books, pictures, radio, chessmen, old letters,
> stuff like that. Nothing.

> <u>不多；</u>幾本書、照片、收音機、西洋棋子、舊信件，類似
> 的東西。啥也沒。

這裡的分號連結了兩個不完整句子，或者說，連結了兩個省略了主詞、動詞的獨立子句。要了解這個分號，華生認為脈絡很重要。我們得從偵探的性格品味這個難得一見的分號：馬羅是硬漢，不來傷感那

套，述說故事和辦案風格一樣，乾脆爽快，絕不囉唆。內省非他所愛，顧影自憐門兒都沒。在一個難得時刻，偵探發覺自己擁有不多，但即便光景如此淒涼，仍保持自制，以極簡語法抒發感觸。所有省去的字眼代表不必要的情緒，彷彿略而不提的沉重皆由那輕盈的分號承擔。

經過以上整理，我似乎略懂分號，不再那麼迷惑。各位讀者呢？

結束這個話題之前，再舉一個簡單的示範。本篇討論的例句大致參考華生的專書《分號》。這部書，說實在，不夠精彩，尤其說明分號的妙處這一環，不夠深入。為它寫書評時，克里斯托（David Crystal）希望表達「我真的喜愛這本書」並強調「我真的如此認為」，但不確定該如何表達，於是設想以下幾個方式並附上評語：

> I really loved this book. I really did. (Too abrupt.)
> （用句點太唐突。）
> I really loved this book, I really did. (Too rushed.)
> （用逗點太倉促。）
> I really loved this book: I really did. (Too planned.)
> （用冒號太算計。）
> I really loved this book -- I really did. (Too afterthought.)
> （用破折號似乎想很久才決定。）
> I really loved this book... I really did. (Too uncertain.)
> （用刪節號顯得猶豫不決。）
> I really loved this book; I really did.
> （用分號，完美。）

克里斯托是公認的專家，對於英語的歷史及用法的演變瞭若指掌，因此他的判斷大抵沒錯。不過有必要提醒：語言使用，包括標點符號，不可脫離情境。單就此例的脈絡來說——大師希望加強語氣，表示支

持後進——使用分號應是最佳選擇。

分號或不分號不僅視情境而定，且因語言有所不同。若以中文表達，我選擇逗號——「我真的喜歡這本書，真的」——分號去一旁涼快吧。

主要參考書籍

Watson, Cecelia. *Semicolon*. New York: Harper Collins Publishers, 2019.

6. 要命的驚嘆號

「怎麼穿得這麼黑？」

「對啊，最近比較黑。」

這不是契訶夫（Chekhov）《海鷗》開場白，是我路過捷運大安站聽到兩名女子的對話。

問話的女子站在騎樓底下，被問的正要步入站口，一襲素黑洋裝的她並未因突如其來的「問候」變臉或稍稍停下腳步，倒是我這個無意間耳聞的路人為之回味不已，揣測著兩人的關係與當下各自的心情。

不管從社會語言學或心理語言學切入，「怎麼穿得這麼黑」解讀為「不以為然」應不為過。它有點衝，帶著不認同（「品味出了什麼問題？」或「參加喪禮嗎？」），嚴格來說不是問句——發話者並不想知道原因——而是帶著否定的評語。因此落於文字應是「怎麼這麼黑！」驚嘆號不代表她大聲嚷嚷（語氣其實很冷），而是同時傳達「意想不到」與「不敢苟同」。

或許我想太多。就文化風俗來看，如上問候實不足為怪。根據我太太，一個在台北定居三十多年美國華僑的說法，台灣人講話就這麼直接。不只一次，在公車上或十字路口，陌生婦人會主動勸她臉上的青春痘不可放任不管，說完還熱忱地提供偏方。每回她都不知該發怒或發噱。有一次真的試了偏方，其結果和我試過無數次防禿洗髮劑一樣，當然沒效。近幾年她坐捷運時倒是沒再遇上貴人，她問我：「台

灣人變文明了，還是因為我老了，沒救了？」結婚三十多年，早已明白這種帶有陷阱的選擇題最好不要回答。

想太多

> 「妳為何總是穿黑的？」
> 「我在為我的生命哀悼。我不快樂。」

《海鷗》以此起拍頗有一錘定音之效，預告貫穿全劇既傷感卻又嘲弄傷感的雙重基調：不單是這位老穿著黑服的人物，其他角色同樣不快樂，不是為了青春已逝、愛情沒著落或理想未得實現，便是耽溺於人生不適足的情結裡。這些人可憐之餘也著實可笑。然而，只看到可憐的一面，恐怕是被他們的扭捏作態給矇騙了；若覺得他們不過是可笑的小丑，便忽略了姿態背後的深沉悲哀。

那天路過捷運站時心情低落，正陷入自憐之中，兩名女子的對話猛然將我的意識揪回現實，隨即又跨越時空飄到十九世紀末俄羅斯。《海鷗》把人物寫得活靈活現，而大安站前真實人生的心戰攻防則有如戲劇，足堪推敲。

我們都知道「今天穿得好藍」或「今天穿得好綠」效果差不多，沒有明顯貶抑之意，除非某人之於顏色持有固若金湯的定見。不過，「怎麼曬得這麼勻」和「怎麼曬得這麼黑」兩種打招呼方式，勢必帶給受話者截然不同的感受。因此當甲女說「怎麼穿得這麼黑」，我猜她不是不擅應對，便是對黑衣女子帶點敵意。我至少確定兩人關係雖熟但有點緊張，絕非相互扶持的密友。

黑衣女子的回應更耐人尋味。解讀「對啊，最近比較黑」，若短話長說即：「老娘就是要黑，要妳管？有人在大庭廣眾下這麼打招呼

的嗎？我雖錯愕不爽也絕不願為妳的意見駐足半秒，反而我面帶微笑，完全不把妳和妳的色調美學當一回事。」長話短說就是「關妳屁事」。如此解釋，這句話較像是回嗆：「對啊，最近比較黑！」但於此驚嘆號實屬多餘，因為它將讀者依脈絡玩味的空間給剝奪了。

或者黑衣女子最近心情真的比較黑，儼然契訶夫筆下人物重現於二十一世紀台北街頭。萬一有人說，哪那麼嚴重，今年夏天流行黑嘛——以上揣想便很無聊，只是我個人對語言過敏罷了。

前幾天早上醒來走到客廳，正要轉進廚房倒杯水，發現太太出門前在餐桌留下的字條，上面用英文寫著 "Clothes!"（衣服！），看得我怵目驚心。她要我記得把冬衣送到乾洗店——意思我懂，但驚嘆號有必要嗎？不意隔天早上她又來了："Garbage!"（垃圾！）我再度心跳加速。你或許以為我神經衰弱，我是神經衰弱，但晨起便有人以驚嘆號問安，就像夜半有人敲門，不免見之不祥吧。

我決定跟她談談。

「妳對人生有什麼不滿嗎？還是，妳對我有什麼不滿？」

「怎麼啦？」

「為什麼妳這幾天寫字條給我都在結尾加了驚嘆號？」

「有嗎？」

「你看這張！還有這張！」

「我沒注意到。」

「沒注意到更可怕了。妳在潛意識裡罵我是垃圾嗎？」

「哪有？我只是提醒你丟垃圾。你知道我鼻子很敏感，而垃圾又那麼臭。」

「確定沒有把妳對垃圾的嫌惡轉嫁成對我的嫌惡？如果妳只是提醒我丟垃圾，應該寫 "Don't forget the garbage, dear"，或至少縮寫為 "the garbage, please"。看看妳怎麼寫的，不但少了 'the'，後面還加個

驚嘆號，我們還能一起生活嗎？」

「你現在是為了驚嘆號和介詞跟我鬧離婚嗎？」

「T-H-E 不是介詞，是定冠詞！」

五體投地

多年開設創作課的心得，有沒有才氣不是重點，令我痛苦的是多數學生連基本格式都搞不清楚，彷彿沒吃過豬肉也沒看過豬走路的初生兒。不可思議，他們讀過不少劇本，卻不知劇本該長什麼模樣。更讓人氣餒的是，中文標點符號在他們的大作竟獲得前所未有的解放。

學生給標點不是太吝嗇就是過於揮霍。

寫完一句，沒句點；寫了半頁段落，標點不願施捨一個。（當然，學生之中或有喬伊斯或王文興等級的天才，是我有眼無珠。）標示引號於繁體中文、簡體中文或英文各有各的方式，但凡一以貫之我意見不大，不過這些活寶卻時常在同一篇大作三種混用——標點無國界，大概就這麼回事。

許是網際網路、崇尚快而不準的時代使然，一般同學使用刪節號（……）通常少了三點（…），也可能受現下流行的誇飾語法影響，有的刪節號竟然多了好幾點（…………）。每回看到這些我總是落入時不我與或我不與時的迷惘之中，無論答案如何，還有資格指導這些從標點符號就顛覆我三觀的學生嗎？

至於驚嘆號，他們絕對是暴發戶，寫劇本猶如畫漫畫，人物稍有情緒便驚嘆一下。二十一世紀可謂驚嘆的年代，驚嘆號已氾濫成災，導致批判濫用驚嘆號的文章也已氾濫成災。本章節既是現象分析，亦為現象之一。英文 "bangorrhea" 指濫用驚嘆號：前面 "bang" 指巨大聲響，猶如漫畫裡常見之「砰」，字尾 "rrhea" 源自拉丁文，意指「流

動」、「如溪水」，直譯為中文即「驚嘆號狂瀉症」。

哎喲！好痛！天啊！媽的！這些驚嘆號可以忍受，咱們不用那麼挑剔。但描寫打招呼時要小心。「你好！」──不建議，除非中間隔著一條河或一座山。「嗯！」──更為不妥，好像上大號。通俗小說或電視劇本常出現「媽！我回來了。」還有更糟的「爸！媽！我回來了！」──天啊，有人這樣喊爸喊媽的嗎？希望他們心臟病發不成？除非角色失蹤多年後終得返家且父母並未料想奇蹟發生，或是為了來點驚奇或暗含指責，否則任何人叫喚任何人都不應如此激動。

有些驚嘆號少不得。加拿大魁北克有個人口 1,471 人小鎮叫 "Saint-Louis-du-Ha!Ha!"。注意，有兩個 Ha、兩個驚嘆號，若要表示這個鎮名很好笑得這麼寫："Saint-Louis-du-Ha!Ha! Ha!"。有些，但極少數，驚嘆號令人讚嘆。最為人稱頌者莫過於法國作家雨果（Victor Hugo）的例子。《悲慘世界》於法國出版時雨果正流放英國，為了詢問新書銷售狀況只能打電報給出版商。他只傳「？」，對方回以「！」。

除此之外，百分之九十九的驚嘆號都該砍了。讀研究所時一位立志成為詩人的學弟不時拿他的大作逼我拜讀。持平而論，寫得不賴，問題是驚嘆號太多。我據實相告，「驚嘆號是詩的毒，也是散文的毒」。

他辯稱驚嘆號是為了加強語氣，我回以：「語言精準便用不著加強；驚嘆號是『此地有銀三百兩』，無異昭告世人這裡有寶藏，快來挖金句！」他不服，又說「驚嘆號是畫龍點睛」，我說「驚嘆號是脫褲子放屁」。兩人為了驚嘆號當場鬧翻，從此未再聞問。據悉他沒成為詩人，畢業後在一家卡片公司負責文案，專寫金句。

歐陽博士（Dr. Edward P. Vargo）是我文學啟蒙恩師。我二十歲時，他教讀歐尼爾（Eugene O'Neill）經典名著《長夜漫漫路迢迢》。在他眼裡，這是美國有史以來最偉大的劇本。我說沒感覺，他說等你年

紀大一點。二十年過後我已四十，依然沒感覺，他仍說等你年紀大一點。又二十年過後：

> 「還是沒感覺，但請不要告訴我『等你年紀大一點』，我都六十了。」
> 「我不會，因為你沒救了！」

或許我真的沒救，對於一片哀鴻傷感的作品總神經質地排斥。然而我不認為《長夜漫漫路迢迢》偉大還有另一個理由——你猜對了——太多驚嘆號：

> 瑪麗：喔，我已經厭倦假裝這是個家了！你不願幫我！你連稍微勉強自己都不願！你不知道在一個家該如何自處！你不是真的想要一個家！你從來不要——甚至從我們結婚那天開始！你應該保持單身，住兩星級旅社，和你的狐群狗黨在酒吧作樂！

我知道瑪麗嗑藥之後特別激動，但作者似乎寫嗨了，也同樣激動。我曾經細數劇本有幾個驚嘆號，記得數到八十幾便不支了。

作家如何看？

有些作家（珍·奧斯丁、吳爾芙、喬伊斯）常用驚嘆號，顯然並不排斥；有些對它厭惡之餘還不忘勸人戒之慎之。《大亨小傳》作者費茲傑羅（Fitzgerald）曾勸人刪掉所有驚嘆號：「驚嘆號就是自己說笑自己笑。」犯罪小說家倫納德（Elmore Leonard）給的額度是「控

制你的驚嘆號，每十萬字裡不能超過兩個」。驚嘆號對幽默文體傷害最大，這點沒有人比馬克‧吐溫（Mark Twain）清楚：

> 說笑的人抖包袱不懂冷處理，反而大聲說出——每一次。印刷成文字時，不管在英國、法國、德國、義大利，他會以斜體強調，後面再加上吶喊連連的驚嘆號，甚至加括弧解釋哪裡好笑。這一切令人沮喪，令人想從此放棄說笑，從此過著較幸福的日子。

英國作家普萊契（Terry Pratchett）斷言：「一連五個驚嘆號絕對是瘋掉的跡象。」周杰倫寫過一首歌，歌名就叫「驚嘆號」：

> 哇　靠毅力極限燃燒 哇 靠鬥志仰天咆嘯
> 哇　靠自己創作跑道 靠！！！！！！！

沒聽過那首歌，很好奇那些驚嘆號怎麼唱。

契訶夫出道時曾寫些幽默小品，其中一篇即〈驚嘆號〉。一名學校督察被同事嘲笑不懂標點符號，回家後翻遍以前寫的報告書，發覺工作四十年間未曾用過一次驚嘆號。他問老婆驚嘆號幹嘛用的，後者答以「用來標示愉快、憤慨、喜樂、盛怒」。他想，原來自己心如止水，不曾有過那些情緒。之後看到每一樣東西便覺得長得像驚嘆號，彷彿嘲笑他是無感機器，直到某天步入一個場合，在簽到簿寫下自己的名字後連加三個驚嘆號，突然間他感受一道「憤怒之光」，內心狂喜且因盛怒而沸騰：沒錯，這名號正是本爺老子我！

無論用以表達什麼情緒，驚嘆號的作用不外是加強語氣。但哪時該用、哪時該捨不好判斷。底下這句：

我再三叮嚀要他準時報到，他居然遲到！

我會選擇不加；「居然」、「竟然、「膽敢」、「豈料」這些用語本身已有驚嘆成分。記得古龍小說有這麼一句：

她一絲未掛，只穿戴一對耳環。

若加添兩個驚嘆號地大呼小叫：

她一絲未掛！只穿戴一對耳環！

太沒見過世面了吧。「看刀！」武俠小說常見動手前先來句鏗鏘有力的招呼，氣勢凌厲（但太有風度，怪不得少有一刀斃命）。可我覺得沉不住氣，鐵定不是高手。比較下面兩句：

我會讓他死在我刀下！
我會讓他死在我刀下。

若激情多於決心，我會用第一句；若決心多於激情，第二句。

很多時候，含蓄的陳述（understatement）可以更有效地傳達驚嘆。不過「淹水了！」絕對要加；「生日快樂！」最好加，以免壽星感受不到誠意。之前提到我太太為了垃圾亂加驚嘆號，底下出自情境喜劇的橋段則示範該加未加所惹來的麻煩：

「懂了吧？你的字條寫『麥拉剛生了小孩』，但是你沒加驚嘆號。」
「又怎樣？」

「算了，沒怎樣，我只是覺得奇怪。」

「奇怪什麼？」

「我的意思是如果你的好友剛生下小孩，我留字條給你一定會加個驚嘆號。」

「或許我用驚嘆號沒妳那麼隨便。」

「你不覺得有人生小孩值得一個驚嘆號？」

「喂，我只是寫字條，不知道必須傳達心情的規定。」

「我只是以為當你得知我朋友生小孩多少會覺得興奮吧。」

「好吧，我是興奮。我只是剛好不喜歡驚嘆號。」

「給我聽好，傑克，你應該學習怎麼用驚嘆號！就像我現在說的話！我會在每一句加驚嘆號！之前那句加！這句之前那句也加！」

「很好，現在這句也幫我加！再見！」（《歡樂單身派對》）

專家怎麼說？

　　文法家的任務是提供通用法則，因此不能像作家那麼霸道，放肆地抒發個人好惡。他們不至於說驚嘆號不好，但是沒有一位寫作指南作者不會告訴你，驚嘆號得節省地用、適當地用，用得恰如其分。至於「恰如其分」的準則，不但因人而異且因年代有別。《一次搞懂標點符號》作者認為驚嘆號適用於「感嘆句的句末」，如：

> 我讀到此處，在晶瑩的淚光中，又看見那肥胖的，青布棉袍，黑布馬褂的背影。唉！我不知何時再能與他相見！（朱自清〈背影〉，1925）

我以後不能再學了！我學習法語到此為止！想起來真是懊悔！我懊悔從前逃課去找鳥窩，去薩爾河溜冰，浪費了多少時光！（Daudet《最後一課》，1873）

適用嗎？於十九世紀歐洲或二十世紀初中國，或許。過了浪漫情懷和傷感主義的年代，很少作家這麼幹了。

卓瑞爾（Benjamin Dreyer）建議：「驚嘆號少用為妙。一旦過度使用驚嘆號，便顯得霸道、專橫，最終讀來令人厭煩。有些作家建議，每本書驚嘆號的數量不能超過一打，有些作家甚至堅持一輩子都不能超過這個數量。」他還說「凡是過了十歲且非漫畫從業人員，不應該把雙驚嘆號（！！）或雙問號（？？）擺在句尾」。至於「？！」這個符號，萬萬用不可！

涉及語意時，有些驚嘆號非用不可：

The eggs are in the fridge, aren't they?
蛋在冰箱裡，沒有嗎？

The eggs are in the fridge, aren't they!
蛋在冰箱裡，不是嗎！

克里斯托（David Crystal）如此解釋：第一句是「不確定」（蛋應該在冰箱裡，但我不確定），第二句是「不耐煩」（你明知蛋在冰箱裡，還問！）。交談時我們無需擔心標點符號，只要改變聲調既可傳達第一句或第二句，然而換成書寫則需問號或驚嘆號提示語氣。

日常應對的語氣常曖昧不明。例如說出「蛋在冰箱裡不是嗎」這句，口吻可以含混其詞，讓對方摸不清它是單純反問，抑或帶著敵意。若以文字表達，語氣不得不明確，沒有模糊的餘地，因為標點系

統裡沒有一個介於「？」和「！」之間的符號。克里斯托認為問題的癥結在於：「標點迫使我們以非黑即白的方式表達，口語則不然；它迫使我們做出〔語氣上的〕區隔，口語則用不著。」比起白紙黑字，口語較為滑溜但很少造成誤解，因為面對面交談時，可當場釐清不明之處。假設上述例子是一段真實對話：

> 「蛋在冰箱裡是吧」
> 「蛋在冰箱裡不是嗎」
> 「你什麼態度我只不過問你蛋是不是在冰箱」
> 「我哪什麼態度我只是回答你啊」

目前只是鬥嘴，接下來兩人可以選擇吵得天翻地覆，亦可按下不表，留待秋後算帳。無論吵或不吵，當面交談的好處在於立即反應，書寫則辦不到。克里斯托說「標點符號的功能不只是再現口語。它的存在是為了使文字有條理」，因此必須謹慎。

　　至於本書，除了用以模擬說話者口吻（引號裡的對白），以及不用引號但模擬談論對象的情緒以外，驚嘆號可免則免。

主要參考書籍

Crystal, David. *The Fight for English*. New York: Oxford UP, 2006.

班傑明‧卓瑞爾（Benjamin Dreyer）。《清晰簡明的英文寫作指南》。
　　林步昇譯。台北：經濟新潮社，2021。

康文炳。《一次搞懂標點符號》。台北：允晨文化，2018。

7. 寫作指南聖經

　　每於外語大樓三樓和他錯身而過，總會下意識看一眼他拄的枴杖，以及腳下黑皮鞋，鞋頭蓋特別突出，猶如隆起的土丘，前後不成比例。他是文納神父（Fr. Peter Venne），輔仁大學在台復校後英文系創系主任。一位學長跟我透露，文革期間他曾遭清算，受盡苦難，雙腳腳趾全給斬切。文納神父來自德國，慈祥和藹，總是面帶笑容，但為人嚴肅，我們不敢和他親近。記得大四上學期，我和他又在走廊相遇，但這次不只打個招呼，還把我叫住，從背心口袋拿出一只信封，說某善心人士捐了三千元，希望幫助經濟上有困難的學生。原來他已注意到我，看見了我右腳皮鞋頭蓋的開口笑。臨走前他說，樂捐者只有一個期許：將來若有餘力也能幫助有困難的人。當天的畫面難忘，而那句叮嚀始終謹記在心。

　　大二時文納神父為我們上作文課，用的教材是《風格的要素》。比起高中時消化不良的文法書，這本英語用法手冊生動有趣，而且書裡列舉的幾個提點助益良多，一直受用至今。於後方知，有一段時日它曾是美國公認的寫作指南「聖經」。

　　1919 年，第一次世界大戰即將結束之際，斯特倫克（William Strunk Jr.）教授開設一門英語寫作課，以自己編寫之「風格的要素」為教材。因篇幅不長，學生私下暱稱為「那本小書」（the little book），作者得知後引以為傲，覺得似有「以小搏大」之意。將近四十年過後的 1957 年，著名散文家懷特（E. B. White）修訂老師的教材交由出版社發行。經過潤飾、增補，加上序言、導讀及後記，依

舊是一百頁出頭的小書，至今仍在發行，影響了千千萬萬讀者。

　　書中第一部分，作者羅列了幾條寫作準則，其中大部涉及英語用法，和本章重點關係不大，現只討論值得中文書寫參考的幾項。

務必簡潔

　　「有力的書寫貴在精確。」作者寫道：「一個句子不應有贅字，一個段落不應有贅句，正如一張畫沒有多餘線條或一部機器沒有多餘零件。這並非要求作者只寫短句、避開細節，或者以大綱的方式處理主題，而是要求每一個字皆有分量。」斯特倫克好比言行合一的布道者，文風簡潔，絕無廢話，上課時亦然。懷特於導言憶及老師上課光景，由於言簡意賅，導致有時課堂時間尚未結束，備妥的教材已傾囊授盡，為了避免無話可說的窘境，斯特倫克刻意放慢語速、再三重複、字字鏗鏘：「規則第十七條。刪除贅字！刪除贅字！刪除贅字！」

　　讓我們看看他舉的例子，左邊是饒舌版，括弧裡為簡潔版。

> 至於這個問題是否（是否／這個問題是否）
> 作為燃料的用途（作為燃料）
> 這是一個涉及……的主題（這個主題涉及）
> 為何如此的理由是（因為）

斯特倫克對於 "the fact that"（基於某事實）特別感冒：

> 因為這個事實（因為）
> 即便事實是（雖然）
> 讓你注意到這個事實（提醒你）

他沒成功這個事實（他的失敗）

我已經抵達的事實（我已抵達）

力求簡潔是很好的提醒，尤其潤稿時以去除贅字為目標，特別管用，往往消減贅肉後文章清新許多，瘦身成效可感。然而，連懷特這位散文大家也不得不承認，有時幾經掙扎之後，仍選用「因為這個事實」，而不是「因為」。理由很簡單，斯特倫克往往將一般通則視為必須遵守的律令，以致無轉圜空間。當作者必須強調「某情境之為事實」時，單用「因為」恐力道不夠。「即便事實是」不應濫用，但總有該用的時候。另一個問題是斯特倫克所談的書寫偏重應用或論說文，所列的法則不一定適合其他文體如記敘文、抒情文，更別提小說、詩歌或戲劇。（關於不同文體風格，參考第 9 章。）

形容詞和副詞省點用

另一個忠告是「用動詞與名詞造句」，切忌堆砌形容詞與副詞。形容詞有其必要之處，但它的作用不是為了拯救不明確的名詞，副詞的功能也不是為了拉抬軟弱無力的動詞。空洞的形容詞只會消減張力，副詞也一樣。暢銷作家史蒂芬‧金（Stephen King）曾說「通往地獄之路鋪滿副詞」。以動詞與名詞造句這個原則尤其重要，留待下章討論，於此先談形容詞與副詞。

不到位的形容詞或副詞就像多餘的裝飾，反而凸顯內容貧瘠。形容詞如「美麗的」、「可愛的」、「可怕的」、「傑出的」、「荒謬的」、「紅紅的」，或副詞如「絕對地」、「完美地」、「憤怒地」、「帥氣地」，用多了便鬆弛乏力，彷彿無意識亦無意義的口頭禪。我們當然可以說某人傑出，但是如果之前或之後沒有以鮮明的事例說明

此人為何傑出，「傑出的」便空心不實。或如某些學者動不動便以「基本上」、「原則上」、「事實上」這些副詞起頭，看起來學究味十足，但其效果卻是車子還沒開跑已先拋錨。

寫作難，難在克服自己。

《等待果陀》名句之一「習慣最為致命」，意指制式行為或思考意味死亡。寫作時，完全戒除習慣用語並不容易，此為寫作指南值得參考的原因。不知一般作家如何，我需要。就寢時翻閱一兩個法則，既是練功亦可助眠，何樂不為？

懷特論及風格時，認為「很」（very）是多餘的修飾語，和「頗為」（rather）、「相當」（pretty）一樣，「無異肆虐的水蛭將散文池塘裡的字眼吸光了血」。（引言這句即「用動詞和名詞造句」很好的示範。）他接著說，「常見的形容詞 "little"，除非意指尺寸，特別削弱力道；我們應試圖做得好一點（a little），應非常（very）留意這個規則，因為它頗為（rather）重要，而我們相當（pretty）確定地會違反它。」這句話精采，作者甫立規則便於下句違背自己的忠告，除了展現幽默，且間接示範修飾語不是不能用，只是必須用得恰到好處。

中文修飾詞「很」讓我摸不透。根據字典，「很」意指「甚、非常，表示程度高」。我有個壞習慣，常常「很」來「很」去，只覺得說起來順口。例如前兩段這句：

> 不知一般作家如何，我需要。

我原本寫「不知一般作家如何，我很需要」，但念及懷特的叮嚀，便仔細斟酌我需要寫作指南的程度，最後決定自己程度尚可，只是「需要」，因此拿掉「很」。又如前一段落括弧裡：

> 引言這句即「用動詞和名詞造句」很好的示範。

若改為：

> 這句即「用動詞和名詞造句」好的示範。

會不會讓讀者有所期待，以為於後將列舉壞的示範？應該不至於，我想；這個疑慮顯然來自我對某些用語的制式反應。但考慮之後，還是把「很」留下，因為該句精彩程度值得一個「很」。試看底下用法：

> He is very tall.

「他很高」，沒問題。若換成 "He is tall"，中文該如何表達？

> 他高。

文法沒錯，但極少見過如此惜字如金。我們通常說：

> 他個子高。
> 他長得高。

單獨「他高」實在罕見，總得配上別的字眼，如「他高我矮」或「他高個屁」。假設不遠處有名男子身材不是很高但還算高，我突然跟身旁的人說「他高」，對方的反應想必是「誰？高什麼？」。我們通常說「她很美」、「她算美」、「她長得美」，或者「她美我醜」、「因為她美」。無前言後語的「她美」就是怪，令人有一股補上「得冒泡」的衝動。愚意以為，中文裡「很」並非全都為了強調程度，也就是說「他很高」、「她很美」在韻律上解決了「他高」、「她美」的突兀感。

肯定強過否定

英文有個說法叫「話語痙攣」（verbal tics），意指人們言談時不假思索便不斷重複的字眼。例如每講幾句便說「你懂我意思吧」（或台語「你聽有沒」），此為上了年紀常犯的毛病。或如名嘴濫用的「所謂」與「老實講」。這些名嘴似乎什麼都不相信，任何名詞都加上「所謂」——「所謂的車禍」、「所謂的死人」——即便車禍不假、真有人罹難。同時，不斷強調「老實說」分明意味他們大半沒說真話。以前電視常出現一位頂著教授光環的名嘴，動不動便說「所以我常說」，看得我常在心裡對他說「既然常說就說點別的吧」。搭計程車時難免遇到愛發議論的運將，最常聽聞口頭禪「講一句更歹聽的」，我每次都「啊？剛才說的還不夠難聽嗎？」。（關於話語痙攣，參考第21章。）

我有個朋友，此君對別人話語的反應一向以「不」打前鋒。讚美他「昨天表現不錯喔」，他說「不，我的表現其實不錯」；批評他「昨天情緒有點失控喔」，他說「不，我真的很火大」。我說「雨下得真大」，反射回來的是「不，超大」，害我不得不思索「真大」與「超大」的區別。為何認同對方的意見卻總以否定回應，這個言語痙攣值得分析，可惜並非本文重點，有機會再聊。（簡單解釋：此人過於自我中心，凡事只有他說的算數。）

規則第15：以肯定句呈述。

「他通常不準時」不如「他常遲到」；「她不認為學習拉丁文是善用時間的方式」不如「她認為學習拉丁文浪費時間」。斯特倫克舉了其他例子，建議我們以右邊括弧裡的方式表達：

不重要（瑣碎）

　　不記得（忘記）

　　沒注意（忽略）

　　對……信心不夠（不信任）

否定句導致語意曖昧，好似作者猶豫不決、立場不堅。「以肯定句陳述」這個規則值得參考，可惜斯特倫克的指示過於簡要，而且大半不理會脈絡。

　　I don't have enough confidence in him.（我對他信心不夠。）

　　I distrust him.（我不信任他。）

這兩句，無論以英語或中文表達，態度上確有些微差異，但看情境。很少人為了死守規則而全以肯定句表達：口語或書寫，曖昧有其必要。

　　有關此法則，威廉斯（Joseph Williams）的解釋較為全面。他也認為肯定句強過否定句：

　　勿用否定句表達。

　　以肯定句表達。

以精簡而言，後面那句顯然較好，亦較體諒讀者。為了理解否定句，他說，讀者必須在腦中將否定的表達轉譯成肯定的訊息，例如底下：。

　　不是很多（只有一些）

　　不是不同（類似）

　　沒有留下（離開）

　　沒有具備（缺少）

年紀不到（太年輕）

　　　沒有准許（禁止）

　　　沒有可能（不可能）

　　　沒有能力（無法）

更麻煩、囉唆的用法是雙重否定：

　　　沒有不可能（可能）

　　　不是沒能力（有能力）

有些字眼本身便含否定意味，如「避免」、「排斥」、「拒絕」、「反對」、「懷疑」。一旦這些語詞出現在雙重否定的句型裡，讀者恐怕得在腦裡先來個後空翻、再來個前滾翻才能理解：

　　　我不是不相信他沒有反對我的提議。

遇到這種多重否定的句子，我得歷經兩次負負得正的推理才能得到結論：「我相信他贊成我的提議，不過……。」太累了。

　　然而威廉斯指出，否定句有其功能。有時我們先以否定起頭、再以肯定做結：

　　　於二十世紀最後十年，我們將<u>不會</u>在境內找到足夠的石油，在世界市場也買<u>不到</u>所需。唯一能增加石油供應的方法即<u>發展</u>一直被我們忽略的資源：全面性節能。

以下為常見的論述策略：先以否定的口吻提及他人立場，然後以肯定的方式糾正：

他不認為計畫可行，我卻相信大有可為。

主動優於被動

　　規則第 14：採主動語態。比起被動，主動較直接有力：

　　　　我會永遠記得初遊波士頓。
　　　　初遊波士頓讓我永遠記得。

被動說法不夠果決，亦嫌拗口。不過斯特倫克同時提醒，這個原則並不意指被動語態完全不能用：

　　　　英國復辟時期劇作家於今日不受推崇。
　　　　現代讀者對英國復辟時期劇作家評價不高。

如果主題為那時代的劇作家，第一句被動語態較為恰當；反之，若主題是現代人的文學品味，則應以第二句表達。換言之，如果一句話裡同時有兩個「名詞／單位」（劇作家與現代讀者），選擇主動或被動得視何者為重點而定。平克（Steven Pinker）同意這個觀點，認為使用主動或被動和一個句子的焦點有關：

　　　　看那個手提購物袋的女人用櫛瓜攻擊一個默劇演員。
　　　　看那個默劇演員被手提購物袋的女人用櫛瓜攻擊。

　　第一句裡對默劇表演恨之入骨的女人是焦點，第二句的焦點是挨

打的落難演員。我想到的例子是「蟲蟲與阿珍」的故事。有一天，三歲的阿珍跑去跟母親哭訴：

> 媽咪，我被蟲蟲咬了！
> 媽咪，蟲蟲咬我！

第一句被動語態裡，「阿珍被咬」這個事實比較重要，強調的是「我很可憐」，因此母親通常以「哪裡？痛不痛？」安慰她。第二句主動語態裡，「蟲蟲不乖」才是重點，因此母親須同仇敵愾：「太可惡了！蟲蟲在哪？我們去找牠算帳！」

　　平克認為被動語態不可能一無是處，否則不至流傳了數百年還有人使用。意在推拖諉過的政客非常需要它：

> 錯誤已（被）造成（至於由誰造成暫且略而不提了吧。）

有時候，是為了不失焦：

> 救難直升機被派遣至失事地點。（救難是重點，至於誰派遣直升機或由誰駕駛皆屬次要。）

使用被動語態，除了聚焦功能，亦可維持敘述一致性。平克引用維基百科介紹《伊底帕斯》的文字：

> 一名男子抵達科林斯城，捎來伊底帕斯父親已死的訊息……原來這位傳訊者為西沙龍山區的牧羊人，而多年前他曾被交付一個嬰兒……這個嬰兒，他說，由另一個隸屬王室的牧羊人交付給他，而前者被吩咐要處理掉這個小孩。

如底線部分所示，三個緊連的被動語態讓傳訊者成為整個段落的主角。他被指派一項重大任務——殺掉嬰兒。被動的語法加深了傳訊者身不由己的情境。同時，那名王室牧羊人乃銜令行事，嬰兒時期的伊底帕斯則被送來送去，兩人都處於被動。平克說，若整句改為主動語態，將導致此刻主角是傳訊人，下一刻是伊底帕斯，另一刻則換成王室牧羊人，焦點如蚱蜢般跳來跳去，不但重心不穩且破壞一致性。

撰寫本書期間，好萊塢發生一樁悲劇，演員亞歷・鮑德溫（Alec Baldwin）參與某部片子於拍攝期間發生意外。外電報導翻譯如下：

> 哈欽斯，42歲，攝影指導，以及蘇扎，48歲，該片導演，遭一支手槍射擊，手槍由鮑德溫發射……

若換成主動語態，「鮑德溫開槍，射擊……」便有誤導之虞了。1980-1982年間，我於美國堪薩斯大學攻讀戲劇碩士。某天早上翻開校內出版的學生報，赫然讀到有人企圖刺殺雷根總統的要聞，斗大粗體頭版頭條這麼寫著：

Assassination Attempt Failed.（刺殺失敗）

是主動語態沒錯，但下標的心態可疑。我不喜歡雷根，當時自由派學生也不支持他，但無論如何，搞新聞的人總得守著本分，不應以恐怖分子的角度描述事件。「刺殺失敗」一副「可惜沒成功」，有點惡毒。主流報紙的被動用語則恰當多了：「總統雷根遭槍擊」（President Reagan Shot）。

聖經蒙塵

　　平克為《風格的要素》忠實讀者，認為它曾是一把鑲嵌著寶石的利器，但多年之後，隨著語言改變，寶石逐漸褪去光澤，寶刀鋒銳不再而略顯笨鈍。原因之一是斯特倫克與懷特兩位作者，對於風格的判斷多半憑直覺與敏銳的耳朵，並未充分掌握文法，因此解釋規則時偶有錯誤。另一個問題是，很多手冊作者不具語言學專業背景，以致「面對傳統語法規則的態度，猶似基本教義派面對十誡的態度」。他們常把行之多年的規則視為鏤刻於石板上的清規戒律，卻不知有些源自口說傳統的套式，不一定適用於文字書寫。

　　這些清規涵蓋四個層面：文法正確使用、邏輯一致性、正式書寫風格，以及標準方言（standard dialect，俗稱之國語。語言學家認為國語也是一種方言，只不過被官方標準化罷了；參考第 10 章）。一般手冊大都將四種混為一談，彷彿它們是同一個東西，平克認為一個熟練的作家必須有能力分辨各個層面的不同要求，並於寫作時有意識地選擇遵守或違反哪一項。

　　一般寫作手冊常犯的另一個錯誤是，作者忽略了語言一直在變這個事實。尤其是早期手冊作家，總以為語言不朽不變，以致說起道理時斬釘截鐵。《風格的要素》裡一些禁止通行的柵欄早已被時代之輪輾平。例如斯特倫克勸人不要將某些字眼動詞化：

> final（最終的）動詞化為 finalize（敲定）
> penal（刑罰的）動詞化為 penalize（處以罰責）
> personal（個人的）動詞化為 personalize（個人化）

如今這些動詞已滿街跑而不至被語言警察攔住。又如，不可使用「分裂不定詞」（split the infinitive），不可在 "to" 與動詞之間加上副詞

這道禁令：

to go（離開）	to quickly go（趕快離開）
to scold（怒罵）	to madly scold（瘋狂怒罵）

中文沒有這方面問題，但英文用法裡，右邊的寫法在以前是會被老師罵的。不過這個禁忌早已廢除，如今是否使用分裂不定詞但憑作者決定，而作者的選擇通常是基於韻律考量。

老人家請注意

語言不斷改變，人們不停抱怨。那批抱怨「語言大不如前」的人士往往於年少時期改變了語言，導致上一代怨聲載道。可以保證，他們將來對下一代的語言也勢必深深不以為然。「隨著人們變老」，平克說到重點：

> 他們把自我身心的改變誤以為是世界的改變，亦將世界的改變誤以為是道德衰敗——此為執著於黃金往昔所致的幻覺。因此每個世代都相信現在的年輕人正在降低語言品質，也連帶拖垮了文明。

平克列舉史上「世風日下、語言不古」的嘀嘀咕咕，其中一篇寫於1978年，另一篇寫於1889年，有的甚至早於1785年。他說，諸如此類的怨言不但可回溯至十五世紀印刷術問世之際，亦可追尋至西元前五世紀泥板楔形文字（clay tablets）：其中有些內容述及年輕人的語言程度越來越差。從遠古至現今，每隔數年便有知識分子疾呼語言

的素質每況愈下。憂心忡忡之士相信如下神話：

> 很早以前，人們在乎恰當地使用語言。他們會參考字典，以便得知字詞意義與文法構造的正確用法。這些字典的負責人乃規範者（Prescriptivists）：他們規範正確的用法。規範者捍衛卓越的標準，以及堅持對於文明精要之尊敬，儼然對抗相對主義、民粹主義和人文素養弱智化之堡壘。1960 年代受語言學與進步教育論調啟發，一股相對的學風崛起。這幫學派之惡首即描述主義者（Descriptivists）：他們描述語言實際使用的狀況，而罔顧使用規範。

平克語帶自嘲，他自己就是描述主義者。

語言不只活在規範裡，亦同時演化於規範之外。規範派早已失勢，如今之追隨者只剩自我中心的「老年人」。於此，老年人需加引號，因為它不一定指六、七十歲的老人家，而是泛指那些日日聲稱語言日漸墮落之義憤者。

平克的論點值得我這種老人警惕。我老了，生理與智能的改變讓我以異於壯年的心境看待世界，透過這面有色濾鏡，眼裡的世界變了，於是以為世界變得不像話、不如我願，心中只剩怨懟，動不動發牢騷。有關今不如昔的論調，平克之於語言的追溯，令人想起威廉斯（Raymond Williams）於《鄉村與城市》的考掘：對於自然業已消逝的哀嘆並非始於工業社會二十世紀；我們可搭乘時光倒轉的手扶梯，一路上升回溯至十八、十九世紀，甚至中古時期，一直到古希臘。

同一性質的哀鳴日日可聞，躲也躲不掉。近日於住家附近麥味登用餐，餐廳另一角落有兩名五、六十歲婦女正埋怨現代年輕人不懂禮貌、沒教養。當時我想，兩人如此大聲導致隔著五公尺仍如雷貫耳，是否需要被教育？然而我想，要是就此過去糾正她們，顯然也需要被

教育。以上，數說年輕人的不是、意欲糾正他人的衝動，即不折不扣的老化。專任最後幾年和同行聊天，「現在的學生越來越難教」之類的感慨此起彼落。老是將此掛在嘴邊的多半是從事教學二十年以上資深教員，可他們從未退一步設想，或許是因為自己熱忱不再或教材了無新意，甚至思考僵化。怪罪外在條件，一向是我們自保的策略。

　　回到語言的話題：抱怨語言不如往昔毫無正面意義，且不符客觀事實。網際網路風行於世之後，新式社交媒介如 Email、臉書、推特、Line、WeChat 等等已引發語言表達的革命，勢不可擋。面對海嘯般襲來的貼圖，你我可選擇更勝一籌，回之以酷到無法擋的貼圖，亦可相應不理、忠於自己，但無論如何，以道德姿態譴責只是暴露自己的短淺。

參考書目

Pinker, Steven. *The Sense of Style*. New York: Viking, 2014.

Strunk Jr., William. *The Elements of Style*. 4th Edition. New York: Macmillan, 2000.

Williams, Joseph M. *Style: Toward Clarity and Grace*. Chicago: Chicago UP, 1990.

8. 殭屍名詞

　　《風格的要素》原著斯特倫克立下 22 條規則，學生懷特也提供 21 項提示，其中尤以第四項「用動詞與名詞造句」至要，因為其他如「去掉贅字」、「不亂灑形容詞和副詞」、「少用修飾語」等目標皆須堅守第四項方能達成。好的造句以動詞與名詞，而非它們的助理（形容詞、副詞），鍛鑄韌性與風采，懷特如是說。

　　描寫事物或場景免不了形容詞或副詞，但高明的作家總是有辦法用得適切，藉以襯扶精準的動詞與具象的名詞。例如散文家陳列這句：

> 雲在溪谷上方的天空下悠閒地從這一岸走到另一岸。水聲在整個溪谷裡嘩嘩轟轟地迴盪不絕，好像永無變化。很單純一式的一種極為飽滿的聲響背景。然而仔細聽辨時，卻又可以知道其中有水的跌落水面以及在石頭上輕重緩急不一的跳躍、撞擊、拍打、翻滾，或迴旋，彼此穿透、激盪，反覆迴響。偶爾可能還有紫嘯鶇突如其來的金屬性的尖叫。（《躊躇之歌》）

除了上空靜謐、地下熱鬧，還有不變中有變的對照。雲像是悠閒散步的智者，水則聒噪不休，嘩啦的水聲構成永恆不變的背景，但仔細聆聽卻多種多樣。作者以「跳躍、撞擊、拍打、翻滾，或迴旋」這些動詞生動地描寫不同聲響。最後，以「金屬性」形容紫嘯鶇鳴叫聲感覺特別刺耳，而這個特殊的刻畫頓時讓「尖叫」活了起來，猶似動詞。

或如《人間・印象》這幾句：

> 心緒卻似乎很遠，像是從暗綠山頭輕輕籠罩下來的霧。

> 他緩緩擦著，要將陽光揉進體內似的。

> 人語車聲轉稀疏了，彷彿逐漸沉澱在繁茂的枝葉裡，或像隨著漸熱的陽光蒸發而去。

境界如此，散文如詩。

又如散文家簡媜，之於描述花草、靜物、季節或抽象概念風格獨到，無論抒情、寫景，甚至論理，皆以鮮明的意象和脫俗的比喻表達。

> 那杜鵑發瘋了，瘋得很厲害。（《水問》）

> 六十五歲至一百歲都叫老，細分則有霜紅之葉與枯木的差別。（《誰在銀閃閃的地方，等你》）

前一句，以意想不到的動詞描述花朵囂張綻放；後一句，鮮明的比喻賦予抽象概念具體形貌。底下這句一步步揭曉白楊的身世：

> 隱在無邊際松林雜樹之中的白楊，春夏兩季披著同色調綠葉躲入茫茫樹海不易被察覺，但秋寒一降臨，如美神聖殿裡的血緣鑑定，毫無疑問地，這潛逃至民間隱入農樵行列的王子脫去綠布衣現出天賜金身，光芒震懾群樹不可逼視，純正血統令他無所藏於天地之間，無需任何語句，只一眼人人知道他是誰。（《誰在銀閃閃的地方，等你》）

白楊從草綠轉為金黃的故事宛如「乞丐王子」。「隱在無邊際松林雜樹之中的白楊，春夏兩季披著同色調綠葉躲入茫茫樹海不易被察覺」此段密密麻麻、只分派一個逗點，於視覺上確有白楊隱藏身世的效果。「毫無疑問地」這個孤立的副詞，既緩衝節奏，亦為戲劇性停頓，之後一咕嚕道出白楊不凡血統。

讀到底下這句，我一面讚嘆一面心酸，哭笑之際念及當年所受的酷刑：

> 接受自己的頭髮變白與接受禿頭絕對是不同等級的折磨（廷杖二十與拔指甲二十差可比擬）；見將軍白髮，有何不能忍？見壯盛之年而髮際線節節敗退，只剩北太平洋東岸幾束水草拋過整個北大西洋覆蓋了歐亞大陸最後抵達孟加拉灣，你還好意思抱怨染過月餘、新冒出的白髮如鬼差的獠牙嗎？

英文有個字叫 "comb-over"（梳蓋），頭頂掉髮的男子將側邊的頭髮留長，並橫跨禿頂往另一邊梳，藉以遮掩反光的部位，再長一些便可反覆折疊，打造層次。我用「反光」強調梳蓋並非遮羞，而是為他人眼睛設想。在簡媜機智的譬喻裡，髮絲好比珍貴水草，頭頂猶似橫跨大西洋之陣地，而掉髮宛如將軍戰敗那麼嚴重。是的，寧可染髮也不要無髮可染。

動詞與名詞

「用動詞與名詞造句」看起來容易，做得漂亮不簡單。動詞不可

或缺，少了它句子站不起，重點在於使用的動詞是否生龍活虎。下列例句裡，前句較無特色，後句簡潔有力：

他憤怒地看著對手。
他怒視對手。

有一隻鳥棲息在電線上。（There is a bird….）
一隻麻雀棲息在電線上。

我在涼亭稍做休息。
我在涼亭休息片刻。

金州勇士擊敗籃網。（The Warriors bit the Nets.）
金州勇士撕裂籃網。（The Warriors shredded the Nets.）

下列三句示範不同的動詞造成不同效果：

She walked into the room, her cape trailing after her.（她步入房內，披風拖曳在後。）

She charged into the room, her cape billowing after her.（她衝進房內，披風滾滾翻騰。）

She strutted into the room, her cape flowing after her.（她昂首闊步而入，披風跟著招揚飄盪。）

用對了動詞便無需副詞撐腰，不但畫面生動且接間透露人物個性或心

情。無脊椎動詞通常來自怠惰，心態馬虎。咱們沒有一流作家信手拈來、一筆入魂的功力，但別忘了字典就在身旁亦網上可尋。

名詞可分具象（桌子、椅子、蘋果）與抽象（精神、信念、正義），寫作時都用得著，問題不大。但有一種名詞寄生於動詞與形容詞，通稱「名物化」（nominalization）——這個術語本身即「名詞的」（nominal）名物化之後的產物。我們來看幾個例子：

動詞	名物化
知道（know）	知識（knowledge）
辯說（argue）	論爭（argument）
反對（disagree）	歧見（disagreement）
著手（proceed）	程序（procedure）
發現（discover）	（的）發現（discovery）
需要（need）	（的）需求（need）
移動（move）	（的）移動（movement）
准許（permit）	（的）許可（permission）
改善（improve）	（的）改善（improvement）

形容詞	名物化
適用的（applicable）	適用性（applicability）
難的（difficult）	難度（difficulty）
敏感的（sensitive）	敏感度（sensitivity）
性感的（sexy）	性感度（sexiness）
不同的（different）	（的）區別（differentiation）
功能的（functional）	功能性（functionality）

有用的（useful）　　　　　　　　有用性（usefulness）

寫作教學專家史禾（Helen Sword）稱右邊這些為「殭屍名詞」（zombie nouns），因為「它們吃掉了動詞、吸光形容詞的命脈，並以抽象事物取代了活生生的人」。比較下列兩句便可了解她為什麼這麼說：

> Profits have shown a large increase.（利潤一直顯示大幅成長。）
>
> Profits will continue to increase.（利潤將持續增加。）

前一句裡的動詞是「顯示」，而「成長」是名物化的產物，聽起來矯揉造作，後面那句則由兩個動詞「持續」與「增加」撐起，乾淨俐落。

　　殭屍名詞張狂肆虐，任何行業的書寫皆難逃此劫。以此時寫作當下為例，稍稍瀏覽新聞便可輕易找到例子：

> 他下午在指揮中心記者會中表示，不會有刻意拖延的問題。（可改為：「他下午在指揮中心記者會中表示，絕不刻意拖延。」）

> 他說既然台灣有 100 至 200 多萬人有接種第 2 劑疫苗的需求……。（可改為：「他說既然台灣有 100 至 200 多萬人需要接種第 2 劑疫苗……。」）

> 現代化的外型被譽為最美區間車，然而今年 4 月才正式投入營運，今日上午由於北部下著小雨，車廂竟然也發生漏水情形。（可改為：「現代化的外型被譽為最美區間車，然而今年 4 月才正式營運，今日上午由於北部下著小雨，

車廂竟然漏水。」）

對此，台鐵強調，<u>所購之列車均已要求在原廠出廠前，需通過水密測試，以驗證車輛在大雨天均不會發生漏水或滲水之情形</u>。（可改為：「對此，台鐵強調，<u>已要求所購之列車在原廠出廠前，需通過水密測試，以驗證車輛在雨天不會漏水或滲水</u>。」）

這當中，以<u>「安親班」的開放</u>最讓家長鬆了一口氣！（可改為：「這當中，以開放安親班最讓家長鬆一口氣。」）

如今台灣出生率已經低到<u>影響國安的程度</u>。（可改為：「如今台灣低出生率已<u>影響國安</u>。」）

　　可見台灣媒體或評論界早已淪陷，而服務業尤其糟糕。「幫你做個整理」已夠恐怖，沒想到還有更勝一籌之「幫你做個整理的動作」。殭屍體內還藏有異形，得殺兩次。（參考第 19 章。）

抓殭屍

　　如何捕獲殭屍並注入活血，《風格：朝向清晰與優雅》作者威廉斯（Joseph Williams）頗有一套，且聽他怎麼說。首先，請看底下兩句：

A. Because we <u>knew</u> nothing about local conditions, we could not <u>determine</u> how effectively the committee had <u>allocated</u> funds to areas that most <u>needed</u> assistance.

因為我們對當地情況完全<u>不知</u>，我們無法<u>判斷</u>委員會是否有效地將資金<u>分配</u>給那些最<u>需幫助</u>的地區。

B. Our lack of <u>knowledge</u> about local conditions precluded <u>determination</u> of committee action effectiveness in fund <u>allocation</u> to those areas in the greatest <u>need of</u> assistance.

<u>對於當地情況的認知不足阻礙了我們的判斷：關於委員會資金的分配是否有效，讓那些最有緊急需求的地區獲得幫助。</u>

威廉斯說多數讀者覺得 A 句較 B 句明確、精簡。我們或許形容 B 句「浮誇、迂迴、不忍卒讀、被動、令人困惑、抽象難懂、笨拙、晦澀、複雜、無人味、嘮叨、煩瑣、含糊、腫脹」。但不管用哪些字眼，明確或晦澀、精簡或嘮叨，我們只是描述印象，而不是針對句子本身的構造，因此必須分析為何 A 句優於 B 句，明確找出造成這些印象的原因：

1. A 句明晰是因為一看即懂，但面對 B 句，讀者好似陷入迷宮，得花點力氣才豁然開朗，然而即便搞懂，卻不易記住重點。
2. A 句的主詞一看就是具象的「我們」，B 句的主詞則是抽象的「認知不足」，使得具行動力的「我們」屈居為

受詞。

3. 如底線部分所示，A 句簡潔是因為它以四個動詞直述「我們的困境」，而 B 句之所以囉唆、笨拙是因為除了「阻礙」（preclude）這個動詞外，其餘皆由殭屍名詞取代了動詞。

4. A 句有三個明確的能動者（agent），「我們」、「委員會」、「最需幫助的地區」，而且其從屬關係層次分明：「我們」可以判斷「委員會」是否盡到責任，而某些「地區」則亟需「委員會」分配款項。然而 B 句裡，由於過多的抽象用語導致三者面貌模糊、責任歸屬不清不楚；而且「我們」一旦處於被動，好似意在規避責任。

威廉斯提供五種消滅殭屍的方式。第一、看到名物化字眼，試著將它改為動詞：

針對此事，警方執行了一項調查。（conducted an investigation）
警方調查此事。（investigated）

委員會對於如期完成並不帶著期望。（expectation）
委員會不預期及時完成。（expect）

第二、若名物化出現於「有」（there is; there are）之後，將名物化改為動詞，並找個適當的主詞：

有著進一步研究這項計畫的需要。
工程人員必須進一步研究這項計畫。

土地<u>已有</u>可觀的<u>腐蝕</u>來自於水患。

<u>水患大量腐蝕</u>土地。

第三、若名物化為某空洞動詞的主詞,將名物化改為動詞,並找個新主詞:

<u>國稅局</u>的<u>打算</u>是審核計畫報表。

<u>國稅局打算</u>審核計畫報表。

<u>我們</u>的<u>討論</u>和減稅有關。

<u>我們討論</u>減稅方案。

第四、若是遇到串連名物化,試著將它們改為動詞:

首先有個<u>背鰭</u>之<u>進化</u>的<u>檢查</u>。(兩個名物化:「之進化」、「的檢查」)

首先<u>她檢查</u>背鰭之進化。(只剩一個名物化:「之進化」)

首先<u>她檢查</u>背鰭<u>如何進化</u>。(無名物化,兩個動詞:「檢查」、「進化」)

第五、若主部(subject)裡的名物化與述部(predicate)裡的名物化有邏輯上的關聯,主部和述部都得修改:

<u>他們</u>敵意的<u>終止</u>是因為<u>人員</u>的<u>傷亡</u>。

他們<u>終止</u>敵意,因為<u>損失</u>了不少人。

大規模鐵鏽對外面表皮的<u>損害</u>阻止了對於船身<u>的立即修復</u>。

鐵鏽已大規模<u>損害</u>外面表皮，（我們）無法立即<u>修復</u>船身。

角色與行動

　　書寫即敘述，敘述如同說故事。然而，大多學術與專業書寫似乎忘了說故事，以為書寫只是為了解釋。不管題材多麼複雜、抽象，威廉斯認為，任何敘述都少不了兩個元素：角色（characters）和他們的行動（actions）。角色不一定是生物，可以是某機構或抽象概念：

> 較之於創世論，進化論的知識基礎和其他許多理論有共通之處。因此，創世論若能取代進化論，唯一途徑即證明所有其他理論的知識基礎是錯的。

於此，創世論、進化論和其他理論為相互競爭的角色。除了明確的角色，尚需明確的行動：

> Though the Governor knew that the cities needed new revenues to improve schools, he vetoed the budget bill because he wanted to encourage cities to increase local taxes.

> 雖然州長明知城市需要新收入以便改善學校，他仍否決預算法案，因為他想鼓勵城市增加地方稅收。

威廉斯問道：故事是什麼？誰是角色？這些角色做了什麼？句中的角色是州長、城市、學校，以及隱而不提的立法機構。州長的行動涉及

三樣：他「知道」實情、他「否決」法案、他意在「鼓勵」；城市的行動也涉及三樣：他們「需要」收入、他們需要「改善」學校、他們應該「增加」稅收，而學校則是「改善」之後的受益者。以上六個行動皆以動詞表達，而這些動詞使得讀者清晰記得哪些是主要角色，以及他們之間相對關係。

下一步，威廉斯建議我們改寫此句，以殭屍名詞取代動詞：

> Despite his knowledge of the need by cities for new revenues for the improvement of their schools, the Governor executed a veto of the budget bill to give encouragement to cities for an increase of local taxes.

各位應已發現，以殭屍名詞堆砌的英文特別難翻，只能勉強試譯如下：

> 即便他對學校有改善的需求以及城市有新收入的需求有所知悉，州長仍執行了預算法案的否決，為的是了給予城市達成稅收增加的鼓勵。

什麼中文啊！為了凸顯殭屍名詞如何癱瘓句子，威廉斯故意改得特別誇張，不過要是你待過公家單位，或不得不閱讀學術論文、翻譯文章，如此難以消化的書寫還真不少。

並非一無是處

只要作者守住兩個原則，文意自然清晰直接：第一、句子的主詞直接標示所涉角色；第二、與角色有關的動詞直接呈現他們的關鍵行

動。這兩個原則於修訂文稿時特別管用。倘若覺得某句浮誇、抽象、太複雜，威廉斯建議我們做兩件事：「首先，找出所涉角色，以及他們所做的行動（或作為某行動的對象）。假使你發現那些角色不是主詞，而且他們的行動不是動詞，將它們改過來，讓角色為主詞，讓行動為動詞。」

　　常見的情況是，我們自己覺得句子完美，但別人卻認為有問題。因此，寫作時得保持高度警戒，並預期讀者恐有吃力之感。一個快速檢驗的方式，威廉斯說，在一個句子的前五到第六字畫上底線，要是你發現：第一、這個句子得等到第六、甚至第七字才能從主詞寫到動詞；第二、句子的主詞並不是角色（而是殭屍名詞），表示該句需要重寫，讓角色與主詞匹配、行動與動詞匹配。

　　　　<u>我們所做的評估將致使顧客服務方面有更高的效率。</u>

這句話裡主詞是「評估」、動詞是毫無特色的「致使」——從主詞到動詞總共花了10字。同時，原本為角色的「我們」與「顧客」，被「所做的評估」、「顧客服務方面」兩個殭屍名詞吃掉了。為了提高效率，此句可以這麼改：

　　　　我們會評估計畫，以求顧客得到更好的服務。

「用動詞與名詞造句」並非規定只寫短句，正如威廉斯強調：清晰書寫並不是要求我們寫出「迪克與珍」式的陽春句。沒錯，經過修訂的句子往往比原來的短，但潤飾的目標不是讓文體顯得簡慢輕率、一副愛說不說的模樣。一個句子之所以較好，重點不在於字數，而是在於它從頭到尾通順易懂，即使途中岔出正軌，讀者亦不至迷路。

　　就如被動語態，名物化並非一無是處，甚至有其必要。當後句針

對前句而發，名物化可作為主詞：

爸媽決定今後再也不給我生活費。他們的決定很殘忍。

甲和乙是不同的，兩者的差別不可忽視。

又如，名物化可作為某一行動之受詞：

我不了解她的意思和他的意圖。（威廉斯認為，這麼寫比全以動詞表達精簡：「我既不了解她說什麼，也不了解他想幹嘛。」）

簡單扼要的名物化可以取代尷尬的 "the fact that"（的事實、這件事）：

我違抗老闆這件事讓同事們刮目相看。
我的違抗讓同事們刮目相看。（較好）

討論耳熟能詳的話題，名物化比較省事：

幸福是大家所要的。

自由誠可貴，愛情價更高。

最後，解釋抽象概念時名物化無法避免：

寫實主義的特色是……

若某句隨著上一句的脈絡而來，使用名物化有時可簡化語言。參考平克（Steven Pinker）所舉的例子：前句是：「州長今天取消了大會。」假設有人反應道「州長今天取消大會，令人料想不到」，實在是無謂的重複，不如使用名物化：「大會的取消令人料想不到。」

　　然而，能以動詞表達便不需名物化。句子堆滿殭屍名詞猶如灌水充肥雞，肉質鬆垮無汁。「灌水」的譬喻借自歐威爾（George Orwell）。他於一篇文章惡作劇，將《聖經》一段精彩的文字殭屍名詞化，寫出「最惡劣的現代英語」：

> Objective considerations of contemporary phenomena compel the conclusion that success or failure in competitive activities exhibits no tendency to be commensurate with innate capacity, but that a considerable element of the unpredictable must invariably be taken into account.

> 對當代現象之客觀思量導致的結論是，競爭活動的成敗展現出和內在能力之間沒有相稱的傾向，而許多不可逆料的成分總是得納入考量。

原文來自《舊約‧傳道書》：

> I returned and saw under the sun, that the race is not to the swift, nor the battle to the strong, neither yet bread to the wise, nor yet riches to men of understanding, nor yet favour to men of skill; but time and chance happeneth to them all.

很美。中譯《聖經》一樣美：

> 我轉觀日下，疾趨者未必先至，力戰者未必獲勝，智者未
> 必得食，達者未必得財，有技能者未必蒙恩寵；凡事皆由
> 時勢而成。（文理和合版）

學術書寫的哀愁

難怪平克調侃《風格學術書寫》作者史禾是受虐狂。為了研究美國學術書寫品質，她以問卷調查邀請 70 多位來自不同領域的學者，列舉心目中優良學術書寫之特色，接著分析 100 多種同行視為楷模的專書或文章，之後且蒐集、統計、分析 1000 篇國際性期刊論文（醫學、演化生物學、電腦科學、高等教育、心理學、人類學、法律、哲學、歷史、文學批評等十個領域各十篇），最後剖析 100 部近期出版（多數針對碩博論文）之寫作指南。

根據她的診斷，很多沒人味、難消化、術語滿坑滿谷、過度抽象的論文完全無視寫作手冊上諸如「簡潔、精要」、「有趣、引人入勝」的叮嚀，和一般公認好的書寫差距甚大。換言之，學術書寫的哀愁遠遠多過美麗。

從一百多個同行推薦的寫作風格，史禾歸納以下幾個特色：

1. 有趣、引人注目的標題與副標題。
2. 以第一人稱敘述或直接和讀者對話，讓文章有人味兼具個人色彩。
3. 全文以引起興趣的段落開場，例如述說一則有趣的故事、提出刺激的問題、解剖一個難題，或埋下伏筆引起

讀者好奇。

4. 具象名詞（不是名物化），以及矯捷靈活的動詞（不是單調的「Be 動詞」或「使得」、「顯示」、「發現」）。

5. 以實例解釋抽象概念。

6. 除了圖表，佐以其他視覺輔助如照片、插畫等。

7. 旁徵博引，論述不侷限於本業。

8. 幽默，直接來或冷處理。

史禾提醒我們，很多自成一格、備受推崇的學者無論是針對一般讀者或圈內同行，均一貫維持上述原則，不至因發表園地或訴求對象不同而改變文風。從 100 部寫作手冊，史禾歸納以下一致認可的綱領：

1. 清晰、一致、精簡。

2. 長短相間的句子。

3. 普通英語：避免華麗、浮誇、含糊其詞的語言。

4. 精準：避免語意模糊。

5. 使用主動語態，被動語態有必要才用。

6. 講故事：營造引人入勝的敘述，避免硬邦邦說理。

這六項乃學術圈公認不可討價還價的原則，為何很多學者做不到，以致文章不易消化？史禾認為此為理論和應用之間的裂隙，知行不一。甚至，某些念念叨叨的手冊作者也常掉進自己一再規勸應該避開的坑洞，可謂說一套、做另一套。

上一章提及改善寫作先得克服自己，另一個必須抵拒的誘惑是套習（convention）。沒有一個領域會於細節上，白紙黑字地規範論文該怎麼寫，但各領域都已建立一些不成文規定，時日一久即成套習。一般學者在自己的領域討生活，覺得最好跟著套習走，否則論文無法

順利發表或受同儕看重，進而影響升等。

　　例如該不該用人稱代名詞如「我」、「我們」、「你」，或者是否採取個人口吻（personal voice）而不必藏身於論述之後，各個領域作法不同。一般刻板印象以為科學領域標榜客觀精神，因此行文較少使用「我」或「我們」，其實不然：調查裡醫學、演化生物學、電腦科學三個領域經常使用，反而是高等教育與歷史這兩個學門較少出現。又如，以抽象概念為主題的哲學著作反而較少出現名物化，少過醫學、演化生物學、電腦科學、法律等領域。至於殭屍名詞，最嚴重的是高等教育，其次是心理學、演化生物學和法律。

　　以上都是各個領域書寫的風格傾向，不是硬性規定，不至遏止有創意的學者營造自己的風格。好的書寫原則，史禾歸納出學術界公認的 3C 要求：溝通（communication，尊重讀者）、書寫技巧（craft，尊重語言）、創意（creativity，尊重學術研究）。她自己也加了另一組 3C：具體（concreteness）、抉擇（choice）、勇氣（courage）。具體是語言技巧，抉擇是心智權利，勇氣則為心理狀態。具體語言即有稜有角的文字，為棉花糖的反面。具體語言「可刺激感官，並將你的意念定錨於實體空間」，同時也是避免過度抽象、消滅殭屍名詞的神奇子彈（magic bullet）。抉擇代表自由，作者可以選擇不用具體語言，但基於何種理由以及它可能產生的後果自己要想清楚。至於勇氣即勇於打破套習的膽識：

　　　　伸展你的書寫以便伸展你的心智。

　　雖然史禾為學者而寫，她的建議適用於任何人。學術書寫，或任何書寫，都可是雙重反射活動，一面梳理心中所想，一面反問自己為何而寫，以及為何這麼寫。

參考書目

Pinker, Steven. *The Sense of Style*. New York: Viking, 2014.

Strunk Jr., William. *The Elements of Style*. 4th Edition. New York: Macmillan, 2000.

Sword, Helen. *Stylish Academic Writing*. Cambridge: Harvard UP., 2012.

Williams, Joseph M. *Style: Toward Clarity and Grace*. Chicago: Chicago UP, 1990.

9. 古典風格

　　英文寫作指南多不可數，在美國出版業是筆大生意，但公認的經典沒幾部。之前幾章提到的著作裡，《風格的要素》，以及威廉斯（Joseph Williams）之《風格：邁向清晰與優雅》確為經典。平克（Steven Pinker）特為二十一世紀讀者而寫的《寫作風格的意識》亦獲佳評，因已有很好的中譯版，本書除了參考其中觀點與例句外，將不另文介紹。這一章主要推薦另一部經典《清晰簡單如真相》，由湯瑪斯與特納（Francis-Noel Thomas ／ Mark Turner）合著（以下以湯瑪斯為作者代表）。本書以不同的觀點討論書寫，之於風格的解釋頗為獨到。

　　一般寫作手冊大都聚焦於技術層面，比如說如何下標點或排列段落。如果這個方式有效，湯瑪斯問道，為何美國那麼多寫作課程，散文的品質卻普遍低落？

　　湯瑪斯認為書寫乃智識活動，不是一堆技巧：「書寫從思考開始。為了打造優良的散文風格，作者必須先周旋於知識範疇，不能只學習機械般的規則。」雖然書寫涉及語言能力，但不能單靠它完成。書寫好比對談：一個不擅聊天的人可能擁有極好的語言能力，只因他不知對話與獨白不同；反過來說，一個很會聊天的人可能具備較差的語言能力，但是他理解交談的真諦即你來我往、輪流主導。無論聊天或書寫都不能只依賴語言技巧，因此任何偏重技藝而避談思維層面的手冊皆注定失敗。

風格

　　湯瑪斯認為我們可以藉由學習一種書寫風格，俾以增進寫作能力。風格由概念界定，概念則透過語言獲得表達，因此只學技巧而忽略概念顯然本末倒置。例如偉大的畫家，他們的技巧可能比不上庸才，卻因有獨樹一格的美感概念而與眾不同。

　　人們總是提到風格，但沒有人可以解釋它到底是什麼。風格和內容往往配對出現，但在這組合裡風格是次要、內容才是主要；風格只是外在裝飾，內容才是實質，情況正如某雪茄公司的座右銘，「品質為上。不靠風格」。然而湯瑪斯認為，我們做的每件事都涉及風格。風格內存於所有行動，而非添加的打扮；我們可能沒意識到風格的存在，但它一直在那兒。以說話這個簡單的行為來說，一個對自己的風格毫無察覺的人，往往不會發現他的風格並不適用於每個場合。「我們受困於無意識的風格，」湯瑪斯說，「如果我們認不出它們是風格。一旦我們所採取的風格皆屬默認〔無自覺〕，我們的選擇便不是有意識的選擇，因此不知道有別的風格可選。」就書寫而言，寫作若非歷經挑選並維持一致的風格為基礎，便是對於書寫能做到什麼地步，以及它的侷限，毫無概念可言。少了有意識的選擇和這些概念，寫作只能說是折磨。對湯瑪斯而言，風格代表智識的立場。

　　如上看法常見於文學與藝術評論，出現在寫作手冊實屬難得。桑塔格（Susan Sontag）於〈論風格〉表示：「每種風格都體現認識論的抉擇，為一種之於我們如何感知與感知了什麼的詮釋。」人們討論風格時所用的隱喻，往往將內容擺在裡面、風格擺在外面。反而，她說，倒過來看才能掌握重點：內容是外表，風格才是內在，正如詩人考克多（Jean Cocteau）所言：「裝飾性風格從未存在。風格就是靈魂……。」

書寫時選擇某種風格，必須考慮一組相關要素：真相、呈現、作者、讀者、思想，以及語言。說得更詳細點，就是必須考慮一系列關係：什麼是可被認知的？什麼可以透過文字呈現？思考和語言的關係為何？作者說話的對象是誰？為什麼是那個對象？作者和讀者之間隱而不宣的默契是什麼？論述的條件與情境為何？

在音樂學或藝術史領域，風格的概念和一組根基性的抉擇有關，但湯瑪斯指出，寫作手冊卻往往將風格視為一堆表面特徵的條列。例如《芝加哥格式手冊》將風格當作隨意而為的選擇（例如標示年月日出現的順序與標點）；《MLA 格式手冊》的作法亦然，風格無異一張格式規定的清單。甚至《風格的要素》這部經典論及風格時，也將它視為外在特徵，一旦深入討論，兩位直覺派作者咸認風格是個謎團，深不可測。相較之下，《風格：邁向清晰與優雅》不走神祕路線，也對規則深具戒心。該書最後一章〈用法〉表明規則實屬書寫之外圍活動，真正重要的是風格：它不是關於寫作指南，而是解決寫作難題的嚮導。在這方面，《風格：邁向清晰與優雅》與眾不同，然而威廉斯的缺點在於：每每論及風格，其口吻彷彿書寫只有一種風格，主要關照的文風與《風格的要素》相似，偏向應用或論說文，並未顧及其他文體。

真相

風格所代表的意義是，你有所選擇。涉及同一件事時，私底下信件互通與公文往返，不可能採取同一種書寫風格。同樣的說法在某場合獲得滿堂彩，換個情境說不定尷尬無比。

古典書寫風格（classic writing style）的特色，以十八世紀一名畫商的話語形容：「最重要的是，我把清晰放在心上。我的風格一點也

不華麗；我的表達簡單如真相。」這個風格肇始於十七世紀法國，代表人物之一為哲學家笛卡爾，但並非由某個體所發明，亦非由一組人絞盡腦汁而得，而是許多傑出的作者不約而同建立的文風，爾後於法國文化烙下深刻印記。

古典風格之於真相、語言、呈現、作者、讀者、思想等層面立場明確。首先，真相可以確知。真相是古典作者必有配備，正如提琴之於提琴手。「提琴家不會懷疑他有能力演奏；同樣的，古典作家不會懷疑他有能力洞察某些事物的真相。」他心目中的真相，並非一般所稱觀點或視角：「細心的人，無論任何年紀或情境，總能感知事物的真相。人類經驗顯然展現了同樣的衝突、需求與欲望，同樣的弱點與美德。只要細察個人經驗便能從萬象領悟普遍存在的真相。」古典風格對真相的態度既是基本教義派，亦為普世主義：適切地觀察局部事件，便足以悟出紛雜亂象底下作為基石的普遍真理。如此立場顯然受笛卡爾影響，但有必要指出，古典風格作者不必然是笛卡爾的哲學信徒，只是他們對書寫所持的態度一致。參考底下這句：

> 舍夫勒斯夫人擁有足量的熠耀智慧、野心和美麗；她妖冶、活潑、大膽、進取；善用魅力促成計畫，且總是為一路披靡而遇的人士帶來災難。

敘述者一語道破這名女士的真面目，毫無猶豫，亦不拐彎抹角，彷彿數學家提出幾何證據。閱讀時，讀者覺得敘述者顯然對她知之甚詳，否則無法提出自信而精闢的洞見。至於洞見如何取得，而思考過程裡敘述者可曾懷疑自己的觀察，古典風格作家選擇隻字不提，更不會後設地向讀者交代「可能是我的偏見」。

「真相之為動機」：古典風格作家敢直截了當是因為他持有真相的執照，與他的社會地位或政治權力無關。他那格言式的特質出自於

個人洞察。比較底下三句：

> 沒有人真如他想像的快樂或不快樂。

> 自己有過勿道他人之短。

> 三思而後行。

第一句乃觀察得出的評斷，平鋪直敘，屬古典風格。後面兩句皆非古典風格，因為一則涉及道德勸說，一則涉及行為規範。雖然古典風格會策略性地勸說，但作者不扮演道德或行為指導員，而是傳遞真相的僕人。即便作者意在遊說，也不會明顯透露意圖，而是使遊說看似真相揭露後的附帶效果。

立場

古典風格呈現真相是為描述的對象服務——例如法國美食或台灣小吃——語言彷彿一扇透明窗，乾淨明亮不凹凸，不至將讀者的注意力拉回語言本身。也就是說，作者相信語言傳達真相的能力。這一點與二十世紀後半起，作者、哲學家不時質疑語言的風氣大相逕庭。後者認為語言並不透明，具物質性（是個遮掩真相的物質），而且語言因涉及文化與意識形態，是一面扭曲真相的哈哈鏡。跟著這種思維而來的結論是真相不可得，所謂「真相」只是根據特定觀點或視角而產生的詮釋。萬一古典作者感受上述層面——語言的自我反射性——他們會摒除它的干擾、假裝它不存在，並以「中性、客觀」的文字道出真相。

古典散文習慣製造假象，彷彿他們的文字渾然天成，就像爵士樂手即興演奏或是拳擊手的擊倒拳。不但真相唾手可得，且語言自動報到。其實從思考到最後呈現，作者一路歷經判斷、懷疑、掙扎、修正，只是作者避談這些，只想讓成果儼然一張無縫的完美織錦。

　　為了達成這個假象，古典風格作者預先拋棄了三個保護籬：一是過程保護籬，坦白交代思考時心中的猶豫與不安，以免予人武斷或自大的印象；另一是責任保護籬，句子裡塞一堆免責宣言，如「據我有限知識」、「根據有限資料」、「就某種程度而言」、「如果我的判斷無誤」；第三是價值保護籬，指出議題的重要性：古典作者不會像政客那樣說出「文學很重要」此類廢話，也不會像學者強調「這個議題值得進一步爬梳」。古典作者討論牛奶時，不會解釋為何牛奶值得大書特書，因為他認為這些無謂的聲明只會分散讀者注意力。最後一點，一旦無法兼顧正確（accuracy）與清晰（clarity），作者會選擇清晰。這並不意味作者無視正確，而是他會扼要地修飾或限定自己的看法：

> 據可溯及之紀錄，當今統稱法國人的民族看重食物的品味甚於它的營養。

這位作者以精簡的語言指出他所談的飲食傳統源遠流長，但不會進入細節、列舉文獻以為佐證，因為重點在品味與營養之別，不是那些文獻。這麼做意味作者與讀者之間有著可貴的互信基礎，彷彿作者跟讀者說「相信我，我不會騙你」，而讀者回之以「我相信，你不會胡扯」。古典書寫好比一對一、面對面侃侃而談。作者不但自信，對讀者的智慧亦有信心；雙方平等，無高低位階之分。至於語言，語言絕對夠用，沒有一位古典風格作者會抱怨語言不敷使用或語言失真，或感嘆自己受困於「語言的牢籠」。如果他對上述有所感觸，我們不會在文字裡

看到蛛絲馬跡。

例句

談了半天原則，咱們且參考幾個例句，且聽湯瑪斯的解釋以及我的補充：

> （我們）有必要表達什麼是真實的，如此才能自然、有力、敏感地書寫。（Jean de La Bruyère）

> 真相是這位國王令人欽佩，並值得史家為他立傳，而不只是兩位詩人。你我都清楚所謂「詩人」。他的一生原本不用勞駕他們；無需加油添醋或杜撰以顯示他比別人偉大；他的傳記只需一種純粹風格，清晰、坦率……（Madame de Sévigné）

以上分別出自兩位法國古典風格奠基者，同時以坦率的語言表達真實的可貴。只要是真相便用不著裝飾；真相一看便知，正如他們的散文風格一樣，清晰易懂。

> 要想在世界立足，你得竭盡所能地看起來已有一席之地。（出自十七世紀法國作者 La Rochefoucauld）

> 再清楚不過了：不只其優雅，一段議論或說明的力道亦需精簡才足以達成。（出自十八世紀英國詩人 Alexander Pope）

> 真相很少純淨，亦未曾簡單。（出自十九世紀末英國劇作家 Oscar Wilde）

> 了解一個民族的文化意味看見他們平常的一面但不化約其特殊性。（出自二十世紀美國人類學家 Clifford Geertz）

以上四句，從十七到二十世紀，全為古典風格。每位作家皆意在修正一般見解或傳統智慧，但他們不會說「笨蛋！重點不是──」，而是直接道出洞見，聰明的讀者自然能領略所指為何。第一句修正了表象／實質二元對立，主張在一個著重表象甚於一切的社會，表象與實質已不可分，因此作假成了通往實相的有利途徑。第二句裡，詩人並未明顯指出針對哪個陳腔濫調，只是間接告訴我們，就寫作風格而言，力道與優雅並非相對概念，兩者皆須具備精簡的美德。第三句出自劇本對白，其中說話的人物直接挑戰「真理純淨而簡單」這句老調。最後一句針對人們（或學者）對人類學的誤解，作者認為研究他者文化不能基於獵奇心態，不應刻意強化其異國情調，亦不應忽視它特殊之處。

古典風格適用於任何題材：

> 痔瘡其實是直腸血管靜脈曲張。

如此聽來，痔瘡沒想像的丟臉。古典風格的優雅並不一定出自優雅的文字，而是表達精簡：

> They fuck you up, your mum and dad. They may not mean to, but they do.

> 他們毀了你，你媽和你爸。他們或許無意，但就這麼幹了。

這是一首詩起頭兩句，作者（Philip Larkin）毫不修飾地說出眾人皆曉的事實（父母常因自己個性、偏見、扭曲等因素不知地惡整自己的小孩，導致他們的成長受到不良影響），但他毫不掩飾的文字，例如髒話、省略修飾語「常常」、「往往」，以及全用單音節字母，將老生常談改裝成強勁有力的直達車。要是改為「爸媽往往會毀了你，雖然他們不是有意的」，讀起來便沒那麼帶刺而心酸了。

比較下列兩句：

> 我們可以找到沒有在尋找的東西——沒錯，過來人都從經驗得知，我們總是尋獲目標之外的其他東西。當你出外找草莓，你清楚草莓長什麼模樣——不過當你想要找到〔事物之間〕的內在關係時，你不知道它們長什麼模樣。因此總是有一個風險：尋覓者因其欲望與決心會過早在心裡投射出一個關係——但事實上關係並不存在。（Max J. Friedländer）

> 繪畫與文學之間結構上不完美的相通性（correspondence），其實無法妨礙甚或嚴重地限制（我們）比較這兩種領域。它反而允許作者或畫家根據自己的領域自由地強調結構上的不同元素，因此建立繪畫與文學之間一直在改變的相通性。兩種領域之間的藝術相似處因此並不受早已存在的結構所支配；我們反而可以探索它們如何得以連結起來。這個連結屬於整個記號現象（semiosis）裡主要的同音詞性（homonymity）與同義詞性（synonymity）的一部分，而

> 透過同音詞性與同義詞性，符號系統以及它們文本相互接近然後分叉。（Wendy Steiner）

第一句意思清楚：找草莓容易，找抽象事物難，往往我們以為尋獲的內在關係其實只存在於腦中，例如我們以為當下的心情與外在風景之間有著連結（「感時花濺淚／恨別鳥驚心」）。第二句不知所云，雖然我們略知其意：繪畫與文學各有不同結構，但兩者之間有內在連結。

第一句是古典風格，作者雖然發表自己的意見，但所傳達的真理和他個人無關，而是普世經驗，因此讀者可以根據自己經驗判斷是否同意。第二句不是古典風格，因為作者完全根據自己的推測，而且她的結論讀者無從判斷，除非我們和作者一樣博學。第一句是古典風格，因為作者和讀者屬於同一位階，他陳述的道理或許讀者之前尚未察覺，但一經提點便有共鳴。第二句不是古典風格，因為作者高高在上，句中的智慧全因作者卓越而來，且讀者無法求證，只能「她說的算」。

各位應已察覺，第一句使用具體語言（有力的動詞、意象突出的名詞），平鋪直敘，第二句則從頭至尾一堆殭屍名詞和艱澀術語，而且句法彎來扭去，意念和句型完全打結，學術書寫的弊病於此表露無遺。

其他風格

古代西方作者討論書寫風格時多半聚焦於場合，將風格分為高等、中等、低等三種；有的則分為克制風、高調風、優雅風、說服風四種。然而湯瑪斯指出，現代寫作手冊大都只提到兩種：好風格與壞風格。殊不知，書寫有多種風格。

首先，古典風不是平實風（plain style），後者適用於社群成員之間的交流，透過書寫道出一般大眾可以接受的真理。平實風秉持的真相普世皆準，小孩與成人皆能領略，而且主張任何修飾或細部檢驗反而會模糊真相。因此信條，平實風往往流於陳腔濫調，未經思索而一味重複老掉牙說法。底下三組例子裡，前一句是平實風，後一句是古典風：

> 真相純淨而簡單。
> 真相很少純淨，亦未曾簡單。
>
> 恩寵是簡單的。
> 恩寵，從上帝的視野，是簡單的。
>
> 眼見為信。
> 眼見為信，只要不看得太清楚。

換言之，古典風修正平實風，暗指後者了無新意。古典風格作者呈現個人觀察所得，並為自己的結論負責。

再來，古典風不是反射性風格（reflexive style）。如前所言，語言在古典風宛如一面透明窗，如實傳達作者的意念，但是在反射文體裡，它變得不全然透光，時而遮掩窗外的風景。也就是說，反射性風格將讀者的注意力導向語言本身，以及認知的問題。假設你翻開一部食譜，作者一邊談論烹飪藝術、一邊自我懷疑（食譜可以教嗎？雞蛋真的存在嗎？或烹飪的知識有辦法取得嗎？），那麼這本書不是單純的食譜，而是後設食譜，關於烹飪的反思與詰問。

或可稱之為後設衝動。我讀過不少以劇本創作取得碩士學位的畢業論文。按教育部規定，畢業生除了完成一部劇作外，還得另文分析

自己的作品，3 萬字左右的創作說明。1990 年代期間，十個說明裡面有九個抵擋不了後設衝動，總是說明之前先來一段牢騷：創作可以說明的嗎？靈感有明確的源頭嗎？以及，我最喜歡的：何不讓作品自己說話呢？不曉得是因為那時後設文體蔚為風潮，還是學生單純地懶惰，類似反射性文字俯拾皆是，導致原本意在脫俗的作為逐漸變得庸俗。

　　古典風不來這套。作者下筆之前可能自我懷疑或感到不安，但不會與讀者分享。古典風的基本立場是任何題材都可以寫、任何道理都講得清楚。反射性風格可能覺得這種信念過於天真或俗氣，但湯瑪斯認為，對於書寫所涉及的矛盾保持緘默一點也不天真，而古典風選擇不躲在保護籬之後一點也不俗氣。

　　第三，古典風不是冥想式風格（contemplative style），後者明顯區隔了如實呈現與個人詮釋：作者觀看某事，除了陳述現象外，並加上自己的詮釋。因此，冥想風的重點在於作者獨到的感觸與聯想——散文家簡媜與陳列皆為此中佼佼者。冥想風另一特色是寫作是發現的旅程，作者描述現象時，不但發表個人的反應，並記下得此反應的過程。相較之下，古典風則省去了思索的過程，直接呈現觀察之後的結果。第四，古典風不是浪漫派（romantic style）。古典風是一扇窗，浪漫派則是一面鏡子。浪漫派作者無法將自己抽離自現象之外，他們身處現象之中。如果冥想風是作者發現世界的過程，浪漫派即作者發現或創造自我的過程（普魯斯特之《追憶似水年華》為著名案例）。古典風指向外在，隱藏自己。

　　最後，古典風不是實用風格（practical style）。讀者需要解決一個問題、做出決定或調查某事，這些需求促使作者下筆，而後者的責任就是為讀者提供正確訊息——此為實用風的由來。此類文章常見於商業界或法律界，也常見於研究報告或器具使用手冊。實用風裡，《風格的要素》兩位作者是最著名的專家，但《風格：邁向清晰與優雅》

作者威廉斯才是最好的導師。

　　古典風與實用風有些重疊之處。兩者皆要求清晰，但動機各有不同：古典風是為了讓語言像是一面透明窗，如實地呈現真相，實用風只是為了讓句子簡單易懂。兩者同樣重視精簡與效率，但實用風是為了讓讀者快速吸收資訊並加以運用，古典風則是為了優雅。閱讀實用文章是有目的的，其樂趣來自取得知識，但古典風提供的樂趣多半來自閱讀本身，以一種閒情逸致欣賞作者優雅的表演。

　　實用風可跳著讀，只要擷取重要資訊，某些部分瀏覽即可，但古典風不適合「一目十行」，倉促的閱讀完全抵觸它所代表的雅興。湯瑪斯提供「最後三分之一」測試：閱讀一段文字到三分之二時，蓋住最後三分之一，然後根據之前所讀的理路猜想作者接著會怎麼寫，要是給你猜中了，它多半是實用體例，出乎你意料之外者可能是古典風格。這並不意味古典作者老是改變先前的立場，而是他們展現的機智難以臆測：

> 雖然外界普遍預測選戰會很齷齪，但政客們大致甘心於辱罵與謊言。

> 同儕壓力加上學校和家裡的體罰，我們很快的徹底社會化，並且和任何地方的小孩一樣快樂。

> 同年，英國、蘇俄和法國為了促成休戰而決定干預其事、但保持中立而不介入戰事。盟軍艦隊與停泊於納瓦里諾灣的土耳其艦隊談判，搞到最後卻將它擊沉。

前後不一的反諷是古典風特色，但它並非戲劇性翻轉，而是基於世故的智慧如此地合乎邏輯。

最後，風格不是規矩；寫作不只是用字精準或排序正確。湯瑪斯一再提醒，書寫是表演，而表演不能光只顧及正確。古典風格作者相信真理可得，同時肯定語言的再現能力。

一個稱職的作者不可能認識字典上所有的字，但他可以通盤了解某種書寫風格的信條，一旦融會貫通便可活躍其中，並於風格規範之內開闢創新的天地。

參考書目

Thomas, Francis-Noel and Mark Turner. *Clear and Simple as the Truth*. New Jersey: Princeton UP, 2011.

爭議篇

10. 不要問我從哪裡來

不要問我從哪裡來，我的故鄉在遠方……如果語言能為自己說話，大概會高唱一曲《橄欖樹》。

我們永遠無法確知語言怎麼來的、始於何時，但這不至阻止好奇的人類追究它的源起並為此爭論不休。關於這道謎題，十九世紀期間冒出幾個爾後當笑話流傳的說法。有「媽媽論」（the "mama" theory）：世上許多語言「媽媽」、「爸爸」的說法近似，因為它們是最容易發出的聲音，因此有些學者認為是人類最早的語言。還有「汪汪論」（the "bow-wow" theory），語言的源頭是擬聲詞，如貓叫喵喵、羊叫咩咩、蛙鳴呱呱、水鴨嘎嘎。「叮噹論」（the "ding-dong" theory）和「汪汪論」略有不同，但意思差不多。「拜拜論」（the "tar-tar" theory）主張肢體動作先於語言，而語言於初始階段乃因模擬形體姿態而來，例如以英文說 "ta-ta" 像是跟人揮手道別。「拉拉論」（the "la-la" theory）則指語言自吟唱而來。也有堅持語言源自模擬情緒的「哇哇論」（the "pooh-pooh" theory）：我們很痛哇哇叫，美國人很痛說 "Ouch"。至於「嘿咻論」（the "yo-he-ho" theory），不是指語言來自性交，而是幹粗活時情不自禁發出的聲音。

上述謬論皆以偏蓋全且證據薄弱，但學者們仍為自己的立場「狗吠汪汪」，以致巴黎語言學會於 1966 年成立時，內部章程設一規定，禁止任何關於起源的討論，致使這方面的探索空白了將近一個世紀。後來的研究雖較具科學精神亦嚴謹許多，結合了語言學、考古學、地理學、地質學、基因學，通稱語言遺傳研究（glossogenetics），但因

各派別缺少壓倒性證據，依舊是眾說紛紜。

即便如此，有些說法已大致獲得共識。

我們的語言

我們口中的語言指的到底是什麼？它和其他生物互通訊息的方式有何不同？

1950-1970 期間，奧地利生態學家弗里希（Karl von Frisch）專研蜜蜂而有驚人發現。斥候蜂找到花蜜資源後，立刻飛回蜂巢對著同伴跳舞，舞步的細節因資源遠近而有不同；而且，不同種類的蜜蜂有不同跳法。例如，斥候蜂來一段搖尾舞，跳完整段所花時間長短代表資源遠近。同時，舞姿的興奮程度意味花蜜數量之多寡，以及需要多少人馬前往採擷。不只如此，舞步標示的圖形很像橫放的數字「8」（∞），但中間交叉部分不是點，而是一條線。斥候蜂以蜂巢與太陽連成的直線為準，圖形中間那條線若偏左 45 度，表示資源位於太陽左邊約 45 度角的地方。

很了不起，但它不算是我們所說的語言。一項實驗裡，弗里希將一碗糖水置於一根長及二十英尺的柱子上端，遠較蜜蜂慣常尋獲的天然資源高出許多。找到這碗糖水的斥候蜂照例回到蜂巢跳舞，採擷大隊於是趕到那根柱子，盤旋了半天卻找不到資源，無功而返。原來，弗里希發現，蜜蜂的溝通語彙裡沒有「往上」的指示。

靈長類動物如黑猩猩運用不同的聲音和肢體語言傳達不同訊息，例如食物資源的地點、一次成功的獵殺、警告同伴潛在危險、表明身分或表達心情。但研究顯示牠們的交流方式無法進一步表達抽象意念。有些學者宣稱猩猩有能力學習人類手語。有必要釐清，手語是人類語言的一種：

> 一般人對聲人所使用的手語有兩個錯誤的迷思。第一，大部分沒接觸過手語的人都還是認為手語……只是一種模擬的肢體動作，稱不上是語言。第二，也有不少人以為全世界的手語都一樣，只要會一種手語就可以跟世界各地的聲人溝通。但是事實並非如此，手語與口語一樣是自然語言，而且各國手語也不一樣，臺灣聲人除非學習美國手語，否則無法與美國聲人溝通。（戴浩一、蔡素娟）

手語有兩種，一種是自然手語，由生活中人際互動衍生而來，具備所有自然語言的特質，另一種是文法手語，不是自然語言，而是經由專家為了教學特別設計而來。在實際溝通上，自然手語比文法手語好用許多。（有關台灣手語，參考戴浩一、蔡素娟兩位學者詳細的介紹，收錄於《語言與認知》。）

一隻名叫華秀（Washoe）母黑猩猩自 10 個月大起，便於科學家指導下學習手語，看見天鵝時比出「鳥」和「水」的手勢。華秀成長後「領養」了剛出生的黑猩猩魯利斯（Loulis），自己教牠手語，結果魯利斯後來學會了至少 132 個具明確意義的手勢。一隻名為坎茲（Kanzi）的倭黑猩猩更神奇，小時便在一旁看著科學家教牠媽媽如何透過一個貼滿詞符與幾何圖形的鍵盤與外界溝通。有一天坎茲居然無師自通地玩起鍵盤，之後在科學家密集關注下，已能辨識與運用 500 字以上的英文，以及將近 200 個詞符。不但如此，他懂基本語法，也能創造新句。坎茲的成就很了不起，但他的語言能力只達人類嬰兒的程度，不如三歲小孩，亦無法進一步發展。

對於以上實驗成果，平克（Steven Pinker）深感懷疑，認為這些猿猴沒有學到真正的美國手語，使用的語言充其量只是手勢與啞劇的粗糙系統。同時，牠們自發性的語言極為有限，且句子長度總是很短，

彷彿電影裡的泰山（"Me eat me eat"，「我吃我吃」），無法像兩歲小孩運用最基本的句型，如「你看阿珍帶來的火車」。

人類的語言和其他生物的「語言」有許多不同之處。其一是移位性（displacement），我們的語言可以描述超出此時此地的現象，例如回憶昨天或幾年前發生的事情，一點問題也沒，但蜜蜂之間無法用舞步一起緬懷上禮拜的豐收，而黑猩猩也無法用聲音表示牠昨天吃了什麼食物。其二是開放（open-endedness），可涵蓋任何議題，具象或抽象。其三是雙重性（duality），語言由一些自身毫無意義的音素（phoneme，如ㄅㄆㄇㄈ）組成為一個有意義的字詞。其四是創新（productivity）：「語言系統的規律雖然有限，但我們可以利用這有限的規則造出無限多的例子，也因此可以永遠傳達無數新訊息。」

祖語

根據麥克沃特（John McWhorter），人類的語言大致始於 15 萬年前東非地區的智人（Homo sapiens）。考古遺跡與化石顯示人類發展到智人階段，才有足夠的腦容量以及利於發出複雜聲音的生理構造（尤其是聲道）。同時，較於前一階段的直立人（Homo erectus），智人的心智能力已足以處理使用語言所需的象徵認知。根據考古發現與基因分析，智人大概於 20 萬至 15 萬年前存活於東非一帶。然而目前找得到的文物、石洞或墓穴圖字、狩獵及其他工具等文化成就，大約是 3 萬 5 千年以前才有的現象。因此我們可以說，語言跟著智人同時出現，始於 15 萬年前。或者保守估計，語言的出現較智人晚些，直到 3 萬 5 千年前才跟著晚期智人（即現代人）的文化爆炸一起出現。據此保守估計，最早的書寫文字始於 3 千 5 百年前：

語言——35,000 年前。

　　文字——3,500 年前。

以上只是一派的說法，另一派則認為：

　　語言——50,000 年前。

　　文字——6,000 年前。

兩派得出的數字不同，因為雙方設定的標準不同，後者界定語言的方式顯然較為寬鬆。

　　麥克沃特和其他學者認為，東非晚期智人發明創造了現今所知的語言。這個原始語言很可能因人類遷徙而開始分歧，變成現今所知的6,000 多種。先是部分東非人遷徙至亞洲，之後亞洲內部有一支遷徙至歐洲，另外兩支則遷徙至其他地區：其一往東南至澳洲，其二往東北、跨越白令海峽而抵達美洲。原來，世界語言如此分歧和基督教一點關係也沒，並非巴別塔傾頹所造成。

　　若以上說法成立，表示人類各種語言都發源自同一個祖語（proto-language），像棵大樹似的分枝散葉，遍布全球。但所謂祖語只能說是根據邏輯推論而來的假設，該推論認為人類從非洲東部遷徙各地之後，不可能拋棄原來使用的語言而另起爐灶、從零開始地創造一套全新的語言。

　　祖語果若存在，已不可考。無論始自 15 萬或 3 萬 5 千年前，它聽起來是何狀態我們無從揣摩。不過，語言學家並不死心。他們秉持古生物與考古學者的精神，試圖考掘語言的根源。學者們採比較方法，例如比較同一語系內之不同語言，或比較不同語系的語言，從中追蹤延續與變異的軌跡。一小撮學者相信他們已經找到諾斯特拉語系（Nostratic），出自拉丁文 "noster"（我們的），因此它的意思即「我

們的語言」：一種約在 2 萬至 1 萬 2 千年前使用於中東一帶的語言，為歐洲、非洲及亞洲語言的始祖。諾斯特拉語系已有字典，內藏 500 多字。

另一批語言學家則宣稱已經找到美洲最早居民（愛斯基摩人與印地安原住民的祖先）的詞根語（root languages）。受上述重大發現鼓舞，俄裔美國語言學家謝福羅什金（Vitaly Shevoroshkin）企圖在諾斯特拉語系與其他不同支流的語言之間找到共同根源。他相信這個根源是人類最初的語言，出現於 2 萬 5 千年前。

然而，上述研究並非主流。大部分語言學家認為諾斯特拉語系或其他祖語（如德內－高加索語系）皆屬無稽之談，因為研究者誤將巧合視為連通的臍帶。著名美國語言學家葛林堡（Joseph Greenberg）與兩位同事，於 1990 年代提出一個包含 27 個詞素的目錄，宣稱它們是世上所有語言的源頭，通行於 20 萬至 5 萬年前，例如「手指」為 "tik"、「我」為 "n"、「什麼？」是 "ma?"。這份目錄雖廣受媒體重視，但學界並不買單。麥克沃特認為一方面學界保守成性，常輕率地否定新觀點，另一方面媒體亂湊熱鬧，將它渲染為「亞當和夏娃的語言」。麥克沃特同時指出癥結所在：原始語言經過十幾萬年的變形，從單一分岔為 6,000 多種，我們不可能從現有語言找到祖語的蛛絲馬跡。學界不接受這份目錄或諾斯特拉語系，並不是因為他們不支持「語出同源」的說法，而是認為這項緣木求魚的工程必定失敗：

> 關於原始世界，我們該問的其實是：既然語言不斷地變得面目全非，為何我們卻期待祖語的任何形式留下痕跡？如果我們今晚在一盞熔岩燈（lava lamp）穿一個洞，一週後再打亮它，內部液體流出的軌跡保持不變的機率有多少？也就是說，原始世界不會留下任何痕跡——反而才是我們該預期的。

在海裡看魚

　　麥克沃特說門外漢和專家看待語言的角度大不相同。一般人看語言就像是十九世紀介紹海底生物的圖畫，以岸邊的視野看著飛魚跳出水面或蛤蜊、魷魚、海葵乖乖在礁岩上排成一列。語言學家則是潛入水底，身入其境地串游於語言大海之中。因此，語言學家眼中的語言和我們看到的不同，也因此門外漢對於語言的概念多半有問題。

　　比較英語和亞馬遜雨林部落使用的語言，我們認為英語成熟、部落語言幼稚，或者認為英文是真正的語言（language），而部落說的是低階的「方言」（dialect）。以及，英語是「已開發」語言，部落語言則是「未開化」，只因前者已有書寫文字。以上涉及幾個謬誤，皆為從外面看待語言的結果，須一一糾正。

　　首先，語言的重點在於口說，不是書寫。人類 6,000 多種語言裡約有 200 種沒有文字，但並不表示沒有文字的語言是原始的。麥克沃特寫道，「書寫本身不能代表語言」。他的意思是書寫只是語言表達方式的一種，不是其全部。而且，沒有文字的語言和有文字的語言一樣複雜，甚至更加複雜。語法性別（grammatical gender）這個術語，指語法系統裡，名詞歸屬某特定的性別（陰性、陽性、中性、有生命、無生命），因此名詞的用法因屬性不同而有不同，且不僅止於此：一句話裡，名詞的形式會連帶改變其他相關元素，如動詞、形容詞、冠詞或代名詞的用法。就語法性別而言，法文只有陰陽兩種用法，但新幾內亞島上納希奧伊語（Nasioi）卻多達 100 種變化。

　　這是語言演化過程裡有趣的現象。按常理判斷，演化通常指構造從簡單到複雜，例如從直立人演化到智人，例如從農村社會演化到工商社會。然而語言演化的過程卻是先從簡單到複雜，接著從複雜到簡

單。與其他語言比較，英文是相對簡單的語言，參考底下麥克沃特列出英語和波斯語的用法：

I buy	mi-xar-**am**
you buy	mi-xar-**i**
he, she, it buys	mi-xar-**ad**
we buy	mi-xar-**im**
you folks buy	mi-xar-**id**
they buy	mi-xar-**and**

同樣是動詞「買」的現在式，英語只有 "buy" 和第三人稱單數的 "buys" 兩種區分，但波斯語和西班牙語、德語一樣有六種不同的說法。以上所提各國語言皆屬印歐語系，雖然很多人抱怨英語一會兒單數複數、一會兒現在式過去式，但它卻是這支語系中最簡單不過的語言。參考下列，比較左邊英語和右邊西班牙語如何處理過去式：

I bought	compr-**é**
you bought	compr-**aste**
he, she, it bought	compr-**ó**
we bought	compr-**amos**
you folks bought	compr-**asteis**
they bought	compr-**aron**

動詞「買」的過去式，英語只有一個形式 "bought"，但西班牙語則因人稱不同與單複數差異而有六種不同用法。再看一個例子，左列是英文的「做」，右邊是斯里蘭卡僧伽羅語（Sinhala）的「做」：

do（現在式）	kərənəwa
did（過去式）	kerua
do for real（「真的做」現在式）	kəranne
did for real（「真的做」過去式）	kərue
would do（「會做但還沒做」）	kərətot
would have done（「本來可做但沒做」）	keruot
let's do（「咱們來做」現在式）	kərəmu
do it on purpose（「有目的地做」）	kərannan
do it by accident（「意外地做」）	kəraawl
is allowed to do（「被允許做」）	keruaawe
to do（「要做」）	kərannə
doing（「正在做」）	kəkərtə
done（「已完成」）	kərəla
the act of doing（「做的動作」）	kərlimə

跟其他語言比起來，英語可說「頭腦簡單」，外人相對容易學習。拿漢語普通話和英語比較，普通話更簡單。普通話的動詞沒有時態，動詞與名詞也不因單複數或性別而有所改變。同時，熟悉中文的麥克沃特指出，普通話沒有英文裡最令我們頭痛的冠詞，而是利用指示詞（這、那、此、彼）來限定指涉。普通話比英語麻煩的地方是一堆視對象而異的分類詞（量詞）：

三隻貓

三條河

三張床

三個人

英文很簡單，拿掉中間的分類詞即可，例如 "three cats"。以前文言文用不著分類詞，說「三牛」不至被別人嘲笑，但隨著漢語演化，我們現在必須說「三頭牛」，也可以說「三隻牛」，但不能說「三張牛」或「三幅牛」。

從以上現象，麥克沃特得出幾個道理。首先，語言改變乃常態，不變的語言代表沒有人使用，只能等死。再來，每個語言的演化方式都不同，各有各的特色與偏執。最重要的，越封閉、越少人使用的語言，例如只限於某部落或族群，它的變化往往呈現「肛門期」現象，也就是說，愈趨龜毛，對於不重要的細節吹毛求疵，例如上述僧伽羅語動詞「做」的細微變化。以上道理足以解釋為什麼一些部落的語言比我們熟悉的語言複雜許多。麥克沃特稱此現象為語言向內衍生（ingrown）的特質：沒有外界干擾時，語言會自我生長，有如根莖般橫向繁殖。

這個現象的反面說明為什麼英語、法語、西班牙語或漢語普通話等，相對簡單許多。開放語言的演化從複雜轉為簡單。英語和普通話「頭腦簡單」是因為「四肢發達」：這兩種語言歷來眾多人口使用，為了方便溝通與交易，人們於無形中簡化語言，省去龜毛、不重要的成分。另一個原因是，任何語言一旦四處散播，由「外界的」成人當第二語言學習使用時，時日一久它便自然由繁轉簡。

語言與方言

另一個需要釐清的是語言與方言的分野。

對語言學家來說，亞馬遜雨林部落使用的語言在位階上不遜於英語，兩者不應有方言和語言之分。一般人受意識形態影響，以為「國語」是語言，其他較少人使用的語言則為方言。這是錯誤觀念：所謂

國語只是政治上的意外，正如語言學家魏因賴希（Max Weinreich）戲稱，「語言即擁有陸軍與海軍的方言」。漢語包含七大方言：官話、吳語、湘語、贛語、粵語、客家、閩語。普通話源自北方土話，在國家機器強力標準化為「國語」之前，只是一種方言。

一個說英文的人或許認為語言是所有方言的總和：標準英語是語言，其他如倫敦土話、南非英語、紐約英語、黑人英語、英國約克郡英語等等都是方言。但是這種區分有問題，因為放到別的情境便行不通了。

麥克沃特舉的例子是：三個分別來自瑞典、丹麥、挪威的朋友在一起交談，各個使用自己的國語卻不造成多大困擾。瑞典話、丹麥話、挪威話皆源自斯堪地那維亞語支，其書寫文字近似，但他們都被歸為語言，不是方言。沒有人會說只有斯堪地那維亞語才是語言，而瑞典話、丹麥話、挪威話只是方言。

同樣的道理，「我們常聽聞普通話、廣東話、台灣話被形容為分岔自中文的『方言』。但單一的『中文』只存在於紙上，因為其他變種都使用同樣的書寫系統」。然而，普通話與廣東話的差異比西班牙語和義大利語之間的差異還大。一個瑞典人可以「適應」德語，但講普通話的人面對廣東話根本適應不來。麥克沃特的意思是，普通話、廣東話、台灣話都是語言，也都是方言。

較普遍的分野是「語言」指有文字、有文獻、經過標準化的話語（tongue），其他話語沒那麼幸運，只能屈居方言。如此區分似乎暗示其他方言較不優秀，無法提升為文字，但事實並非如此。一個方言之所以成為「國語」不是因為它比較優秀，而是政治上的意外或麥克沃特所稱「歷史的機緣湊巧」：「一個語言，果然是擁有陸軍與海軍的方言；或，更貼切地說，語言是一個被擺在書店櫥窗的方言。」同時，標準化並不是指讓一個方言「更好」，而是讓它擁有一部字典，但文字只是眾多語言現象的一部分，世上充滿各種不同、互相感染的

「方言」，一樣的美麗、成熟。

　　既然語言和方言不管如何畫分皆不盡如人意，亦無客觀用途，麥克沃特建議我們不如這麼看：沒有語言這種東西，只有方言。

參考書目

McWhorter, John. *The Power of Babel*. New York: Harper Perennial, 2003.

—— . *What Language Is*. New York: Gotham Books, 2011.

Napoli, Donna Jo and Vera Lee-Schoenfeld. *Language Matters*. Oxford: Oxford UP, 2010.

Pinker, Steven. *The Language Instinct*. New York: Harper Perennial, 1994.

Trask, R. L. *Language: The Basics*. 2nd Edition. New York: Routledge, 1999.

Wade, Nicholas, editor. *The New York Times Book of Languages and Linguistics*. New York: New York Times, 1998.

蘇以文、畢永峨主編。《語言與認知》。台北：臺大出版中心，2009。

11. 語言基因

　　一個人心中所認知的世界與存在於他之外的物質世界，兩者之間的裂隙是哲學老問題。我如何知道我所知道的是對的、而非幻覺或誤解？人類的知識怎麼來的，自蘇格拉底時代起大致分兩種解釋。理性主義認為知識不由經驗而來，而是出生時便已具備，或許由神所賜，或者是生物演化的結果。換言之，諸如真理或真善美概念乃與生俱來，只要人類善用理性便足以找到答案。經驗主義則反對唯心論調，認為知識是透過感官與外在世界接觸的經驗而來，外在給我們刺激，我們回以適當反應，久而久之便能整理一套有實證基礎的法則。

　　關於人類為何具備語言能力，語言學大師杭士基（Noam Chomsky）出現之前，哲學的解釋大致倒向經驗主義這邊。行為主義心理學家史金納（B. F. Skinner）於 1957 年發表《語言行為》，主張人類的語言能力（說話與聽話）由兩個因素決定，一是話話環境對人的牽制，涉及社會情境，另一為言談得到的回饋，涉及人際關係：「懂得語言只是具備某一組行為上的意向，經由外在世界以及與他人話話互動的刺激，說出並做出適當反應。」根據他的理論，嬰兒先是自動發出咿咿呀呀的聲音，但在照護者干預之下，嬰兒逐漸學會跟外界互動，從經驗中一點一滴習得語言。因此，嬰兒學習的過程猶如反覆試驗，說對了受讚賞，說錯了受糾正，如此這般訓練之後，最終習得語言的基本法則。

　　《語言行為》問世同年，杭士基出版他第一部語言學專書《句法結構》，當時學界的反應不是漠視便是充滿敵意。隔年，杭士基發表

書評，把《語言行為》及行為學派批得體無完膚並提出自己的觀點，
不但自此奠定學術地位，且爾後改變了語言學研究方向。

刺激匱乏

　　精通一個語言，杭士基說，不單是意味一個人的語言行為受到環
境各個層面制約，因為話語可以獨立於外在刺激（一個人想說就可以
說話），而且話語也可以不受歷史限制（一個人可以說些未曾被教導
的話語）。因此，環境不是人類可以說話的主導因素。他以小孩學習
語言的過程為例，提出「刺激匱乏」（poverty of stimulus）假說：一
個小孩接受的語言刺激有限，但他卻可舉一反三、融會貫通，從一些
基本句法創造從來沒人教過的句子。一個兩三歲小孩若要聽懂大人的
話語、以及說出大人聽得懂的話語，必須同時掌握三個元素：話音、
字義、句型。大人跟小孩講話，不可能一邊說一邊解釋這三個元素如
何組成一句有意義的話語（大人自己也不懂），而且大人的話語並不
完美，有時含糊其詞或說不完整，為何小孩可從中歸納法則？我們來
看以下例句（Belletti and Rizzi）：

　　　(1) <u>約翰</u>說<u>他</u>是快樂的。
　　　(2) <u>他</u>說<u>約翰</u>是快樂的。

我們都知道而且小孩也清楚：第一句裡名字（約翰）和代名詞（他）
為同一人，但第二句裡名字和代名詞各指不同的人。為什麼這樣？難
道這和名字與代名詞出現的順序有關？第一句裡因為「約翰」先出
現，因此「他」就是「約翰」，而第二句裡「他」先出現，因此「他」
不是「約翰」？顯然不是：

(3) 當他和自己的小孩玩時，<u>約翰</u>是快樂的。

(4) 那些人看到他和自己的小孩玩時說<u>約翰</u>是快樂的。

(5) <u>他的媽媽</u>說<u>約翰</u>是快樂的。

這三句都是代名詞先出現，但每一句裡「他」和「約翰」都指同一個人。為什麼這樣？

你問我，我問誰？好吧，看看語法學家怎麼說：

(1) <u>約翰</u>說〔他是快樂的〕。

(2) 〔他說<u>約翰</u>是快樂的〕。

(3) 當〔他和自己的小孩玩〕時，<u>約翰</u>是快樂的。

(4) 那些人看到〔他和自己的小孩玩〕時說<u>約翰</u>是快樂的。

(5) 〔他的媽媽〕說<u>約翰</u>是快樂的。

原來關鍵在於代名詞統轄的範圍。在此句型裡，與代名詞「他」直接相關的子句（夾註號裡的文字）倘若不包含名字「約翰」，表示：代名詞和名字具共指關係（coreference），兩者為同一人。例句裡只有第二句，與「他」直接相關的子句涵蓋了「約翰」，導致代名詞和名字為非共指關係（non-coreference），因此這句話通常涉及兩個人。（我說「通常」是因為總有例外。倘若小明喜歡以第三者稱呼自己，跟媽媽講話時不說「我很快樂」，而是「小明很快樂」，這時媽媽跟爸爸說「他說小明很快樂」，意指小明自己說小明很快樂。）

這個小小的法則費了我不少氣力才勉強搞懂，也花了一點時間跟各位解釋。同時，我不清楚它適用範圍多廣。但三歲小孩不懂語法，家長即使懂也不會跟他們解釋，為什麼他們不至搞混這些句子的意思？

杭士基認為唯有人類天生具備語言能力（linguistic competence）才足以解釋。而且，這項能力普遍存在於每一個神經系統正常的人，無論是住在非洲、歐洲或台灣的小孩都一樣，到了兩三歲已可使用語言與外界互動。因此他推論：人的構造裡天生具備語言習得裝置（language acquisition device），這個裝置「就像眼能視與耳能聽的功能一樣，在兒童發育到某一程度，開始幫助兒童分析周遭語言，快速學習語言規則」。

　　世界有 6,000 多種語言，十幾個語系，不但語系之間差異極大，語系內部各個語言亦頗分歧，但對杭士基而言，繁複多樣只是表象。他相信每個語言內部都有一組生成語法（generative grammar），為那個語言的基礎構造，並從此基礎衍生無限的表達方式，但無論句型如何千變萬化，所有形式皆離不開那個基礎。因此，進一步推衍，只要找到世上每一種語言的生成語法，並互相比較各個生成語法、從中提煉重疊互通之處，終有一天，我們或可找到嵌入於所有人腦，以及所有語言的普遍語法（Universal Grammar）。

　　此為杭士基心目中的「聖杯」，他自己也承認。雖然多年來探索的方式不斷修正，例如自 1990 年代起大幅縮減目標為「最小綱領計畫」（Minimalist Program，尋找所有語言共享之基本性能），但基本立場維持不變。2019 年於訪談時，91 歲的他仍深具信心，基於近年自己的研究及其他領域的突破，表示「這是第一次，我想，聖杯已至少引領可見於某核心地帶，甚至或可觸及」。

　　在他最近著作《為何只有我們》，杭士基（與合著者）對語言本能如何而來提出假設：人類具備語言能力是因為生物演化過程裡，從尼安德塔人過渡到智人時發生了遺傳漂變（genetic drift），致使後者擁有語言基因。這足以解釋為何尼安德塔人的腦容量大過於智人，他們的文化成就卻比不上智人。照此說法，人類之所以擁有語言是由於一場基因突變，純屬意外福分，和達爾文「自然選擇」所說物競天擇

毫無關係。

語言本能

　　語言天賦論另一名大將是平克（Steven Pinker），於 1994 年發表的《語言直覺》榮登美國暢銷排行榜，致使此說廣為流傳。和杭士基一樣，平克認為語言是生物器官，因此研究必須仰賴生物語言學、遺傳學與認知心理學：

> 語言並非文化技藝的產物，就如我們學習懂得看錶或聯邦政府如何運作。反而，它是我們腦部生物構成裡一個獨特成分……部分認知科學家將語言形容為心理機能、心理器官、神經系統或運算模組（computational module）。但我寧可稱之為聽起來古怪的「本能」。它傳達的概念是，人們知道如何說話正如蜘蛛知道如何吐絲結網。結網不是由某一隻未受歌頌的蜘蛛天才所發明，亦無需仰賴正確教育，或建築與工程天資。反而，蜘蛛吐絲是因為擁有蜘蛛腦袋，賦予牠們吐絲的衝動與達成使命的能力。

為了證明語言器官確實存在，平克討論很多不容忽視的現象，除了小孩無師自通外，還有生物語言學上的發現，包括之前提及布洛卡失語症、渥尼克失語症，以及語言基因 FOXP2。

　　十九世紀科學家發現人體內部構造並不對稱，竟然是左腦管轄身體右半邊，右腦管轄左半部。法國醫學家布洛卡（Paul Broca）有位失語病人，說話時結結巴巴、沒有語調，過世之後醫生解剖他的大腦，發現左大腦前面部位某處已損壞。布洛卡於 1961 年發表報告，指出

失語症因左大腦第二或第三個額下回後半邊（爾後稱布洛卡區）受損所致，因此宣稱「語言表達的機能」位於大腦左半球。歷經一百多年的求證（斷層掃瞄、核磁共振、腦波測試），平克說布洛卡的論斷已被證實，大腦左半球負責處理語言的發聲、字詞的形狀、嘴唇的動作，也同時處理抽象的語言系統。

　　幾年之後，德國醫生渥尼克（Carl Wernicke）遇到一名病患，說起話來通順流暢，語調抑揚有致，看似毫無障礙，仔細聽來卻語無倫次，甚至創造沒有意義的字詞。深入研究之後，渥尼克發覺所有語言障礙並非皆因布洛卡區受損，若左大腦頂葉與顳葉之間區域受損，也會導致語言失能，即渥尼克失語症。布洛卡失語患者在理解語言上沒有問題，只是表達出現障礙，而渥尼克失語的症狀是表達毫無障礙，但於理解意義上出了問題。

　　接下來涉及推論；不夠完整的科學證據攤在眼前，但看專家如何詮釋。人腦布洛卡區或渥尼克區和語言能力有關，這點應無爭議。然而，它們除了語言功能外，還負責其他任務：布洛卡區和認知、感受與肢體動作有關，渥尼克區則和一般（不只是語言）理解能力有關，有些患者無法辨認非語言的聲音。換言之，布洛卡或渥尼克部位受損的患者會出現語言障礙，可能是因為認知和動作的功能受損所致。為此，平克提出反駁：一些案例顯示，因中風或受傷的患者雖因此失語，但他們的理解能力卻未受影響；或者反過來說，有些患者的認知功能出現障礙，但他們卻能口若懸河，宛如語言的白癡奇才（idiot savant）嘰哩呱啦說個不停。

　　有一名失語患者恢復過來，事後回想當時心情：雖說不出話來，但心智毫無受損，且完全記得當時的掙扎。醫生發覺他的問題不是無法控制發聲肌肉，而是無法理解語法，但其他功能卻無退化跡象：「他警覺、專注，且完全理解自己身在何處以及為何在那兒……與語言無關的心智功能，例如分辨左右、以左手畫畫、計算」等等都不成問題。

反過來的例子是一名 14 歲叫丹尼絲（Denyse）的女孩，出生時便患了脊柱裂疾病，因水腦症而嚴重智障，但她卻是個「語言天才」，能以合乎語法的話語編造一些奇奇怪怪、未曾發生的故事。以上兩種案例顯示，布洛卡區或渥尼克區同時負責智力和語言功能，但這兩種功能應是分開的，否則無法解釋「語言受損、智力沒事」或「智力受損、語言沒事」的現象。

　　有個 KE 家庭，三代都是語言能力受損患者，成員會說出類似「卡羅是哭在教堂」（"Carol is cry in the church."）不合語法的句子。因找不到任何環境因素致使這個現象，專家認為八成和遺傳有關。全球人口出生時語言能力不健全的比例不到 3%，但 KE 家庭卻高達 53%。很可能這是單一基因（FOXP2）出了問題，不是很多基因致使，因為倘若由數個有瑕疵的基因所導致，照理說受害者的症狀會有程度不同的現象，但 KE 家庭患者的情況一模一樣，毫無差別。

　　另外，這個基因應屬正染色體（autosome），不是和性別有關的 X 染色體（X chromosome），因為 KE 家庭男女患者比例平均。另一個值得注意的徵候是，家庭中語言能力受損的患者智商皆屬正常範圍，有些甚至高於正常值。也就是說，這個基因只影響語言能力，並不損及其他認知功能。同時，患者剛開始會有兩個現象，一是話語障礙，另一是語法障礙，等他們長大後說話的問題便逐漸消失（例如可以分辨 "car" 與 "card" 的區別，也不會把 "nose" 說成 "no"），但是語言處理的能力卻一直未見改善（例如不會用過去式 "ed" 或字尾不懂得加 "s"）。據此，專家認為這個基因很可能和人類理解語法的能力有關。從 KE 家庭的遭遇，以及布洛卡、渥尼克和其他失語症案例，平克認為，文法基因（負責處理基本語法的迴路）存在的機率極大。

猴子不是咱們的祖先

平克曾受杭士基啟發，之於語言天生的立場也和他一致，但在人類語言能力如何演化而來這方面，平克認為後者遺傳漂流的說法完全錯誤。

人類的語言基因，他說，不是因為突變或大爆炸（the big bang），而是經過一段歷時極長的自然選擇而逐漸成形。一般人搞錯了達爾文演化論，以為它的過程有如垂直階梯：

阿米巴原蟲

海綿

水母

扁形蟲

鱒魚

青蟲

蜥蜴

恐龍

食蟻獸

猴子

黑猩猩

智人

這是錯的演化故事。照這個階梯看來，猴子是人類的祖先。自然選擇的過程是漸進的，生物某種機能的演化得歷經十幾萬個世代，但這個階梯卻顯示語言因大爆炸而來。

平克指出演化不是階梯，而是樹叢：

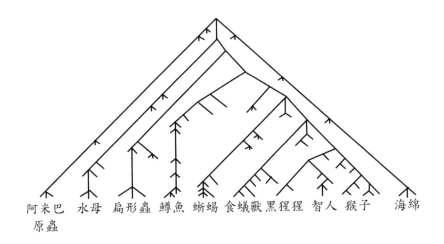

阿米巴原蟲　水母　扁形蟲　鱒魚　蜥蜴　食蟻獸　黑猩猩　智人　猴子　海綿

此為演化正確版本，若細分和人類有關的局部，則是：

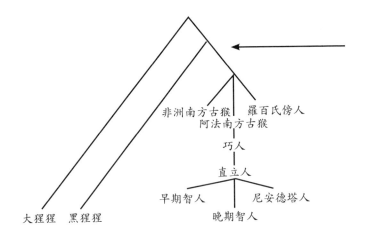

非洲南方古猿　羅百氏傍人
阿法南方古猿
巧人
直立人
早期智人　尼安德塔人
晚期智人

大猩猩　黑猩猩

從這個樹叢可以看出黑猩猩不是人類的祖先，只是人類最近的親戚。人類和黑猩猩源自同一祖先，但那個祖先早已絕跡，不可考。箭頭所指之處乃語言基因出現的時機，也就是說，語言出現於人類與黑猩猩分道揚鑣之後。那些教黑猩猩說話及手語的人士，多半基於「猴子為人類祖先」的謬誤，根本是浪費時間。

據此，語言最早的軌跡可能出現在 4 百萬年以前的阿法南方古猿，「露西」（Lucy）的化石碎片；或者更早，於 7 百萬至 5 百萬年以前。之後，語言基因循著自然選擇的過程一點一滴演化，從巧人、直立人到智人，一直到今天。

有些考古學家認為語言和藝術、宗教、工具的成就一樣，皆取決於處理「符號」的能力。但以人類嬰兒為例，他們尚未理解任何「符號」之前早已習得語言。另一個謬誤是，考古學家完全以出土文物來判斷人類某一階段的心智，越複雜的工具代表越複雜的心智，代表越複雜的語言。平克認為，單憑文物所做的臆測有問題，因為它低估語言的古老身分。有些漁獵民族或許有語言，也使用工具，但是那些工具的材料不是石頭，一旦這個民族消失，工具自然也留不下來，我們可據此斷定他們沒文化成就、因此沒語言嗎？

最後，平克認為，關於「文化 vs. 遺傳」的對立毫無意義。一方主張文化影響行為，一方是遺傳影響行為，但在這二元對立裡具行動力的主體（人類）不見了。再者，抱持文化與遺傳同時影響行為的論調是廢話，說了等於沒說。在他的架構裡，一切從人類內建心理機制（包括學習機制）出發，少了這個其他免談。後天學習無法取代遺傳而來的內建機制，人類因為有這個機制才有能力學習，而語言能力即其中一項。

主要參考書籍

Berwick, Robert, and Noam Chomsky. *Why Only Us*. Cambridge: Cambridge UP, 2016.

Chomsky, Noam. *On Nature and Language*. Edited by Adriana Belletti and Luigi Rizzi. Cambridge: Cambridge UP, 2002.

——. *Language and Mind*. Cambridge: Cambridge UP, 2006.

Pinker, Steven. *The Language Instinct*. New York: Harper Perennial, 1994.

王士元。《語言、演化與大腦》。台北：高等教育出版社，2014。

韓林合。《喬姆斯基》。台北：東大圖書，1996。

12. 挽救一個常識

學者發表研究成果多半是為了挑戰舊觀念、提出新觀念，同時破除一般大眾的迷思，以正視聽。然而英國語言學家桑普森（Geoffrey Sampson）撰寫《教育夏娃：「語言本能」論戰》）的動機卻是為了解救常識，一個和語言有關的常識。

杭士基（Noam Chomsky）尚未主張語言天賦論之前（1960 年代）、或者平克（Steven Pinker）還沒推廣這個概念之前（1990 年代），常識告訴我們：語言來自文化，是人類發展中反覆試驗得來的成就。我們從祖先得到的遺傳不是知識，而是取得知識的能力。但 1990 年代以後，趨勢顯示這個常識似乎是錯的，已被語言天賦論推翻。不認同此說的桑普森認為有必要扭轉局勢，為常識翻案。既然天賦派將語言本能當作科學議題處理，桑普森決定嚴格檢驗對方的說法與提出的證據。

無論杭士基或平克，以及其他信徒多麼深信不疑，先天論只能說是一種假設，因此當此派學者提出結論時，語氣不至斬釘截鐵，總免不了加些修飾詞如「很可能」、「機率極高」、「很難不承認」等等。理由很簡單，語言基因尚未確切找著，而且所謂無所不在的普遍語法（Universal Grammar）亦無明證。

杭士基認為先天論與文化論之爭涉及兩個基本選項，要嘛認為人類心智如經驗主義所說只是自然機制裡一個（被動）反應的齒輪，要嘛認為它是一股「有創造力、決定性的能量」。桑普森認為如此二分說不通，因為甚至經驗主義學派也不認為人剛出生時是「白板一張」

（a blank slate），爾後任由文化塗鴉。不同意語言先天論的立場，並不表示反對者否定人類具備先天能力。此派的立場是：「咱們的祖先除了從經驗學習事物之外，沒有天賜的知識；然而，因具備智能，他們可以運用經驗以獲得知識。」

換言之，人類腦袋若有什麼天生，那是學習機制，語言能力只是其中一項。

速度較快？

關於小孩習得語言的速度，杭士基常說「絕對很快」，但有時說「相對很快」。桑普森則問，如何定義快慢？一個美國小孩要掌握基本文法（例如第三人稱加 "s" 或使用過去式）通常是兩歲之後。兩歲算很快，這標準怎麼來的？為何不認為這樣算是慢的？既然沒一定標準，這種毫無意義的說法當然不構成語言天生的證據。父母常覺得自己的小孩超厲害，沒多久便學會說話，桑普森認為其中不免帶著情感因素，而這種受情感影響的判斷毫無理性的分量可言。

杭士基認為小孩學習語言比學習物理的速度快了許多。知識可分默會（tacit）與明確（explicit）兩種：默會知識指「知道某事但不明白為何知道，亦不知道理何在」，例如小明答應阿珍去她家玩，他會說「我會去妳家」，不太可能說「我去妳家會」。小明知道後者是錯的，但無法解釋為什麼。明確知識則是不但明白某事，且有能力解釋為什麼。桑普森說，杭士基拿小孩的語言默會知識和他的物理明確知識比較，顯然不倫不類。

誰說小孩不具備物理默會知識？他不可能知道地心引力，但他知道沒有東西支撐的杯子會掉落地面；他可能不知道水是「液體」，但他知道杯子傾倒時水會流出來。桑普森舉的例子，「倒液體時不讓它流出來、玩跳繩、將一顆球丟到心想的位置附近等等」，都和物理默

會知識有關，而且習得的速度不至比說話慢了多少。然而早期的杭士基卻武斷地說，上述能力為後天習得的技藝，說話才是先天本能。之後，他修正立場，任何人類可以習得的能力皆不超出生物構造預先決定的範疇。簡單地說，在生物構造許可的範圍，人類可以學習語言、物理或其他知識。但桑普森指出，縱使語言習得的速度較其他方面快速，也不能根據這個理由斷定語言能力和其他能力有本質上的不同。

關鍵期？

根據杭士基，人類過了青春期後學習語言的能力便會降低。如果這是指人腦於青春期之前靈活機敏、彈性較大，大致說得通，但它足以證明語言能力是天生注定的嗎？

因為我們不可能拿人實驗，支持此派的學者只能根據語言失能的案例得出結論。最著名的案例是吉妮（Genie），生於 1957 年，自出生 20 個月起到 13 歲又七個月期間，一直被瘋狂的父親限制於孤立狀態：無人陪伴也無外在刺激，若發出聲音便挨打。吉妮被發現時，外界形容她「未社會化、原始、勉強算是個人」。學者科蒂斯（Susan Curtiss）記錄吉妮獲救後最初 55 個月的發展，並發表研究成果。然而這項研究引起爭議，批評者認為研究人員（包括科蒂斯）干擾吉妮學習（不時測試她），將科學研究凌駕於吉妮的福祉之上。

根據科蒂斯提出的報告，吉妮於最初兩年多的階段無法正常說英語，也無能習得其他非語言技巧。先天派學者特愛援引吉妮的例子，藉以證明語言學習關鍵期的說法。然而對桑普森而言，如果像吉妮這樣的「野小孩」（通指成長期間與外界隔離）不只在語言學習出現障礙，學習其他認知技術也有困難時，這表示關鍵期的說法成立。但於此，關鍵期是指「一般認知能力」，並不單只和語言學習有關。

平克認為人類出生便已具備語言本能，否則無法解釋小孩一方面習得母語既快且準，另一方面卻無法執行依大小順序排列彈珠這種簡單的任務。桑普森說這和動機有關，與語言天生無關。大人跟小孩說話時，後者或許聽不懂從大人嘴巴發出的噪音，但近距離互動與眼神接觸，以及父母親切的音調，在在讓小孩覺得他們說出來的話語是重要的。相較之下，依順序排列彈珠對小孩來說並不重要，他沒有足夠的動機學習。

關於吉妮一案，平克也承認她學習語言有困難這點，無法支撐關鍵期的說法，因為她在其他認知技術上也有障礙。因此，他舉另一個案例。天生耳聾的雀兒喜（Chelsea）成長於美國加州偏僻農村，31歲時才裝上助聽器，並開始接受語言指導，然而她仍無法說出有意義的句子。重點是，平克強調，雀兒喜的情感或神經系統都很正常，且來自一個充滿愛的家庭。換言之，雀兒喜並非受虐兒，她的語言障礙無關創傷，而是錯過了青春關鍵期。

比起吉妮，雀兒喜案例確實較具說服力，但桑普森認為我們需要更多的資訊才能判斷平克的結論是否成立。可惜平克並未提供任何細節，而他引用的是科蒂斯所寫的文章：關於吉妮，後者寫了一部將近300頁報告，然而雀兒喜一案只短短一頁。我們如何確定雀兒喜「來自一個充滿愛的家庭」？科蒂斯原文對此隻字未提，平克基於什麼而有此推論？還有，我們對於雀兒喜的習語進度毫無所知，例如她多久後開始說出單字、多久後開始說出不合文法的句子等等。這麼多資料留待補充，雀兒喜的故事因此也不足成為證據。

目前為止桑普森的質疑大致成立，支持關鍵期假說的陣營必須提出更多、更直接的證據。我的看法是，雖然短期內不可能出現無懈可擊的證據，但反方的論述也無法讓我們完全相信關鍵期並不存在。關鍵期假說不只涉及母語，還包括第二語言：小孩學習外語的能力強過於成人。對此，桑普森也提出反駁。他說，只要人們有心、認為值得

下功夫便可輕易習得第二語言或其他事物。移民異國的小孩為了和其他小孩打成一片，自然願意學習當地語言。至於成人，因為他們已有所屬文化與社群，學習的意願自然較低。在他看來，這是動機問題，和大人與小孩學習語言能力的差別無關。

我認為動機論有漏洞。桑普森宣稱以上結論乃根據實證研究而來，但只提到某位研究者的名字（Heidi Dulay）及「其他人」，並沒詳細解釋這些研究的內容，因此光看他所寫，我們無從判斷。

而且，任何人都知道學習母語之外的語言並不容易，無論動機是否強烈。就我個人觀察，小孩在這方面確實比成人優秀許多。很多移民他鄉的成人，他們必須工作也必須和外界接觸，不能說他們缺少學習動機。以我曾接觸移民美國的亞裔族群為例，第一代通常於成人階段才開始密集使用英語，其中不乏專業人士與大學教授，不能說他們沒足夠動機，但是他們的口說能力（發音、腔調、語法、流暢程度）無論如何就是比不上自己的小孩。桑普森詰問快慢如何訂定標準，我們亦可反問：動機如何測量？可有標準可言？

刺激匱乏？

對哲學家波普爾（Karl Popper）而言，任何知識習得的過程離不開以下模式：從許多各別的例子得出通用法則。杭士基提出刺激匱乏的說法，是為了證明普遍語法存在於人腦之中：小孩學習語言過程裡，外界給予的刺激不足，可是他們卻能從中歸納埋藏在言說底下的基本語法。

杭士基所說的刺激匱乏分質量兩個層面。就品質而言，杭士基認為媽媽跟小孩互動的兒語（motherese）語法簡單且有時不合文法，為何小孩後來講話不至受影響？可見，儘管外在刺激如此貧乏，小

孩依恃的是內建於腦內普遍語法的基本要素。桑普森問道，誰說兒語品質低落？證據何在？一項研究指出，兒語是漸進式、由簡而繁的教導，方便小孩學習。而且同一個研究發現，在 1,500 個樣本（媽媽跟小孩說的話）裡只有一句屬於「不流暢」，比例奇低，怎能說兒語品質不佳？天賦派陣營認為媽媽（這些研究裡好像都只有媽媽在照顧小孩）常用「不合語法」的語言和小孩說話，例如：

"Want your lunch now?"（要吃中飯嗎？）

"Raining hard."（下大雨。）

一位天賦派學者認為以上為「不合文法但尚可接受」的表達，正式的說法應有主詞：

"Do you want your lunch now?"（你現在要吃中飯嗎？）

"It is raining hard."（現在下大雨。）

不用桑普森指出，任何人都知道這個語言學家是錯的：之前那兩句完全合乎語法，所省略之 "Do you" 或 "It is" 無傷句子的合法地位。一個是非正式話語，另一是正式話語，如此而已。桑普森諷刺道，媽媽只想教小孩說話，不是訓練他們為《泰晤士報》寫專欄。

　　至於數量呢？既然杭士基覺得小孩接觸語言刺激的數量不夠，試問多少數量才算足夠？需要到達什麼程度才不至刺激匱乏？這個問題顯然他答不出來。不過，桑普森認為杭士基所指的量不是「大人每天跟小孩講了多少話」，而是指大人的話語裡直接呈現「基本語法」的機率很小。這需要例句解釋：

The man is tall.（那男的個子高。）
Is the man tall?（那男的個子高嗎？）

The man swims well.（那男的很會游泳。）
Does the man swim well?（那男的很會游泳嗎？）

兩組表達裡，前面是陳述句，後面是疑問句。陳述改為疑問，中文很簡單，最後加個「嗎」即可，但英文比較麻煩。第一組必須把 be 動詞移到主詞的前面，第二組則須在主詞前加助動詞（"Does"），同時 "swim" 改回動詞原形，去掉 "s"。兩組例子很普通，一般小孩想必常接觸，但底下這組較複雜：

The man who is tall is sad.（那個高個男子很悲傷。）

Is the man who tall is sad?（錯誤的問句 "。）
Is the man who is tall sad?（正確的問句。）

在此句型，陳述句改為疑問句時必須將第二個 "is" 拉到最前面。又如底下陳述句：

A unicorn is in the garden.（獨角獸在花園裡。）

改為疑問句：

Is the unicorn in the garden?"（獨角獸在花園裡嗎？）

現在讓句型複雜些：

> A unicorn that is eating the flower is in the garden.（那隻吃著花朵的獨角獸在花園裡。）

這句有兩個 "is"，改為疑問句時該把哪個移到主詞前面？

> <u>Is</u> a unicorn that eating the flower <u>is</u> in the garden?（錯誤。）
> <u>Is</u> a unicorn that <u>is</u> eating the flower in the garden?（正確。）

在複雜結構裡，無論是「男的」或「獨角獸」那句，同樣有兩個 be 動詞，改為問句時為什麼必須將第二個 "is" 挪到前面，而不是第一個 "is"？杭士基指出，類似的疑問句小孩很少遇到或有機會學習，為什麼他們不至犯錯？根據以上及其他例子，杭士基與平克認為：因為文法的基本原則早已硬接在腦袋面板上了。

誰說很少遇到？可有證據？桑普森參考一部專為 6-10 歲英國小孩而寫的《孩子的百科全書》，發現裡面不乏同等複雜的疑問句。另一位學者普魯姆（Geoffrey Pullum），用電腦統計《華爾街日報》含括 4 百萬字的資料庫，發現此類疑問句其實很多。桑普森承認，《華爾街日報》不是寫給小孩讀的，然而當杭士基宣稱「一個人可能活一輩子都沒遇上相關」句型，他的斷言自然站不住腳。

KE 家庭？

KE 家庭一案——語言障礙三代遺傳——是天生派的王牌。人類左腦布洛卡區或渥尼克區，都無法確證語言基因的存在，因為科學家

發現這兩個區域除了和語言功能有關外，同時職司其他認知功能。這顯示語言的能力與習得其他技術的能力皆為人類智能的一部分，並無特殊之處。相較之下，KE 家庭作為語言天生的證據便可信許多。

桑普森卻不這麼認為。

這個英國家庭於 1994 年時，最年長的是祖母，75 歲，底下有五個小孩、24 個孫子。祖母及其一半的後代都是語言能力受損患者，另外一半則無此問題。（學者著手研究時祖父已過世，但據說語言能力正常。）語言障礙一代傳過一代，一直到第三代（研究時第四代年紀還很小），情況非同小可。更令天生派感到振奮（如此形容似乎不妥）的是，患者的問題大都是語法方面，正符合語法內建假設。經過調查之後，主要研究者戈普尼克（Myrna Gopnik，平克亦間接參與）找不到任何外在因素足以解釋這個現象，因此認定這個缺陷和基因有關。

發生在 KE 家庭的現象著實詭異，而且桑普森承認，和基因遺傳絕對有關。但是，他問道，難道它便足以推翻語言後天論的邏輯嗎？

戈普尼克於 1990 年發表研究成果之後，來自各個領域之五人小組再次研究 KE 家庭，並於 1995 年發表報告。小組的結論是：這個家庭面臨的問題並非真如戈普尼克所言乃「語言特定」。這份報告發表之前，已有兩位成員根據初步發現質疑戈普尼克的結論，但 1994 年平克推出《語言本能》時，對此事隻字不提。

平克在書裡說這家庭有語言障礙的成員大都智能正常，但第一份報告並未涉及這個層面，平克此說根據什麼？而且，第二份報告有不同的結論。13 位有語言障礙的成員接受智商測試：

> 語言 IQ：平均 75。
> 作業 IQ：平均 85。（正常為 100，有一位 110，但其中六
> 位低於 85。）

後來的測試同時發現，就非語言能力而言，有語言障礙的成員比不上其他成員。根據以上數據，五人小組認為 KE 家庭三代面臨的遺傳，不是天生派所指的「語言特定」，而是一般的智能問題。

《教育夏娃》於 1997 年問世。同年，兩位先天派學者（Christopher Green 和 John Vervaeke）共同發表文章，指出許多質疑老是針對早已歷經修正或棄之不用的舊論點。例如杭士基雖堅守立場，但他的探索方向與焦點不斷改變，亦不時提出新論證，因此反對派不應持續炒冷飯。兩位指出，杭士基從未說過語言的所有面向都屬天生，只有語法這一部分；同時，後期的杭士基已縮小範圍，專注於語法的基本要素。最後，兩位作者堅持語言「必然是」（must be）天生的，因為第一、語言太複雜了，語言學家搞了一輩子都釐不清的規則，小孩短期內便已駕輕就熟；第二、語言能力有年齡差異，即關鍵階段，因此和生理構造有關；第三、小孩語言能力的發展和視覺能力的發展類似，因此屬於生理構造的範疇；第四、猩猩學會的手語無法和我們的語言相提並論，因為只有人類天生具備這項能力；第五……（可以不用再列舉了）。

這篇文章一方面抱怨反對陣營一直繞著舊議題打轉，另一方面自己提出的佐證卻了無新意。修飾語從「很可能是」晉升為「一定是」，可惜論述卻未同時進化，也在炒冷飯。

先天或後天、基因或文化，兩邊顯然還有得吵。正如麥克沃特（John McWhorter）所言，說不定哪天後天派明確地證明人類沒有語言基因，語言只是自外嫁接的產物，但那天到來的可能性，和先天派終於鎖定語言基因的機率，同樣渺茫。

這其間咱們可別屏息以待，且先關心別的議題吧。

主要參考書籍

Sampson, Geoffrey. *Educating Eve: The 'Language Instinct' Debate.*
London: Cassell, 1997.

13. 語言說我

　　語言影響思考，一個人使用的語言框限他對現實的認知——這個概念由美國語言學家沙皮爾（Edward Sapir）提出：語言夾在人類與外在世界之間，亦橫亙於人們與社會活動之中，因此人類極大程度受語言支配。如果我們以為語言只是解決溝通或內省的工具，他說，那是錯覺。「事實是『真實世界』很大成分是一群人無意識地以語言習慣建構而來」，因此我們的見聞與經驗，多半已由語言習慣預先左右了解讀事物時的選擇。

　　他的學生沃伏（Benjamin Whorf）加碼說道，語言習慣影響思維不只發生在特殊情境（如具「催眠」效果的哲學或術語，或俗話與口號），而且發生於日常生活裡我們透過語言彙整資訊與分析現象的每一個活動。有人認為語言是一扇展現世界的窗，這對師生卻主張：語言是篩網或濾鏡。

　　以上即著名（爾後惡名昭彰）「語言相對論假說」（linguistic relativity hypothesis），又稱「沙皮爾—沃伏假說」：我們如何審視世界泰半取決於我們的思考過程，而我們的思考又為語言所圍。換言之，我們的語言結構極大程度限制我們理解世界的方式。因此，使用不同語言的族群擁有不同的世界觀。

　　以上迷人的假說導引出其他相關假說：

　　　1. 語言先於思考：我們思考時已遭所用語言干擾，且思考
　　　　邏輯受制於語法結構。

2. 沒語言無法思考。（沒有語言的人不會思考？既然如此，
   反方問道：人類語言從何而來？無法思考的人類如何創
   造語言？）
3. 語言說我，不是我說語言：我不是思考的主體，而是語
   言的客體。
4. 語言之為牢籠：語言彷彿監獄，困你我於有限視野。

真的如此嗎？且聽這對師生如何分說。

　　底下一邊陳述主要論點，一邊提出其中漏洞。

語言決定文化？

　　沃伏比較英語和霍皮語（Hopi，美國亞利桑那州東北部原住民霍
皮族使用的語言）。英語以不同字詞指涉各種空中飛行物，如「飛
機」、「蚊子」、「飛彈」、「風箏」，但霍皮語只分兩種，一是「鳥」
（tsirò），一是鳥以外任何飛行物（masaidaka）。另外，「水」的英
語是 "water"，但霍皮語的「水」分兩種：一為日常容器裡的水（keyi），
一為大自然的水（pahe），如海水、瀑布、池塘、泉水。

　　不同的語言有不同的分類，使用某個語言就得遵循它的分類方
式。因此，沃伏認為，沒有一個語言使用者享有真正自由，而他看待
事物的方式亦非絕對中立。這個事實導向相對論：「所有觀察者並非
由同樣的物質證據引導至同一個宇宙圖像，除非他們的語言背景是相
似的……。」用白話文解釋：不同的語言描述不同的宇宙。

　　所用語言不同，看到的世界因此不一樣？道理很玄，魅力十足，
曾經迷倒眾人，包括我在內。沃伏於 1930 年代提出觀點多年之後，
學界注意到了，媒體亦跟著起鬨：「你的語言決定你的人生觀！」事

情非同小可，照此說法，語言不單只是表達思想的載體，甚至形塑思想。據此我們可以說，亞里斯多德若以中文撰述哲學，他的思想體系將大不相同；同理，孔子若以古希臘語傳道，《論語》也不會是目前樣貌。

然而此說漏洞百出，本末倒置。語言是人類群居的產物，不同語言產生不同分類乃文化差異所致，眾多文化之所以風貌有別，是由其獨特的生活條件與生態環境孕育而成。換言之，形塑世界觀的是文化與物質條件，不是語言。同時我們必須追問：沙皮爾與沃伏所說的世界觀或現實所指為何？假設某族群說「太陽打東邊出來」而另一族群說「太陽打西邊出來」，這是否意味雙方世界觀不同？不會。只要於黎明時刻集合這兩族群，請他們同時指出日出的方向，如果雙方的手勢一致，無論這個方位叫東或西，看到的是同一現實。

沙皮爾說美國原住民奴特卡語（Nootka）描述「石頭落下」（類似 "it stones down"）只消一個字眼便涵蓋名詞與動作。其他語言例如中文，我們一般說「石頭落下」，有主詞（石頭）也有動作（落下），分兩部分表達。英文也一樣（"the stone falls"）。奴特卡語一個字便可搞定，頗為特別，但它是否代表奴特卡人感受「石頭落下」這個現實的方式和我們不一樣？當然不是。無論你我如何形容，現象只有一個。另一個例子，霍皮語煮菜或洗衣用的水和大自然的水使用不同字眼，和他們的宗教有關，大自然的水之所以神聖，並非語言使它神聖，而是思維導致語言上的區分。

滾雪球

除了是語言學家，沃伏一直有個正職，為火災保險公司稽查員。他舉一個實例，工廠貯藏汽油鐵桶時，將滿的和空的分開放置。然而，

常出事的卻是存放「空的」（"EMPTY"）倉庫，因為員工看到「滿的」（"FULL"）標示自會小心，但一到「空的」倉庫便鬆懈了。「空的」文字符號，他解釋道，涉及兩個層面，一指視覺「沒有」、「不活動」，二指沒有物質汽油，「並未顧及桶子內的氣體、殘存液體或零星垃圾」。要是員工以為「空的」等同「無危險」而點起香菸，自然是災難一場。由此例，沃伏認為語言限制我們對現實的認知。

平克（Steven Pinker）反駁道，那是員工專業知識不夠，否則應該知道汽油桶即使是空的，其所殘留的氣體依舊易燃；員工被認知騙了，不是語言。我想到另一個情境：假設汽油桶標示錯誤，把滿的標示為空的，是否能算語言制約了員工的認知，誤導他將滿的視為空的？是的。假使有人把公廁的男女標示對調，我想除了變態人士以外，全都會走錯。然而此例僅能說明語言與符號於日常認知扮演重要角色，卻不是決定性因素。如果有人在懸崖邊插上「跳下去，不會死」的標示，除非自殺，否則沒人會跳。因為除了語言，我們還有其他辨識現實的手段。當某人跟我說「我沒拿，真的！」我不至於就此信了，還有其他方式判斷真假。

沃伏提出的說法裡，最廣為流傳的莫過於愛斯基摩人有很多「雪」的字詞。最早提出這點是沃伏另一位老師，人類學家鮑亞士（Franz Boas），後者認為愛斯基摩人有四個不同的字根形容雪，但沃伏認為數量更多：

> 我們〔英語〕用同一個字 "snow" 指涉落下的雪、地上的雪、半融的雪、風中飛雪等情況。對愛斯基摩人來說，這個無所不包的字眼不可思議；他會說落下的雪、半融的雪或其他狀態的雪，在感官與操作上各有不同，需要不同的方式應變；他用不同的字……形容不同的雪。

此言一出，雪球滾動起來，經由其他學者渲染及媒體追加報導，從六、七個形容雪的字眼變成 50 幾個，一直膨脹至 200、400 個。

關於這個失控的雪球，語言學家普倫（Geoffrey Pullum）寫了一篇文章，〈偉大的愛斯基摩詞彙騙局〉，認為事情演變得如此離譜，主要在於人們獵奇心態，將他者異國情調化，因此愛斯基摩人有幾十個形容雪的說法，猶如宣稱他們互相摩擦鼻子、把老婆借給陌生人、生吞海豹脂肪等同樣荒謬。諷刺的是，平克指出，沙皮爾的語言相對論係出自尊重他者的動機——每種語言皆有其複雜可貴之特色——後來卻又回到種族歧視的本位。更扯的是，那些宣稱愛斯基摩人如何形容雪的權威人士，包括鮑亞士或沃伏自己，根本沒直接研究霍皮語。

普倫認為，沃伏在語言學領域自有一定的地位，但他不是神。關於愛斯基摩語的雪，沃伏先是引用錯誤的二手資訊，然後根據想像自由發揮，以致脫離事實。英語真如沃伏所言，只有一個字涵括雪的所有形態？當然不是：

>
> snow（鬆軟白雪）
>
> slush（半融的雪）
>
> sleet（夾著雨的雪）
>
> blizzard（濃厚大量的雪）
>
> avalanche（雪崩）
>
> flurry（氣象用語：小降雪）
>
> hardpack（滑雪用語：壓縮的硬雪）
>
> powder（滑雪用語：剛下、柔軟的雪）

以上只舉數例，還有其他。

普倫請教愛斯基摩語專家伍德伯里（Anthony Woodbury）：「愛斯基摩人有多少形容雪的字眼？」對方答道，光是「愛斯基摩人」、

「雪」、「字眼」這三個稱呼本身已難以界定。

　　愛斯基摩人遍布北半球寒冷地帶，從西伯利亞、阿拉斯加、加拿大到冰島等相距甚遠之地，而且各個地區在語言細節上不盡相同，甚至還有城鄉與老幼之別，因此沒有所謂單一愛斯基摩語。

　　接著，如何定義字眼？英文裡，"snow/slush/sleet/blizzard" 因字根不同，可算四個字眼，但諸如雪（snow）、雪片（snowflake）、雪球（snowball）該算幾個指稱？只能算一個，因為它們是由「雪」繁衍而生的詞形變化，屬於同一字根。通稱的愛斯基摩語可因詞形變化與派生詞綴（於某字前後端加其他字母）改變一個字的意思，而且每個名詞約有 280 種詞形變化。若將這些變化，加上時態變化，一個字的型態可就更多了。也就是說，遇到這種橫向繁衍的語言，「字眼」該怎麼算？嚴格的方式以字根為單位，所有從同一字根橫向增生的詞形變化或派生詞綴只能算一個。

　　1987 年伍德伯里教授應學生要求，列出阿拉斯加中部優皮克語（Yupik）裡不同字根和雪有關的字眼，結果名單很短，和英語的數量差不多。這份名單只是愛斯基摩語系中一個地區的優皮克語，無法代表其他語言。因此，愛斯基摩語系到底有多少形容雪的字眼，目前尚未、也很難統計出來。

　　普倫提及某回參加研討會，聽著台上學者信誓旦旦地說愛斯基摩有很多雪的字眼時，只能默默闔上活頁筆記本，悄然離席。他勸我們不應像他那麼怯懦，下次有人在社交場合如此吹噓，你要勇敢地告訴他，「根據一部權威字典，愛斯基摩人只有兩個字形容雪，一是 "qanik" 指雪在空中，另一是 "aput" 指雪在地面」，然後請那個臭屁傢伙講出第三個。這麼做勢必把氣氛搞僵、且從今以後你可能不再受邀，但保證不但會讓對方閉嘴，而且很訝異你居然知道兩個。

「狼」來了

　　根據沃伏所言，霍皮人和現代西方人的時間概念大不相同。現代人說「我在那待了五天」，霍皮人則說「我於第五天離開」。沃伏認為，現代人覺得時間不斷流逝，彷彿浪費。同時，現代人切割時間，但霍皮的時間概念是累積，沒有過去、現在、未來之分。

　　沃伏甚至寫道「經過長時間研究與分析，霍皮語彙裡沒有任何字眼、文法形式、構造或表達，直接指涉我們所謂的『時間』（time）。」記住，沒證據顯示沃伏曾有研究霍皮語的一手經歷，他手邊的資料全為二手報告。1983 年，歷經田野調查之後，語言學家馬洛特基（Ekkehart Malotki）發表《霍皮時間》，花了 677 頁篇幅羅列霍皮語和時間有關的表達，例如底下這句：

> pu' antsa pay qavongvaqw pay su'its talavay kuyvansat,
> pàasatham pu' pam piw maanat taatayna.

> 然後沒錯，第二天，大清晨大家向太陽禱告時，約在那時，他再度搖醒女孩。

原來是騙局一場，大家都被沃伏唬得一愣一愣。事後有人拿他的姓氏玩文字遊戲，諷刺整齣鬧劇為「『狼』來了」（Crying Whorf）。

　　1950 年代期間，語言影響思考的神話大受歡迎，很多人因此以全新角度看待語言。1960-70 期間，新的研究成果陸續出土。這些實地學習霍皮語、實地與他們生活的學者推翻沃伏所謂的證據，因此到了 1980 年代此說已毫無學術分量可言。然而，神話之所以為神話，自有其難以抵擋的魅力，很多人依舊覺得神話可信。正如普倫所言，

一旦大眾決定接受一項新鮮的說法為事實，已幾乎不可能改變他們的想法，因為想法迷人的程度勢必導致受眾罔顧證據匱乏的事實。他接著說，學術社群理應免疫或抵制未經證實的神話與傳說，但可悲的是，卻一心只想創造立論薄弱的神話，文章像病毒一樣一篇篇傳遞下去。

蒙羞之後，「沙皮爾─沃伏假說」大致分為兩派，強版本（strong version）與弱版本（weak version）。強版本即語言決定論，堅持人們使用的語言決定他們的思考維度：有些概念在某語言可能產生，在別的語言無法成形。目前，決定論已跌停板，毫無行情可言。弱版本為語言相對論，主張語言影響思考的方式是含蓄的，特定的語言引導使用者朝著特定的方向思考與記憶。這個謙遜的說法較易令人接受，但依舊面臨舉證與詮釋的問題。另一個問題是，一旦學者將語言孤立起來、獨立於其他同等重要的現象，方法學上已有漏洞。我們如何確定思維上的差異純因語言所致，而無涉文化、社會、歷史、地理等因素？

然而正當學界以為「沙皮爾─沃伏假說」已窮途末路、徒具歷史八卦意義，1990 年代出現幾個具說服力的實驗，頗有捲土重來之勢。關於此，且聽下節分解。

主要參考書籍

Pinker, Steven. *The Language Instinct*. New York: Harper Perennial, 1994.

Trask, R. L. *Language: The Basics*. 2nd Ed. London: Routledge, 1999.

Whorf, Benjamin Lee. *Language, Thought, and Reality*. John B. Carroll Ed. Cambridge: The MIT Press, 1956.

14. 沒有天天天藍

　　語言為天生本能抑或文化產物之論爭裡，以色列語言學家多伊徹（Guy Deutscher）站在文化這邊，正如其著作《語言的開展》所示，語言是人類社會最偉大的文化創舉，與造物者或基因無關。它從原始階段（「我泰山」階段，語出好萊塢電影泰山向 Jane 自我介紹 "Me Tarzan"），慢慢衍生繁殖為複雜字眼（如土耳其語超長單字 "ehirlile stiremedikierimizdensiniz"，意指「你屬於那些我們無法改變為城市居住者的人」），再進一步演化為具無限可能的表達形式。

　　於另一本書《透過語言這面濾鏡》，多伊徹再接再厲，進一步強調文化的重要角色，並探索語言與思考的關係。他不是沃伏擁護者，並不支持語言決定論，但透過幾則有趣的故事，希望證明弱版本或可成立，如該書副標題所言「為什麼在別的語言世界看起來不一樣」。簡單的說，多伊徹認為一個人的母語多少會影響他看待世界的方式（重點在「多少」，他不敢再像前人宣稱「極大程度」）。他要談的不是世界觀裡高端的政治或藝術理念，而是日常生活的感知，尤其是一些偽裝為人類天性的文化面向：某些慣性思維是文化形成的結果，但因已根深柢固，人們誤以為出自於天性。

早期「相對論」

　　語言相對論出現於 1930 年代之前，人們看待語言的態度也是相

對的，一種基於本位主義的相對：根據自己好惡，給不同的語言打分數。

猶太教宗教文獻《塔木德》這麼寫著：「世上只有四種語言值得使用，歌唱用希臘文、打仗用拉丁語、哀悼用敘利亞語，日常說話用希伯來文。」據說西班牙國王查理五世宣稱，他用「西班牙文和上帝講話，用義大利文和女人講話，用法文和男人講話，用德文和馬講話」。有人說生活在熱帶的民族，因性情慵懶，以致說話時子音大半不發出聲；還有人說，從葡萄牙語的柔和與西班牙語的尖銳，可以看出兩個鄰近民族的文化差異；更多人以為，條理分明的德文是最適合用來闡明哲學思考的語言。

以上都是胡說八道，而在其背後撐腰的是以下陳腔濫調：一個民族的語言反映它的文化、心靈以及思考模式。不少歷史上有頭有臉的人物抱持如上立場。英國哲學家培根（Francis Bacon）曾說「我們可從一個民族的語言偵測屬於那個民族的天才與習俗的跡象」。法國哲學家孔狄亞克（Condillac）則說「每一種語言在在表達使用那個語言的人之性格」。或者如德國哲學家赫爾德（Johann Herder）：「一個民族的智力與性格印戳在它的語言上」，以及「一個民族的天才最彰顯於它語言的容貌」。美國哲學家艾默生（Ralph Emerson）亦不落人後：「我們推斷一個民族的精神大半自其語言，它彷彿紀念碑，於千秋萬世裡由每個奮發的個體貢獻一粒石頭。」

各個都是金句，但有道理嗎？多伊徹說，這個通則跨不出下一步：如果我們試著檢驗特定語言的特定品質，然後指出這些品質如何反映一個特定民族的性格時，失敗是可以預期的。

哲學家羅素（Bertrand Russell）年輕時曾於入學答試卷寫道，法文裡的 "spirituel" 或 "l'esprit" 於英文找不到對應字眼，並據此以及實際觀察推論，法國人比英國人較有「精神」。古羅馬哲學家西塞羅（Cicero）則反過來說，古希臘文找不到和拉丁文 "ineptus"（無禮）

對應的字眼，意味希臘人傲慢失禮慣了，因此對此缺陷毫無意識。甚至於二十世紀，美國文豪史坦納（George Steiner）於其經典著作（*After Babel*）表示，英文因有未來時態，使得英語世界具前瞻性，對未來抱持希望而不至走向虛無。言下之意，沒有未來式的語言導致使用者急功近利、毫無遠見。

簡言之，十九世紀前西方世界在內部比較語言時，擁抱自我中心主義（我的母語最棒），面對非西方語言則持歐洲中心主義（非西方語言不夠優秀，原始部落語言等而下之），堪稱帶著種族優越感的「語言相對論」。

到了十九世紀，德國語言家馮·洪堡（Wilhelm von Humboldt）發覺並非所有語言皆繁衍自拉丁文，而且「各個語言之間的差異，不只是在於聲音與符號，同時是世界觀」。然而，他的觀點當時無人理會。一個世紀之後，語言學家沙皮爾（Edward Sapir）實地研究美國原住民語言之後，基於尊重他者的立場提出相對論：世上語言各有千秋，沒有孰優孰劣的問題，我們該留意的是每種語言所蘊藏的獨特思考模式。爾後，沃伏（Benjamin Whorf）將老師的思想發揚光大，引領潮流而紅極一時，不意之後卻信譽掃地，由紅轉黑。

如今二十一世紀，語言相對論在學術界已成過街老鼠多年之後，多伊徹顯然找死，竟想放手一搏，企圖說服我們語言相對論之弱版本：母語會影響使用者的思維與感知。既然要這麼做，他承認，必須避免前人所犯的兩個致命錯誤。第一，我們不能再說「因為 X 語言運作的方式不同於 Y 語言，因此 X 語言使用者的思考方式和 Y 語言使用者的思考方式不同」。若要這麼說，就得提出有力的證據。然而，光是這樣還不夠，我們必須證明所謂的影響確實來自語言，而不是其他因素如文化或環境所致。第二，我們必須跳脫沃伏那種「語言之為牢籠」的觀念，或者不該將語言視為思考的牢籠，以為語言限制一個人邏輯思維的能力，並阻礙他去了解不同語言使用者所傳達的意念。

他成功了嗎？咱們先聽故事。

以前的天空並不藍

天空是藍的，但古人不這麼認為。

1858 年，英國人格萊斯頓（Ewart Gladstone）向世界發表鑽研荷馬史詩的成果，長達一千七百多頁，其中一章指出荷馬的顏色概念大有問題，形容海洋「看起來像是酒的顏色」，形容牛的膚色「看起來像是酒的顏色」。格萊斯頓說，海洋可藍、可灰或綠，牛是黑色、棗紅色或棕色，怎麼可能兩者同時「看起來像是酒的顏色（紅）」？

學者紛紛為荷馬辯護。普遍說法是，荷馬描述的海洋顯然是黎明或黃昏時刻，海浪滔滔時所造成紫而赤紅的陰影。有人認為因為海藻襯底所致，有時海洋看起來有點紅。更有人說荷馬是詩人，擁有詩的執照（poetic license），用心眼看海、搞印象派，他說紅色就是紅色。

然而，格萊斯頓羅列和顏色有關的怪異例子長達 30 頁，包括荷馬用紫羅蘭色（violet）形容很多東西，例如海洋、綿羊、鐵。或者是，荷馬用兩種顏色形容同一樣東西，一會兒紫羅蘭色，一會兒灰色。荷馬最常用的顏色字眼不是「黑」就是「白」，但黑白之間其他基色則乏善可陳。荷馬擅長描寫景物，狂風暴雨、山崩地裂都難不倒他，但景物的色彩卻顯詞窮。令人詫異的是，荷馬詩作裡「藍」字從未出現。原來，荷馬世界的天空並不藍，沒有人唱天天天藍。

據此，格萊斯頓斷定荷馬色盲（但當時還不是個醫學概念）。而且，參考同時期其他典籍之後，他斷定這不是荷馬個人的毛病，而是整個時代（約 800 BC–701 BC）所有古希臘人的問題。

格萊斯頓從人類演化角度提出解釋：人類辨識顏色差異的能力在荷馬年代尚未完全進化，只局部發展，他們眼裡的世界非黑即白，中

間只點綴些許紅。他還說，現代人能夠分辨其他主要基色，是因為自西元前八世紀以來千年之後，人的眼睛已歷經充分訓練的成果。

此說可有道理？這個藍色的故事和語言有啥關係？

1867 年，格萊斯頓主張古希臘人色盲的論調之後第九年，猶太裔德國語言學家蓋革（Lazarus Geiger）發表一場重要演說。蓋革為語言天才，年輕時便立志學會世上所有語言，雖然不幸於 42 歲早逝，生前精通語言的數量已超越前人。演說中，蓋革提出了幾個頗刺激的問題。人類的感官、人類的知覺可有歷史可言？人類一千年以前的感覺器官和現今的感覺器官是否一模一樣？我們是否可以說現在感受到的事物，以前無法感受？

受到格萊斯頓影響，蓋革決定研究這些議題。由於精通多種古語，他的研究並不侷限於古希臘文獻，但得到的結論竟和格萊斯頓一模一樣。例如古印度吠陀經典裡題材萬千，關於白天、夜晚、雲霧、閃電等等不乏生動描述，偏偏沒提到天空是不是藍色。原來，對藍色無感的不只是荷馬，還包括印度古詩人。《舊約》也一樣，找不到一個「藍」字。根據多伊徹，眾多古文明裡唯獨埃及有藍。

閱讀至此，我心中不免疑惑：中文呢？果不其然，漢文得等到戰國時代（西元前 475-221）末期才出現「藍」。也就是說《論語》、《孟子》、《莊子》、《老子》等書沒半個「藍」。因此「藍」尚未出現之前，「青」（最早見於西周金文）的任務自然大了。「青」可以是草木初生的顏色，如「青草」，也可代表藍色，「青天」是藍天，不是綠色天空。「青」也可以代表黑色，譬如「朝如青絲暮成雪」。這麼看來，古人沒有藍色憂鬱，只有青色憂鬱。而且，戰國時代荀子所云「青出於藍」恐怕有問題。中文裡「青」意指介於墨、綠之間的顏色；西方亦然，蓋革從字源著手，發覺後來才出現的 "blue"，少數源自於 "green"，多數源自於 "black"。

蓋革進一步發現，根據現存古籍與字源學，人類感應色彩的順序

在黑白之後，先有紅，然後黃，再來綠，而藍與紫最晚出現。如此看來，格萊斯頓對於古希臘人的觀察似可放諸四海而皆準。演講最後，蓋革說：關於顏色的字眼依固定順序出現，且所有古文明皆然，其背後必有共通原因，各位博物學家、醫學家，把原因找出來吧。

德國眼科醫生馬格努斯（Hugo Magnus）接受這項挑戰，於十年後提出他的解釋。1875 年，瑞典快速火車發生一起重大事故，造成九死數傷。一輛火車到站時該停未停，遂與迎面而來的另一輛相撞，站長因「嚴重失職」而遭解雇、起訴並坐牢半年。一位眼科解剖學專家挺身而出提出不同看法，認為肇事原因恐怕是駕駛員誤將紅色（停止）看成白色（通行）誌號。透過一項測試，他發覺光是一條路線，266 個員工裡便有 13 個患有色盲的案例，其中包括站長和駕駛員。這個發現在那個火車運輸快速成長的年代，非同小可。

因此，兩年後於 1877 當馬格努斯提出「人類色感演化論」時，西方人洗耳恭聽了。馬格努斯提出的解釋和格萊斯頓的論調如出一轍，只是用語較為「科學」。他說人類眼球感應顏色的程度一步步演化而來，瞳孔因不斷受光線刺激與侵入而逐漸變得敏銳。於是，黑白之外，人類終於看到了紅色，因此創造了「紅」這個字。同樣能力遺傳到下一代子孫，因此人人都有眼力看得到紅色。如此這般，眼球進化一代傳給一代。

馬格努斯的理論獲得廣大迴響，支持者不乏科學家和哲學家，如尼采。多伊徹指出，從現代視野，很難想像當時頂尖科學家怎會沒看出這個論調的嚴重破綻。

格萊斯頓和馬格努斯的結論有什麼問題？

長頸鹿的脖子為什麼那麼長？小時候得到的解釋不外是，長頸鹿為了食用較為高大的植物，所以脖子越練越長。胡說八道。達爾文式的解釋較為合理，長頸鹿的脖子原先有長有短，長一點的吃得到高大植物，因此存活機率較大，如此物競天擇，短脖長頸鹿逐漸淘汰，只

留下長脖子基因。

格萊斯頓和馬格努斯的論點很荒謬。如果成立，那麼假設我的左腿因傷而留下疤痕，我小孩的左腿不就一出生便已有疤痕？假設我嫌自己醜，跑去醫美中心大肆翻修，最好賽似潘安，起碼也得是潘安邦，如此一來我的小孩自然帥呆了，不是嗎？但我們都聽過來自韓國的趣聞：男人娶了美女，小孩生下之後卻和媽媽長得完全不一樣，原來美女的臉蛋乃拜醫美科技所賜。

為了證明「身體特徵遺傳說」乃無稽之談，生物學家魏斯曼（August Weismann）於 1887 年從事一項殘酷、變態的實驗，剪掉實驗室老鼠的尾巴，看看這些老鼠是否生出沒有尾巴的後代。經過十八代繁殖，沒有一隻沒有尾巴。但是，當時科學界並不理會他的實驗，依舊相信傷痕與生物性變異會一代傳給一代。即便魏斯曼大聲疾呼，猶太人割了好幾百代包皮，也從未見過沒包皮的猶太新生男兒，還是沒人相信，直到二十世紀初期。

「藍」這麼晚出現，顯然另有其因。

自然 vs. 文化

關於顏色語彙的論爭大致分為兩派。認為語言發展和人類生物上的演化有關，這一派叫做自然派（naturalist）或先天派。認為語言發展和所屬文化有關，這一派叫做文化派（culturalist）或後天派。

十九世紀末，自然派占上風。換言之，多數人相信眼科醫師馬格努斯於 1877 年提出的解釋：人類感應顏色的能力慢慢地進步。在那階段，西方人類學家或語言學家研究原始部落時，赫然發現有些部落語言和顏色有關的字彙極其稀少，和荷馬年代一樣。索羅門群島貝爾隆語（Bellonese）只有三個字眼概括整個色譜：

白：所有明亮的顏色。

黑：紫色、藍色、棕色、綠色。

紅：橘色、粉紅色、暗黃色。

面對這種語言，自然派學者會說，此為「野蠻人」生理構造尚未進化至現代人的程度所致。如此論調於今日看來不可思議，可是當時很多科學假設就是帶著這種歧視的底蘊。

然而到了二十世紀初期，輿論鐘擺搖向了文化派：多數人相信唯有文化差異才能解釋語言差異。新一代人類學家認為，我們必須從原始部落的觀點理解原始部落，而不是站在尊貴現代人的立場對文化他者品頭論足。

在此爭論裡，文化派看似比自然派開明許多，較具民主精神。但是多伊徹指出，他們卻沒從文化的角度解釋：為何各種不同文化的顏色語彙大都循著可預期的順序？即語言天才蓋革於 1867 年提出的演化模式：

黑、白→紅→黃→綠→藍

顯然不是巧合，而且既然和古代人是否色盲無關，應該有文化上的因素。可惜，當時文化派不想和蓋革有任何瓜葛，因為蓋革的模式被自然派拿來大作種族進化的文章，文化派連帶認為他的模式不值一哂。

蓋革和他的模式就這麼埋沒多年，得等到很久之後的 1969 年，兩名美國柏克萊大學教授透過《基本顏色術語》這本書提出一大發現。雖然各個文化有不同的顏色語彙，但經過比較分析 20 種不同語言之後，他們得到一個並未預期的結論：無論各個文化之間有多大差異，他們繁衍出顏色語彙的先後次序大致符合蓋革模式，除了些微差

異：

$$黑、白→紅→黃→綠→藍$$

或是：

$$黑、白→紅→綠→黃→藍（很多文化「綠」出現於「黃」$$
$$之前。）$$

這麼一來，輿論的鐘擺再次盪向了自然派這邊：即便文化南轅北轍，每個民族認知色彩的方式顯然受自然制約。

然而，且不管「綠」與「黃」孰先孰後，為何黑白之後先是「紅」？最後才是「藍」？多伊徹認為其中有自然的因素，亦有文化的因素。也就是說，在顏色語彙的發展裡，自然與文化同時扮演重要角色。

人類先有黑與白的概念，這點應無疑慮。很神奇地，黑白之後便是「紅」，於多數文化皆然。多伊徹認為這和人類生物構造有關。實驗證實人類和猴子一樣易受紅色刺激。同時從心理反應的角度，人類特別容易被紅色撩起情緒。可能的原因是紅色讓人聯想血液，因而同時聯想生命、死亡、危險、性（雌狒狒屁股紅代表她準備好了），以上屬於自然的解釋。多伊徹認為紅色特別突出亦有其文化因素：在染色技術裡，紅色是最容易製造的顏色。原來，這一切和染色文化興起有關。

「紅」之後為什麼先是綠或黃呢？首先，綠與黃都比藍色明亮。再來，自然界裡，綠與黃出現的比率大於藍；樹葉春夏為綠、秋冬為黃，水果初生為綠、成熟為黃。相較之下，藍色植物較為少見。然而從文化角度解釋，「藍」字最晚出現是因為就染色技術而言，藍色最難製造。很多生活在簡單文明的人們，很可能一輩子都沒看過純藍物

件。雖然天空是藍的，海洋也是藍的，但是既然日常生活上沒有面對
「藍色」的實務需求，「藍」字就得等上一會了。

限制中的自由

彩虹有多少顏色？我們說紅、橙、黃、綠、藍、靛、紫七種，有
的民族只有三種，雖然世上的彩虹自古至今長得一模一樣。

多伊徹提到小孩學習語言時，很少問「媽咪，這是貓或狗」，或
者「我如何知道這是鳥還是玫瑰」這種問題。一旦看過圖畫他們便不
至分不清貓、狗、鳥或花朵，這顯示人腦天生具備型態認知的運作能
力，將類似型態的物件予以歸類。自然界提供各種現實，人類以語言
加上標籤，在這方面文化插手的空間有限，然而在抽象領域，概念如
「正義」、「道德」、「邪惡」，自然便無從置喙了。

英文有 "mind"（心智）這個字眼，但是在法語或德語找不到對
應的文字標籤；法文 "esprit" 同時代表機智、心情、心智、精神四種
意思，但看使用情境，但在英文找不到同時涵蓋這些層面的字眼。又
如，為什麼（對我們而言）日文和土耳其文是倒著說的？以上，除了
文化差異，實在找不到和先天有關的因素。

多伊徹述說「藍」的故事是為了證明，文化造成的語言差異不只
限於抽象概念，也同時涉及具象事物。「藍」顯然是文化產物，是人
類文明進展到某一階段才出現的字眼。

關於顏色的語言，無論是自然派或文化派，沒有一方擁有解釋霸
權。有些層面受自然制約，有些則受文化影響。因此多伊徹提出簡單
的格言：「於限制之內，文化享有自由。」人類發明字眼是為了因應
必要提及的事物。換句話說，假設有個原始部落的語彙沒有「藍」，
那是因為他們日常生活沒必要提到「藍」。

故事至此，多伊徹並未正面觸及語言如何影響思考這個問題。他沒說，也不敢說，古人因沒有「藍」所以看到的天空和我們的不一樣，或者對於天空的認知和我們不同。無論如何形容，天空就是天空，三色彩虹和七色彩虹是同一個彩虹。作家形容天空有一張哭喪的臉，當屬心情投射，和大自然無關。如果有人堅持七色彩虹比三色彩虹豐富多變，那也只是個「意見」。

　　母語如何左右思維？且聽下一個故事。

主要參考書籍

Deutscher, Guy. *Through the Language Glass*. New York: Picador, 2010.

15. 你臉頰向海處有一粒麵包屑

「沙皮爾—沃伏假說」破產之後，依舊堅持影響論的陣營只得小心翼翼，不但得握有充足證據，且話不能說得太滿。此方不再同意沃伏所言「語言限制表達」；語言不時改變，且適應力之強猶如科幻片異形，因此理論上，任何語言均可表達任何事物。同時，他們不敢再搬出「世界觀」如此分量的概念，轉而聚焦於語言如何左右慣性思維。

1990 年代期間，幾個實驗報告相繼出爐，紛紛舉證支持語言相對論之弱版本，頗有捲土重來之勢，因此學界稱之為新沃伏主義（Neo-Whorfianism）。《透過語言這面濾鏡》既是關於這趨勢的分析與介紹，亦為它的產物。上一章「藍」的故事只是暖身，接下來多伊徹（Deutscher）與我們分享方位的故事。

這是什麼動物？

1770 年英國航海家庫克船長（Captain Cook）的探險船隻於澳大利亞洲東北角某河口附近停靠，在那遇見原住民，也看見並吃了袋鼠肉。庫克問原住民，這是什麼動物？對方以辜古依密舍爾語（Guugu Yimithir，以下簡稱依密舍爾語）說 "kangaroo"。

隔年，庫克帶著兩張袋鼠皮回到英國，請動物畫家根據皮囊形狀畫出模樣。此畫一出，引起大眾好奇。十八年後，一隻活生生袋鼠於倫敦展示，大受歡迎。但問題來了，這種腹部有袋的動物真的叫做

"kangaroo" 嗎？

　　庫克之後，其他探險家陸續抵達澳洲。他們問原住民那些蹦蹦跳跳的奇怪動物叫什麼，所得的答案竟然沒一個發音近似 "kangaroo"。這並不奇怪，因為澳洲有許多分散各處的部落，而各個部落的語言不盡相同。1820 年，庫克離開澳洲五十年後，金恩船長（Captain King）的船隻來到了庫克之前停泊的河口附近。他問當地人袋鼠的名字，得到的答案卻是 "minnar" 或 "meenuah"，和 "kangaroo" 相去甚遠。

　　此事傳出後，人們普遍認為庫克想必是搞錯了，導致牛津英語字典給了如下解釋：「Kangaroo：據說是澳洲住民給予的名稱。庫克……認為……是當地住民給予此動物的名稱。」關於此事有一則流傳甚廣的笑話，其中船長和原住民一問一答：

　　　　Q：What is this animal?（這是什麼動物？）
　　　　A：Kangaroo.（我聽不懂你在說什麼。）

說不定，袋鼠之為 "kangaroo" 便如此以訛傳訛，跑進了權威字典。直到 1971 年，真相終於大白。人類學家哈維蘭（John Haviland）鑽研依密舍爾語。當時講這種語言的人口只剩一千人，其居所距離庫克船長停泊的河口約 30 英里。哈維蘭看到一種灰色袋鼠，當地人即稱之為 "kangaroo"。

　　為什麼金恩船長聽到是另一種稱謂？原來，庫克於十八世紀看到的灰袋鼠已較少現蹤於海岸邊，而金恩在十九世紀看到的是另一種袋鼠，因此得到的說法自然不同。原來，把袋鼠稱為 "kangaroo" 的部落在庫克之後已經搬家，移往內陸區域。原來庫克沒搞錯，"kangaroo" 的意思不是笑話裡的 "I don't understand"，而是袋鼠。謎團早已解開，可惜牛津字典至今還沒改過來。

請你往西挪一下

依密舍爾語有趣之處不只 "kangaroo"。

如果有人向你問路，你大概會這麼說：「照我手指的方向直走，走到第一個路口右轉，然後在第二個紅綠燈左轉，五十公尺之後，你要找的臭豆腐店就在左手邊。」或許你會這麼說：「往北走，走到第一個路口時往東，然後在第二個紅綠燈往北，五十公尺之後，你要找的臭豆腐店就在西邊。」

第一種指示方式為「自我中心式」，以你自己的身體為軸心區分左右與前後，一旦你的身體 180 度反轉，原來的右邊自然變成左邊、前面變成後面。第二種座標制為「地理式」，根據太陽、北極星或羅盤來區分東西南北。我們熟悉的文化大都以自我中心式辨別方向，有時則用地理式。一般來說，指示小區域時自我中心式較方便，但涉及大區域地理式便可派上用場，如「玉山在我們的東邊」。

然而，澳洲原住民其中一支的依密舍爾語完全沒有「左」、「右」、「前」、「後」指示方式，老一代原住民的詞彙只有 "gungga"（北）、"jiba"（南）、"guwa"（西）、"naga"（東）。（該語並非沒有「左手」或「右手」，但只限於指涉實體手臂。若要形容某人左手所在位置，他們會根據方位，說「在西方（或其他方位）的手」。）

因此，如果部落人士在車裡要你挪一下以便讓出空間，他會說 "naga-naga manaayi"，意指「往東移一下」。他們不說「小明站在樹前」，而是「小明在樹的南方」；如果你離桌子太近，他們不說「往後退幾步」，而是「往某方位走幾步」。如果你和他們一起用餐，其中一位搆不著你面前的醬油時，他會說「請你把醬油往南（或其他方向）拿給我」，但看你坐的方位以及他和你的相對位置。假設你的座位朝西而他坐在你右邊，他會說「請你把西方的醬油往北拿給我，謝

謝」。

　　也就是說，他們無時無刻不知道北方在哪，以及知道自己與身外物件的相關方位。1980 年代語言學家李文森（Stephen Levinson）來到當地訪問一位詩人，拍攝時詩人突然要他暫停，並說「小心你的腳北方的大螞蟻」。另有一回，當地人指示李文森如何前往 30 英里外的店鋪買冷凍魚，邊說「魚在店裡這邊的後面」，邊用手往右揮兩下。結果，李文森進了店裡不假思索便往右走，後來才發現冷凍魚在左邊。原來當地人的手往右揮是指「魚在東北角」，因此他必須先搞清楚店鋪的地理方位，才能判斷東北角何在。

　　還有更妙的。年紀較長的部落人士看電視時，形容的方式端賴電視的位置：假使電視機螢幕面對正北，而螢幕裡人物朝著攝影機走來，他們說那個人「從北走來」。同樣方式也適用於書裡的圖畫，例如一幅畫正中有一棵樹，樹的左邊有個婦人，正看著樹，樹的右邊有個女孩看向前方。如果那本書的頂端正對著北方，依密舍爾人說：「那個婦人的鼻子朝東，女孩的鼻子朝南。」如果你朝北坐著看書而當地人要你往前跳過幾頁，會說「再往東」（"go further east"），因為頁數是從東往西翻頁的。他要你回到前面幾頁，則是「再往西」（"go further west"）。

　　甚至回憶往事，依密舍爾人也依照當時的方位述說。有一次，班比（Jack Bambi）和同伴駕駛一艘小船運送物資，途中遇到風暴，船隻因而翻覆於鯊魚肆虐的海域，兩人順勢跳進水裡，奮力泅泳了三英里才安抵岸上。多年之後，班比接受訪問述說這段經歷，完全記得方位：他從船隻西側跳進水裡，同伴則從其東側跳進水裡，而一隻巨鯊正往北方游去。兩年後，班比再度受訪回憶同一事件，提到的方位和第一次說的一模一樣，唯一不同的是手勢。第一次受訪時他坐的位置面向西方，第二次的座位則面向北方，因此他的手勢必須因述說時方位不同而有所改變。

依密舍爾人似乎隨時隨地知道方位。有一回幾個男人驅車前往距離 150 英里遠的城市，為了土地產權事宜和城裡人交涉。開會地點是密密麻麻巷弄間一棟樓房，以致和整個城市布局的相關方位模糊不清，而且開會的房間沒有窗戶，但這難不倒他們，幾人事後分別被問及方位時，大家的答案一致，無論是主席面向哪方，或黑板及其他擺設位於哪方。

　　不可思議，莫非體內有羅盤？無論身處濃密森林或開闊平原，無論於室內或室外，無論是靜止或移動中，方位感不偏不倚。他們居住的環境很少走直線的機會，總是得繞過泥塘、沼澤、河流、山區、沙丘、森林，但即便如此，甚至在視野極差的地方例如洞穴，也能分辨方位。他們不會有意識地運算，用不著抬頭看太陽之後才說出方位。怎麼辦到的？除了太陽的位置，他們倚賴其他線索：某些特種樹木樹幹上不同明暗色澤、白蟻土墩的方位、特定季節風吹的方向、蝙蝠飛行路線、候鳥遷徙、海邊沙丘的排列等等。當然，在極端混亂之後，依密舍爾人免不了失去方向感。一些人宣稱搭乘飛機前往遙遠的地方，如首都墨爾本，感覺怪怪的，好似太陽並非打東邊出來。有一位甚至堅稱他曾經到過一個地方，在那兒，旭日自西方緩緩升起。

　　以上研究成果發表時很多人不相信，認為這些人類學家八成是被當地人戲弄了。然而後來的田調發現，類似依密舍爾純以方位形容空間的語言並非唯一僅有。南太平洋法屬玻里尼西亞的馬克薩斯群島（Marquesas Islands）原住民，以「海洋—內陸」區分位置，例如「桌上的盤子在杯子的內陸邊」，或是「你臉頰向海處有一粒麵包屑」。墨西哥東南部內陸馬雅語系（Mayan languages）其中一支為澤塔爾語（Tzeltal），操此語的部落居住在南方隆起、北方逐漸下降的山脈裡。他們指示方位不用東西南北，而是「上坡」、「下坡」。在陰暗室內，一名澤塔爾男子蒙上雙眼、於原地轉了二十幾圈之後，即便仍蒙眼且暈眩中，依舊能指出「正下坡」的方位。另一名婦人和丈夫走訪市集

城鎮，來到一間她極少或從未造訪的診所，看見裡面的新玩意（水龍頭和水槽）時問先生：「上坡的水龍頭裡面有熱水嗎？」

換一個假設

多伊徹指出以上只是事實陳述，尚未涉及詮釋。若試著解讀語言差異所隱含的意義，事情便複雜了。

最起碼，這些事例證明我們習以為常的自我中心式並非指示空間的唯一方式。人們往往下意識以為熟悉的即自然、天經地義的，對於不熟悉的事物便不假思索的歸類為奇怪、不自然。除此之外，可有更深層的意涵？同樣是辨認方向，此方自我中心式、彼方地理式，兩種人於思維層面有值得探索的差異嗎？

1938 年，美國人類學家鮑亞士（Franz Boas）針對語法提出敏銳觀察：除了決定句子裡字與字之間的關係，語法同時決定述說事件時哪些層面「必須」表達出來。換言之，使用某種語言勢必受其語法制約。多年之後，語言學開創祖師爺雅各布森（Roman Jakobson）發表類似觀點：「各個語言之間的差異，在於它們『必須』傳達什麼，而不是它們『可以』傳達什麼。」據此，多伊徹認為，語言之間的關鍵差異在於：每個語言「強迫」使用者不得不遵照它的語法表達。

根據雅各布森給的例子，假設以英語表達：

> I spent yesterday evening with a neighbor.（我昨晚和鄰居在一起。）

你可能好奇那位鄰居是男是女，我可以回答「關你屁事」。不過換成法文、德文或俄文表達，便無法曖昧其事，不得不以陰性或陽性的「鄰

居」表明性別。多伊徹說，這並不表示英語使用者不在乎鄰居的性別，亦不意味他們無法以英語表明性別。這個差異只點出每個語言各有使用者必須服從的規則。類似的表達，英語使用者雖不用言明對方的性別，但必須清楚交代時序，藉以區分現在進行式、過去式、完成式等等，但中文卻無此規定。（中文動詞無時態變化，因此多伊徹和其他西方語言學家誤會很大，以為咱們平常交流只說「我和鄰居在一起」，完全不管性別、時序與脈絡，可真滑天下之大稽。關於這點且待下一章說明。）

總之，多伊徹認為鮑亞士與雅各布森的觀點值得借鏡，並以「鮑亞士─雅各布森原則」指出一個特定語言如何確切地影響思維：「如果不同的語言以各種方式影響使用者，不是因為每個語言允許使用者思考些什麼，反而其慣常的表達方式，迫使人們不得不朝特定的『面向』思考。」簡單地說，語法具強制力，使用它就得遵照其規則，因此思緒的面向勢必間接受其牽引。多伊徹接著說，既然語言強迫使用者留意事物之特定面向，時日一久，語言習慣自會滲透、引導心智習慣，進而陶染其他面向如記憶、感知、聯想，甚至日常技能。

多伊徹提醒我們必須避開常見的邏輯謬誤：將關聯視為因果。不能因兩種現象有關便說其中必有因果。我們不能宣稱「說瑞典話使你的頭髮變金黃」或「說義大利話使你長黑髮」，只因瑞典人大都是金髮，而義大利人大都是黑髮。面對這種歪理，勢必有人指出除了語言，還有其他諸如基因、氣候等因素必須考量吧。

就語言與空間思維模式來說，上述幾個例子建立了兩項事實之間的關聯性：其一，不同語言依賴不同的座標制；其二，使用這些語言的人以不同方式感覺與記住空間。作者認為兩者之間有因果關係，但他說的因果，不是指語言直接影響使用者的感知和記憶。而是，語言間接導致空間感的差異，因為地理式描述會強迫使用者必須一直意識到方位的問題。哈維蘭提到依密舍爾人聊天時，差不多每十個字裡便

有「東南西北」其中一個字眼。多伊徹認為，成長於那個環境的人自小便受語言洗禮，因此要聽懂他人的話、要他人聽懂自己的話，每個人勢必得發展方位辨識的功夫。

環境 vs. 語言

論述至此，多伊徹依舊保守地說，以上仍稱不上證據。反對語言影響論的學者勢必質疑：引導人們如何設想空間（或任何事物）的因素極多，為何獨厚語言？《思想這玩意》作者平克（Steven Pinker）認為，一般人發展出的空間思維無關語言因素，語言只單純地「反映」思維罷了。而且，方位指示法和居住環境大有關係：人口稀疏的鄉野社群常採地理式，人口密集的都會則慣用自我中心式，如此而已。同樣以澤塔爾語「上坡下坡」，以及依密舍爾語地理方位為例，平克指出環境（自然）因素決定一個地區如何指示方向，與文化無關。多伊徹則提出以下幾點反駁：

1. 每個文化選用座標制時當然會考量居住環境，但別忘了，不同文化各自享有某些程度的自由。依密舍爾的居住環境無法阻止當地人兩者並用（地理式和自我中心式），但他們偏偏選擇地理式。也就是說，環境因素不能阻止他們說「注意你腳前的大螞蟻」。

2. 一些居住環境和依密舍爾類似的地區選擇兩者並用，澳洲境內一支原住民加明容語（Jaminjung）即為一例。

3. 居住環境類似的地區會出現不同的座標制，例如澤塔爾語只採地理式，墨西哥鄉下地區猶加敦語（Yukatek）則是自我中心式。西非納米比亞大草原上有兩個鄰近部

落，一個為自我中心式，另一為地理式。

4. 由此可見，環境無法完全決定座標制。這意味文化有其影響力，而依密舍爾語選擇只用地理式，顯然是文化習性的產物，印證了「限制中的自由」這個道理。

5. 而且，一個人所使用及思考的座標制，在他尚無機會直接體驗環境之前，早已透過教養——文化的介入——為他決定了該如何說話與設想。當然我們不能說這完全是語言因素，因為文化涉及很多面向。理論上，我們無法排除其他因素的影響，但不應完全不考慮語言影響慣性思維的可能性。

藉由逐步推論，多伊徹認為語言與空間思維之間不只有關聯性，而且有其因果關係：一個人的母語影響他如何思考空間。

繼藍色、座標制之後，多伊徹接著討論各種語言裡性別屬性的規則。英文和中文一樣，對於無生命物件不分陰性或陽性，很多語言則有「他／她」之分。例如俄語，星期一、二、四、日為陽性、星期三、五、六為陰性。「水」在德語是「她」，在西班牙話是「他」；「橋」在德語是「她」，在西班牙話是「他」。為什麼這麼分，沒人說得出道理。不少實驗顯示，人們因為物件的陰陽屬性，致使有「他」或「她」的聯想。例如俄國人將星期一、二、四、日聯想為男人，將星期三、五、六聯想為女人，或如德國人將「椅子」、「鑰匙」等物與「有力」（strength）的概念連結，西班牙人則將「橋」、「鐘」與「有力」的概念連結，只因它們皆屬陽性名詞。

這些實驗的設計雖然不夠精確，不過多伊徹仍從中得出結論：性別屬性和座標制一樣會影響使用者的思維。他甚至開玩笑說，有性別變化的語言為日常生活增添情趣：「如果蜜蜂不是『她』而蝴蝶不是『他』，如果一個人不能從陰性的人行道踏上陽性的馬路，那多無聊

啊……。」

　　是嗎？生活在不分性別的語境之中便沒有類似遐想？多伊徹說，性別區分是賜給詩人的禮物，因此才有「陽性的松樹渴望著陰性的棕櫚樹」或「我的生活姐妹」（俄語 "life" 為陰性）這些表達。言下之意，不分陰陽的語言似乎阻礙人們聯想。但從另一個角度，詩人不是因此擁有更多自由嗎？他可以用中文表達「陰性的松樹渴望著陽剛的棕櫚樹」，或者「我的生活兄弟」，誰敢說他錯了？

　　母語多少會影響一個人的慣性思維與聯想，而語言彷彿濾鏡（lens），透過它人們觀看世界，有時因此天空更藍、樹葉更綠，有時引導注意力與記憶。此為《透過語言這面濾鏡》的立場，較之於「語言決定思想」已謙卑許多。看來弱版本似已退守岸邊，再被逼得往後一步，恐有全軍覆沒之虞。

　　若此時你的書本朝北，請自東翻至下篇，且看它命運如何。

主要參考書籍

Deutscher, Guy. *Through the Language Glass*. New York: Picador, 2010.

Pinker, Steven. *The Stuff of Thought*. New York: Penguin Books, 2008.

16. 124 毫秒！

麥克沃特（John McWhorter）於 2014 年發表一本小書《語言騙局》，並稱之為宣言。從副標題「為什麼在任何語言世界看起來都一樣」，可知它是衝著多伊徹（Guy Deutscher）《透過語言這面濾鏡》而來的。宣言裡聲明，作者尊重 1990 年代以降嚴謹的實驗，也承認語言之於思維有「些微但意義不大」的影響。他不滿的是書商於廣告頁面誇大其詞以及媒體在一旁大敲邊鼓，彷彿影響論已扳回一成、收復失土。

事實剛好相反，語言相對論——無論是強版本或弱版本——已走到盡頭，而這本書的目的即為它敲響喪鐘。

「我們說的語言代表我們是誰」或「我們即我們所說的語言」，這些說法在某種程度是成立的，因為「一個語言的詞彙與語法不是胡亂的組合，而是特定文化的軟體」。泰語裡的「你」根據發話情境有七種說法，是故就此層面，泰語反映一個高度階層制的文化。但影響論者談的不僅是以上顯而易見、無可非議的層次，他們希望大家相信「語言即思辨」：一個語法的運作方式影響一個人的日常經驗與世界觀；說得更極端點，以泰語為母語除了代表你是泰國人，還意味你有泰國魂。

聽起來很迷人，但願它是真的，不過麥克沃特認為，只是一廂情願。

藍色測試

俄語沒有簡單的「藍」，卻有兩個和藍色有關的字詞，一是 "goluboj" 指淺藍，另一是 "sinij" 指深藍。

2007 年有一項針對俄國人設計的實驗：電腦螢幕呈現三個以「品」字排列的藍色塊，從淺藍至深藍。位置在上的色塊與下方其中一個色塊顏色相同，另一個則不相同。受試者必須點選下方與上方顏色相同的色塊，答題後電腦會出現新組合，繼續作答，如此這般。

透過這項測試，設計者想知道語言能否形塑思考，而結果證明答案是肯定的。假使三個色塊裡相同顏色的兩塊是深藍，第三塊是淺藍，受試者會毫不遲疑地作答。然而，如果相同顏色的兩塊是深藍，第三塊是不同色階的深藍，受試者則略微猶豫。反之亦然，倘使顏色相同的兩塊是淺藍，不一樣的那塊是深藍，受試者會毫不遲疑地作答；然而，如果不一樣的那塊是色階不同的淺藍，受試者則略微猶豫。也就是說，色差大時反應較快。

接下來，科學家以同樣的方式測試英語人士。他們發現，由於英語只有 "blue"，不管色塊是深藍或淺藍、如何排列，受試者答題的速度不受影響，沒有因為色差大而加快。結果顯示俄語組反應速度比英語組快。這意味擁有兩個藍色單詞的俄語，令使用者較易分辨不同色階的藍。麥克沃特認為這是個聰明的設計，結果也令人信服，但問題來了，所謂「毫不遲疑」與「略微猶豫」之間的差距到底多少？答案是 124 毫秒。

0.124 秒！只有十分之一秒多一點點，不夠完成 NBA 接球、投籃的絕殺。麥克沃特說，124 毫秒不足以構成俄國人於感受顏色或日常生活上的優勢。它僅證明語言所造成的認知差異只是「程度」之別，而這個差異渺小到無足輕重，和靈魂扯不上邊。一段推薦《透過語言這面濾鏡》的文字這麼寫著：「聽起來有點奇怪，但我們感受〔早期

現代主義畫家〕夏卡爾（Chagall）的畫作其實某種程度上仰賴我們語言裡的『藍』字。」然而在書裡，多伊徹並沒這麼寫，也不敢這麼寫。

非洲納米比亞某族語言以一個單詞同時指涉藍與綠，我們敢說他們因此不懂欣賞夏卡爾？麥克沃特問道，少個「藍」字果真如此關鍵，阻礙使用者欣賞夏卡爾，其影響力甚至大過教育、經驗或個人接收藝術的能力？介紹文的確寫「某種程度上」，但一般讀者不會注意，多半只記得主要訊息。若真要細究程度，答案是 124 毫秒？

東西南北

話題來到澳大利亞原住民依密舍爾（Guugo Yimithirr）的地理式指示，一個被新沃伏主義視為語言影響思考的絕佳證據：不是因為他們處理方向的方式和其他人不同，而是他們的語言迫使他們這麼思考地理。

麥克沃特認為這種說法倒果為因，地理式指示是環境造成的結果，因為依密舍爾人住在廣袤的叢林，而這種指示方式在澳洲原住民部落甚為普遍。影響論者如多伊徹強調，有些條件近似的部落並不使用地理式指示，因此環境或文化不是關鍵，語言才是決定性因素。就此，麥克沃特提到一個重要概念：一個社群的文化特徵不至全都展現於語言。泰語七種指稱「你」的方式反映泰語社會的階級觀念，古歐洲沒一個語言有此現象，但不表示古歐洲社會不是封建制度。

依密舍爾的地理式指示和環境有關。理由一、在雨林地帶或任何城鎮，沒有一個語言採此方式。到處都是建築物或道路的地方，沒有一個民族曾和依密舍爾一樣完全採用地理式。理由二、田野調查顯示依密舍爾年輕世代要是成長於別的地方，地理式指示便瓦解了。由此可證促使人們使用某種說話方式是環境，不是語言。但語言總該有些

影響力吧？麥克沃特說當然有，但不具深遠意義。因此，當學者聲稱語言影響思考，我們必須反問：你所說的思考是什麼？是反應的速度？是 124 毫秒？從 124 毫秒的差異量子躍進為世界觀太牽強了吧。

沒有人會否認世上的文化極其多元，也不會否認不同的人以不同的方式審度世界，但是語言結構不是造成差異的原因。語言反映文化的方式在於專門用語，以及類似七種代名詞或地理式指示等現象。語言無法單獨地影響思考。麥克沃特強調：和文化一樣，世上的語言差異極大，各有各的特殊發展，但是在分歧的表象底下，它們顯現了人性基礎的一致性。

想要了解人類有多不同，麥克沃特說，不如關注文化。

我想到一個例子：從紅樹林捷運站步行前往淡水老街，途中有一段生態步道，入口處設有低矮柵欄，以防腳踏車進入，旁邊有個標示：腳踏車圖形，以及中英指示：

英文："No Entry"

中文：「請勿進入」

「請勿」一副「拜託不要」的意思，多禮了吧，彷彿行人有所選擇，可自行決定要不要給面子。然而這不算什麼，令人更訝異的還在後頭。走出生態步道後繼續往前，你會看到左手邊的軍隊營區以及路旁的標示：

軍事重地

請勿進入

啊？有沒有搞錯？軍事重地還「請勿」？涉及法令與公權力的語言不該如此模糊不清，涉及國防更不應如此客氣。顯然台灣與美國文化不

同，在美國 "No Entry" 即沒討價還價的「禁止」。這兩例都是文化造成的語言差異，至於它代表什麼不是三言兩語說得明白。

如果，麥克沃特接著說，你想知道人類之間有多麼相似，語言是好的切入點。在這相似基礎上，花團錦簇的文化只是點綴，不變的是人類語言發展的通性。就此而言，麥克沃特的立場和杭士基（Noam Chomsky）與平克（Steven Pinker）相似，但各自切入點不同。杭士基走形式主義、鑽研語法，平克則結合心理語言學與認知科學。

麥克沃特能說流利的英文、法文、俄語，還能說一點日文與中文，更能閱讀七種語言。他從各種語言的歷史及演變尋找證據，但是對杭士基念茲在茲的「聖杯」毫無興趣，並且反對杭士基將語言視為抽象系統而罔顧說話的個體以及社會歷史情境。換言之，麥克沃特所稱之人類語言通性和杭士基的普遍語法（Universal Grammar）不同。

他顯然在砍樹但我不確定

接下來，作者要挑戰多伊徹所說：語言的發展和生活需求息息相關。

亞馬遜雨林有一支部落圖優卡（Tuyuca），他們陳述事件時必須區分親眼所見或道聽塗說。麥克沃特以簡化的方式舉例：

> 他在砍樹 -gi（聽說）
> 他在砍樹 -i（我看到）
> 他在砍樹 -hɔi（顯然是但不確定）
> 他在砍樹 -yigï（他們說）

以上僅列舉幾個，如果是過去式或所指對象性別不同，「樹」的字

尾還有其他變化。圖優卡語這種用法為「證據式標識」（evidential markers），不可模糊其詞，必須清楚明白。

別的語言也有，但不像它如此極端。如果以新沃伏主義詮釋這個現象，它說明什麼？圖優卡需要各種證據式標識，因為他們身處雨林得隨時留意掠食動物出沒？或者他們需要確認食物資源訊息是否屬實？有此可能。於此，我們似乎找到證據式標識與文化需求的關聯：圖優卡族明確要求資訊來源和其生活方式有關。然而，古希臘文與現代希臘文皆無證據式標識，我們能據此推論他們不在意訊息是否準確嗎？

同時，麥克沃特提醒，我們不能單獨考慮圖優卡語。世上很多語言有證據式標識，難道皆因文化有此需要？

放眼歐洲只有保加利亞語有類似標識，但保加利亞人和圖優卡部落在文化上有何相似之處？就文化層面，保加利亞和其鄰近的歐洲國家不是更接近？總不好說保加利亞人疑心病較重吧？往東走一點，土耳其語也有證據式標識。為什麼是他們？土耳其人較波斯人好猜忌？事實上就麥克沃特所知，波斯人疑心較重，但是他們的語言卻沒有證據式標識。

同時，如果說證據式標識意味較具懷疑意識，而懷疑意識又是智力的表徵，那麼無此特色的語言該做何解釋？使用者智力較低？非洲和波利尼西亞的語言完全沒有證據式標識，難不成……？於此，麥克沃特點到了語言相對論的痛處：他們往往將一個語言孤立起來——根據其特色揣摩使用者的思考方式，並做出價值判斷——而不是從全球語言的視野分析。

「語言根據使用者的需求演化」，此話不通。圖優卡語有錙銖必較的證據式標識，影響論者認為因環境所需，但是面對保加利亞語或土耳其語時卻找不到同樣需求。很多時候，一個語言的特徵和使用者的需求無關。例如西歐語的 "the" 或 "a"：當我說到「一個」（"a"）

東西，再度提及時得說「那個」（"the"）東西。這表示西歐人對於「之前提及」與「之後提及」的分辨特別講究？這說明了西歐人什麼民族性？麥克沃特認為這種臆測毫無道理。

倘使這個區別有其重要性，民族學者該如何分說芬蘭語沒有 "the" 或 "a"，但荷蘭語有？因為芬蘭人比較……？新幾內亞島一些部落語言用同一個字表達「吃」與「喝」，反例是美國原住民納瓦霍語（Navajo）區分兩種進食：一般的吃，以及所吃的食物是硬的、軟的、圓的、條狀、或肉類。亞馬遜雨林加拉瓦拉（Jarawara）族的生活環境和新幾內亞島民近似，卻有不同用法的「吃」：咀嚼多次或少次、必須或不用吐出種子，以及是否需要吸吮。

語言怪癖俯拾皆是，但不能據此認為它們代表使用者的需求。很多語言特色和文化需求無關，而是偶然的產物，就像滾沸湯汁裡出現的泡泡：「所有的語言都是滾燙的，沒有一個涼颼颼。」冠詞 "the" 的誕生和證據式標識一樣，不是文化事件，而是語言發展中突然冒起的泡泡，有些泡泡出現後隨即消失，有些則彷彿生出意志，在使用者無意識下壯大成必須遵守的語法。

可憐的中文

中文的怪癖在於沒有動詞變化、名詞變化，以及定冠詞，當然也沒證據式標識的硬性規定；一切依靠發語脈絡和上下文。麥克沃特以《聖經・創世紀》首句為例比較：

> In the beginning, God created the heavens and the earth.（英語：需要注意介詞、冠詞、過去式、複數。）

Bereshit bara Elohim et hashamayim ve'et ha'aretz.（希伯來文：需要注意冠詞、過去式、複數。）

V nachale sotvoril Bog nebo i zemlyu.（俄文：需要注意過去式、複數、名詞變化；同時，動詞的形態須表明「只發生過一次」，「開始」此字得有時間點的標識。）

起初神創造天地。（中文：沒有介詞、動詞變化、冠詞、複數，且「天」「地」之間可以不用連接詞。）

如果一個語言的語法透露使用者的慣性思考，麥克沃特問道：中文如此清湯掛麵、能省則省的表達傳遞了什麼樣的世界觀？如果俄國人有兩種藍色單詞意味著他們對顏色敏感，那麼同理可證：古代中國人的世界觀恐怕「貧瘠而缺少理解力」；他們眼裡的世界不但荒涼且「昏暗朦朧」。

中文沒有硬性規定的假設語法（subjunctive mood），英文不但有且規矩多：

If you see my sister, you'll know she is pregnant.（現在式：意指很可能會發生。）

If you saw my sister, you'd know she was pregnant.（過去式：未發生，屬想像層次。）

If you had seen my sister, you'd known she was pregnant.（過去完成式：未發生，但將想像的情境置於過去的時間。）

若換成中文，一句話同時適用於三種情境：

> 要是你見到我妹妹你就知道她懷孕了。（麥克沃特提供的
> 版本沒有「就」，只「要是你見到我妹妹你知道她懷孕了」。
> 咱們不至如此惜字如金吧。）

受語言相對論影響，心理學家布魯姆（Alfred Bloom）策劃一場實驗，
後於 1981 年發表成果。形容假設情境，英文這麼說：

> If John were to go to the hospital, he would meet Mary.

> 要是約翰去了醫院，他會遇見瑪麗。

根據布魯姆，這句話若以中文表達得這麼說：「約翰沒去醫院，不過
要是他去了，他就會遇見瑪麗，結果是約翰沒遇到瑪麗。」需要這麼
囉嗦嗎？

　　布魯姆的測試其中一題如下：「來自歐洲的畢爾（Bier）是十八
世紀哲學家。當時西方和中國已有接觸，但很少中文哲學書籍譯成外
語。畢爾不懂中文，然而要是他能讀中文，他將會發現 B；而對他影
響最大的將會是 C；一旦受到 C 影響他就會做 D。」受試者須回答：
畢爾究竟有沒有完成 B、C、D？測試結果美國學生 98% 答對：都沒
有。接著同段敘述以中文表達測試中國學生，結果全對者僅 7%。實
在不可思議，好似母語為中文便搞不懂假設情境。布魯姆得出結論：
一個語言若仰仗脈絡來表達假設情境，將導致使用者對假設情境較英
語人士不靈敏。

　　但平克指出，布魯姆作弊。那段中文翻譯拙劣不堪、語意模稜兩
可才導致中國學生答錯。不是常聽到有人說「開玩笑，要是我昨晚沒

去KTV，今天考試也不會不及格」？年長之後，不過是換個內容：「開玩笑，要是老子當時點點點，今天也不至於點點點。」

另有一題：

> If all circles <u>were</u> large and this small triangle <u>were</u> a circle, would it be large?"（以兩個 "were" 代表假設情境）

> 如果所有圓圈都是大的而這個小三角形是個圓圈，它會是大的嗎？

結果造成許多中國學生不解，「不可能！三角形怎麼能是圓圈？小圓圈又怎麼是大的？你在說什麼啊？」英語受試者則較少上述反應。

據此，布魯姆又得出結論：就假設語氣而言，和熟悉的日常事物相比，中文使用者理解抽象情境較有困難。麥克沃特認為中文受試者有如此反應，或許與務實性格有關，和語言無關。多年後，一位學者以同樣的題目測試阿拉伯人士，結果他們的反應和中國學生一樣，覺得「假設三角形是圓圈」的題目很無聊。

看來因中文語法散漫，導致使用者不夠精確。「我要洗杯子」不用指明是一個或數個杯子，麥克沃特問道：我們可否因此斷定中文人士沒有清楚的數字概念？指涉時間時，中文可說：

> 上古時期、上個月、上一回、下禮拜、下一次

此為「上下」區分法；也可說：

> 前天、後天、前幾個月、之前、以後、三點左右

此為「前後」區分法。學者波洛狄特斯基（Lera Boroditsky）指出「上下」代表垂直式時間概念、「前後」為水平式。英文裡少有「上下」說法，因此使用者較習慣以水平式思考時間。中文雖兩種用法都有，但使用者較習慣垂直思考。以上是經過多項測試得出的結論，例如「三月是否早於四月」這題，假使電腦螢幕以水平方式呈現圖像，英語受試者的反應較中文受試者快；若以垂直方式呈現，結果倒過來。有了「藍色測試」的教訓，我們一定得問，所謂「快」是快了多少？答案是──你猜到了──毫秒之間的差距。

麥克沃特認為這些實驗並未證明中文使用者「垂直地經驗時間」，更談不上「語言形塑思考」。他開玩笑地說，可曾見過漢語人士一邊說「那得等上好幾年喔」一邊指向地面？若你問我思考時間的方式垂直或水平，我還真答不上來，只記得每每念及未來，未曾有過一次垂頭思索。

中文彈性大，句子指涉的時間但看使用情境與文理脈絡。中文動詞沒有麻煩的時態變化，但不至有人因此以為使用者無時間先後的概念：

「他打開門」──可用於現在式。

「他來了」──可用於現在式。

「他正在路上」──可用於現在進行式。

「我會打給你」──可用於未來式。

「我跟他認識五年了」──可用於現在完成式。

「我昨天打給他」──可用於過去式。

「我昨天已經打給他了」──可用於過去完成式。

「下個月，我和他就認識五年了」──可用於未來完成式。

未來式與儲蓄

西方學者說中文沒有未來式，有人因而憤憤不平，感覺受到歧視。他們舉了一些例子：

> 我會打給你。
> 我再跟你聯絡。
> 我會去。

這不是未來式是什麼！但他們錯了。西方學者所說的未來式乃「未來時態標識」（future tense marker）之簡稱。參考英語 "will"：

> She walks to school.（現在式）

> She will walk to school.（未來式）

> She would walk to school.（過去式或未來假設語氣）

> She would have walked to school.（過去假設語氣）

第一句指慣常行為，「她平時走路上學」；第二句指即將發生，「她會走路上學」；第三句可指過去的習慣，「她那時習慣走路上學」，或指情況尚未發生，但萬一有此需要「她往後會走路上學」；第四句指她過去並沒走路上學，但若那時轉換情境或預知未來，「她那時應會選擇走路上學」。

所謂沒有未來式，是指中文可以用其他方式表達與未來有關的情境，只是不透過時態。英語的 "will" 決定了動詞形態，無論主詞是男

是女、單數或複數，"will" 之後緊接的動詞全都得打回「原形」。看看中文：

　　　　我會打給你。

我們可以這麼說，以代表未來將發生的事。但也可以說：

　　　　我打給你。

拿掉「會」，意思不變，還是指未來。英文沒辦法，必須說：

　　　　I'll call you. ／ Will call you.

"Will" 不能少。中文說「晚上見」，英文說 "See you tonight"。兩者的差別在於 "See you tonight" 前面省略了 "I will"，且動詞 "see" 受制於 "will" 必須是原形。中文「晚上見」自給自足，不但表示未來，連主詞與受詞都省下了。

　　有了以上澄清，咱們回到麥克沃特的論點。

　　可還記得美國文豪史坦納（George Steiner）曾說：英文因有未來時態，才使英語世界具前瞻性，對未來抱持希望而不至走向虛無？耶魯經濟學者張凱思（Keith Chen）於 2013 年發表〈語言對經濟行為的影響〉，指出語言沒有未來式反而是利多：有些語言不具備像英語 "will" 的未來式標識，卻讓使用者更懂得未雨綢繆而比較會存錢。

這位被封為「沃伏派經濟學家」的教授表示：

　　　　當人們使用沒有未來標識的語言，他們提及未來事件時彷

佛它們是現在。如果你的語法同等看待〔不區分〕未來與
現在，似乎意味做決策時，你較願意同等看待未來與現在。
而那種細微的特徵，根據我的研究，似乎有心理層次的影
響。那些語法同等看待未來與現在的國家，每年存下的錢
幾乎多出 GDP 之 5%。

張凱思與史坦納，兩人看法恰恰相反，但走火入魔完全一樣，我們還
是聽聽麥克沃特較為理性的分析。

張凱思製表比較語言有明顯未來式標識與無明顯標識的國家，並
排比 35 個國家 1985-2010 年間儲蓄率（見右頁圖表）。表格顯示有
硬性未來式標識的國家儲蓄率偏低（如義大利、土耳其、法國、波蘭、
葡萄牙、以色列、英國、美國、希臘），而無硬性未來式標識的國家
儲蓄率較高（如盧森堡、挪威、瑞士、日本、荷蘭、芬蘭、奧地利）。
張凱思說的是趨勢，其中當然有例外：南韓與愛爾蘭高度講究未來式，
但兩國的儲蓄率極高，冰島雖不太講究未來式，儲蓄率卻低於一般。
整體平均下來，語言有明顯未來式標識的國家，儲蓄率比平均值少了
4.75%。作者總結道：

> 大體而言，調查結果符合我的假設，有未來式規範的語言
> 導致使用者埋首於與未來較無相關的事物。單就儲蓄而言，
> 多方證據是一致的，從個人儲蓄的傾向到退休資產的考量，
> 以及全國儲蓄率……這些調查結果引出的重要議題指向一
> 個可能性，即語言並不導致、卻反映了儲蓄動機上的深層
> 差異。

作者小心翼翼，不忘補充道，文化價值也會影響個人與民族的儲蓄行
為，但他接著指出，語言造成的行為差異與文化造成的行為差異有時

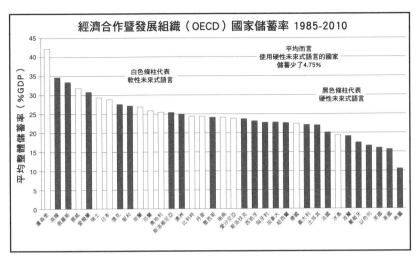

圖表：35 國 1985-2010 年間儲蓄率

不能混為一談，必須考慮儲蓄行為純粹受語言習慣左右的可能性。

　　張凱思並非語言學家，所做分類頗有問題。麥克沃特指出，俄語並非如圖表所示屬於具備未來時態的語言，但俄國人很會儲蓄，此番修正倒是對張的論點有利：俄國人很會儲蓄，因為俄語沒有未來式。但如此一來，麻煩更多了：捷克、斯洛伐克及波蘭的語言同樣被張歸類為具備未來時態。事實上，這三國的語言和俄語類似，不和英文一樣以明確的 "will" 指涉未來。既然這四個鄰近國家表述未來的方式近似，為何儲蓄率相差那麼多：俄國高居圖表第三，捷克第八、斯洛伐克第二十，波蘭倒數第六？如果說語法影響儲蓄行為，這四國的儲蓄率不是該差不多嗎？無論分類有無錯誤，麥克沃特認為張凱思無法自圓其說。更何況，麥克沃特最後說，誰會相信美國人那麼不懂儲蓄（倒數第二，只贏希臘），乃因受 "will" 所累？

兩面刃

麥克沃特的批判目標不是學界新沃伏主義,而是經過書商廣告和媒體渲染形成之「通俗沃伏主義」(popular Whorfianism)。早期開創學者研究語言與思考的動機,在於證明西方人心目中的「野蠻人」一點也不野蠻,且於某些層面還比現代人「高尚」。

立意良善,卻暗藏危險。他們原是想為美國原住民平反,表示他們的語言不但完整,所呈現的世界觀甚且優於西方科技文明,例如沃伏所說美國原住民霍皮人(Hopi)的時間概念。由於社會認為語言相對論的出發點是尊重他者,因此樂於接受。然而,麥克沃特說,此派論點除了失之武斷,尚且流露西方人紆尊降貴的心態,同樣帶著歧視色彩。

相對論為兩面刃。十九世紀普魯士極端民族主義者馮‧特賴奇克(Heinrich von Treitschke)揚言道,「語言上的歧異無可避免地意味著不同的世界觀」。在他眼裡,較為不幸的民族為「野蠻人」,名單不但包括第三世界,也涵蓋與德國相鄰的立陶宛。在他之前,語言學家馮‧洪堡(Wilhelm von Humboldt)——某些人視他為沃伏主義之開山鼻祖——曾說,中文不分性別、無詞形變化,與歐洲語言比起來尚屬發展「初期」,因此不克勝任最高等級的理性分析。對於非西方他者,十九世紀充滿歧視,二十世紀則充滿同情,兩者的差距,麥克沃特說,其實不大。

都是偏頗。相較於之前的醜化,二十世紀相對論者將他者異國情調化,突然之間部落語言極富創意,突然之間俚語美過標準官話,林林總總基於以上對下的頌揚。一種奇怪的敷衍:現代人只會說話,原住民一開口便是哲學。多元文化口號驅使下,一切基於尊重,然而帶著偏見的尊重其實是拒絕理解,保持距離、以策安全。同時,在多元文化主義旗幟下,大家熱衷於存「異」(difference)而忘了求「同」

（sameness）。麥克沃特比較各地語言演化的過程，發覺語言給予我們的最大啟示即人類基本上是相同的，你我之間的差異是後來的事。

語言之間，無分軒輊；語言之前，人人平等。

主要參考書籍

McWhorter, John. *The Language Hoax*. Oxford: Oxford UP, 2014.

17. 火車與火腿：雙語腦袋（上）

　　知名西班牙車手阿隆索（Fernando Alonso）能說四種語言，除了西班牙母語，還有英語、法語、義大利語。他 2015 年試車時發生離奇意外，因嚴重腦震盪而送醫急診。根據媒體報導，阿隆索從昏迷中醒來最初幾分鐘只記得義大利話。真的假的，腦部受創甦醒後只剩義大利話？

　　阿隆索之後對外否認此事。或許只是傳言，但有誰如此無聊編造這種故事？這則新聞引起西班牙語言科學家哥斯達（Albert Costa）的興趣，令他聯想 2013 年另一則報導，「一個失憶美國人說瑞典話」：一名 61 歲男子於旅館中醒來忘了自己是誰，醫生檢查後診斷為暫時性全面失憶，警方根據線索查出他為土生土長美國人，但此時卻只能說瑞典話。經瑞典官方證實，男子於 1981-2003 年間曾數次旅居該國，這足以說明他為何能說瑞典話，但醫生無法理解何以一個失憶的人會忘了母語。這不是傳言，而是真實且不幸的故事。

　　哥斯達於《雙語腦袋》寫道，以往研究語言生理現象多半得依靠腦部受創的病人，根據患者的失語現象推測原因。但近三十年來，神經影像技術的發展使得認知神經科學突飛猛進，新技術可讓科學家「看見」康健者的腦部活動。例如，他們可以分辨當受試者閱讀文字（有別於指認圖畫、聆聽話語或思考週末計畫），哪個腦迴路因而波動。藉由測量特定部位的氧氣消耗程度，或記錄幾組神經元引發的腦電活動，科學家可即時追蹤受試者的腦部運作。而且，這些技術讓他們有辦法預測人腦處理語言各種面向時，哪些不同的區域因而活躍起來。

基礎相同

　　雙語是常態，世上多數人口使用一個以上的語言。因此哥斯達認為，研究雙語腦袋刻不容緩，不但可藉此了解雙語使用如何影響人腦，並可探索語言和其他認知能力的關聯。

　　對於一個移居異國的成人來說，學習當地語言是一大挑戰，要背誦單詞、理解語法，還得練習發音。多半情況是他只學到皮毛，日常生活足敷使用即止，以致表達受限，語法錯誤或濃厚口音等甚為普遍。然而對初生嬰兒而言，學習語言就像呼吸一樣簡單。嬰兒當然不會說話，但他們打娘胎起便開始處理語言：母親的語言以及與母親互動的人的語言。

　　嬰兒如何處理語言？哥斯達舉一個意思貼切的例句：

Wer fremde Sprachen nicht kennt, weiß nichts von seiner eigenen.

語出德國文豪歌德：「不知外語者，對其母語亦一無所知。」這句話以文字呈現，字與字之間須留空格，因此即便不諳德文，也可看出有十個字。然而若口語說出，只是一連串聲音：

WerfremdeSprachennichtkenntweißnichtsvonseinereigenen

根本搞不清有幾個字。這就是嬰兒接觸語言時必須克服的難題。耳邊一陣嘰哩咕嚕，如何分辨字有哪些、意思為何？除了依靠說話者的表情與手勢外，哥斯達指出，語言本身亦有線索可尋。

每個語言自有規律，這些規律提供了分隔字眼的指標。例如，所有語言都有限制，限制哪些聲音可以連結成串、哪些不能。西班牙話裡，若要串聯 "str" 三個子音，"s" 與 "tr" 之間必有間隔，因它沒有以 "str" 開頭或以 "st" 結尾的單詞。（中文也一樣，「ㄅㄆ」或「ㄅㄊ」兩個子音不可能直接串聯，中間須有母音穿插。）令人驚奇的是，八月大的西班牙嬰兒已能領悟這個特點；也就是說，他的腦袋已經能夠感應同樣聲音出現的規律。

嬰兒都有吸吮反射動作，而這個動作和他們專注的時刻吻合。換言之，動腦時經常伴隨吸吮。為此，科學家設計電子奶嘴，精密記錄嬰兒吸吮的時刻與頻率，接著設計一段錄音，裡面暗藏一兩個有意義且不時出現的字眼，這些字眼間另穿插一些毫無意義的音節。結果科學家發現嬰兒聽過數回後，便特別留意有意義的字眼。

哥斯達關注的面向在於：雙語嬰兒是否被兩種語言的音韻規律混淆？以西班牙話和英語的雙語嬰兒為例，之前提到 "str" 不可能出現於西班牙話，但英語卻很常見，如 "strong" 或 "strange"。或者，假設嬰兒的雙語為中文和英語：前者和越南話一樣為聲調語言（tonal language），有五聲，不同聲調代表不同字眼，但英語不是聲調語言，只有輕重音之別。各有各的韻律，雙語嬰兒如何區分？

實驗室裡，幾個出生才 2-5 天的嬰兒正熟睡。科學家首先播放一段某個媽媽（與這些寶貝無親屬關係）為自己小孩朗讀故事的錄音，結束後，錄音帶倒著播。也就是說，先是從頭到尾播放有意義的語言，接著自尾到頭發出連串噪音。科學家測量腦部氧氣消耗量時發現，正常播放時嬰兒的腦電活動較為活躍。換言之，噪音即噪音，嬰兒並不覺得好奇，懶予理會。

很多研究顯示出生不到幾小時的嬰兒已能辨識不同的語言。例如，一個母親為西班牙人的嬰兒有能力分辨土耳其語和日語。他當然無法指認「這是土耳其語」、「那是日語」，但他知道這兩種語言的

聲音系統和西班牙語不同。哥斯達說，這和嬰兒專注程度有關，對於新奇的聲音特別感興趣。

紅藍相間為紫

　　雙語使用者因腦部受創而失語有兩種狀況。一種是關聯性短缺（associated deficits），意指兩種語言同時出問題，患者處理任何一個語言都有困難。另一種是非關聯性短缺（disassociated deficits），只有一個語言出問題，另一個語言大致無礙。哥斯達打個比方：兩者的差別類似汽車雨刷，前者是兩邊雨刷都不能動，後者是只有單邊能動而另一邊接頭鬆脫。非關聯性短缺值得探究，因為它暗示「分工」的可能性：大腦以各自獨立的迴路負責不同語言。

　　一項根據 14 份研究報告的綜合分析，將受試者分類如下：

　　　　A 類人士：能高度掌握兩種語言，意即他們的第二語言和
　　　　　　　　　母語同樣精通。此類人士又分兩子群：

　　　　　　「早群」：早期便學習第二語言者，於孩童時期。
　　　　　　「晚群」：較晚學習第二語言者，於青春期或之後。

　　　　B 類人士：對於第二語言只有中等或中等以下的程度。

分類之後，科學家以顏色區分腦造影（brain imaging）顯示方式：

　　　　紅：代表母語啟動的顏色。
　　　　藍：代表第二語言啟動的顏色。

紫：代表兩個語言同時啟動的顏色。

A 類人士裡，影像顯示紅色與藍色重疊的範圍極大，也就是說，大部分呈紫色。B 類人士裡，影像顯示紅色（母語）與藍色（第二語）重疊的範圍不多。進一步分析發現：B 類人士處理母語時啟動的範圍比較集中，但處理較不熟悉的第二語言時，啟動的範圍較為分散。意想不到的是，B 類人士運作第二語言時右半腦會前來支援，顯然負責語言的左半腦一旦不敷使用，右半腦也得出力。以上總結出一個簡單道理：處理不熟悉的語言較耗腦力，需用上大範圍的腦部系統。

　　至於 A 類之次分類，「早群」和「晚群」可有差別？處理第二語言之語意和語法（例如理解一個句子）時，「晚群」啟動和語言直接相關的布洛卡區（Broca's area）與島葉區（the insula）的程度大過處理母語。這個差別在「早群」似乎並不存在。

干擾與駕馭

　　外國話不容易學，練習了半天還是結結巴巴、心口不一，即便已在腦中打好草稿，說出來仍不時搞錯。哥斯達認為，此為運用第二語言時受母語干擾所致。腦子思索第二語言的字詞與語法時，母語的字詞與語法同時啟動，干擾我們的表達。換言之，講錯話不是因為不懂，而是控制力不足，以致「舌頭未能服從腦袋」。因此，學習第二語言不但涉及語意和語法，尚且和語言駕馭（linguistic control）有關。

　　語言駕馭如何做到？除了練習，別無他法。

　　純熟的雙語者就像丟擲技好手，能專顧一種語言，不受另一語言干擾。例如一個英語／西班牙雙語者和英語單語人士溝通時，很少犯跨語言錯誤（translinguistic errors），在英語中穿插西班牙話。要是

無法做到如此，哥斯達說，和雙語者互動將變得相當困難。雙語者當然可視情況「換檔」（code-switching，參考第9章），但前提是不至困擾聽眾。

很多家庭以雙語互動。哥斯達以自己為例：一家五口正在用晚飯，爸爸以西班牙語和媽媽及兒子談話，卻以加泰羅尼亞語（Catalan）和女兒交流。女兒則一方面用加泰羅尼亞語和爸爸互動，另方面以西班牙語和其他人（包括祖母）聊天。母親和兒子能聽懂兩種語言，但習慣以西班牙語回話；祖母只說西班牙語，但聽得懂加泰羅尼亞語。聽起來十分混亂，但這是哥斯達家每晚用餐的情境，看似交通阻塞，卻從未打結。

乍看之下，雙語大亂鬥毫無必要。既然所有成員都會兩種語言，投票選定「官方」話語豈不省事？或者，為了公平起見，兩種語言隔三岔五地輪替不就結了？但從未聽聞有人這麼做。哥斯達指出，當我們習慣以某種語言和特定對象溝通時，換成另一種便覺得不自然，甚至尷尬。以我自己為例，和父母總是以台語交談，若換成國語會覺得不習慣。雖然爸媽也能講國語，但家中六個小孩以國台語夾雜交談時，他們會以台語加入，我們亦用台語回答。一切皆習慣使然。雙語者可隨意切換而無違和感。

科學家有興趣追問的是：雙語者使用一個語言時，另一個語言跑哪去了？呈關機狀態？進入休眠？這麼問吧，兩個語言是以零合的模式運作嗎？

哥斯達提到一個巧妙測試。電腦螢幕並列一組英文單詞，兩者之間或有關聯，例如 "train-car"，或無關聯，例如 "train-ham"。測試全以英文執行，受試者為通曉中英文之雙語人士，其任務是判別每組的單詞是否相關：

train-car（有關聯，同為交通工具。）

train-ham（無關聯。）

看似簡單，但設計者在選字上費盡心機，企圖干擾受試者。

train-car（火車—汽車）

train-ham（火車—火腿）

第二組測驗題，「火車／火腿」的第一個中文同為「火」。研究者設想，中英雙語的受試者看到 "train-ham" 時，腦中說不定會冒出「火車／火腿」來搗蛋，導致延緩作答，即便只毫秒之差。

　　這項實驗的目的在於了解：雙語者閱讀一個語言時，會不會自動、無意識地在腦海翻譯成另一個語言？換言之，中英雙語者看到英文字時會不會同步啟動中文機制？然而，設計者的伎倆沒有得逞，受試者答題速度並未被 "train-ham" 此類組合干擾而受影響。實驗失敗。

　　「但是，且慢，」哥斯達說。測試時科學家不但記錄速度，也利用電腦圖監測腦電活動，結果發現每當 "train-ham" 這類組合出現時，腦電流量較為活躍。這顯示雙語者處理一個語言時，無法像開關一樣截斷另一個語言。剛好相反，兩種語言時時刻刻處於「開機」狀態。因此，下一個要了解的問題是，他們如何巧妙駕馭、避免翻車？

自己做實驗

　　一個常見的實驗項目如下：

受試者：中英文雙語者（或其他任何兩種語言）

道具：多張不同物件的圖像，但涵蓋的物件只要五項，如：
　　　桌子、杯子、椅子、雨傘、汽車。（順序並不重要）

圖像設計：每張圖像都上框線，顏色或紅或藍。

方法：將圖像以快速調換的方式呈現給受試者，要他立刻
　　　說出物件名稱。要注意的是，若圖像為紅框，受試
　　　者須以英文回答，若圖像為藍框，以中文回答。例
　　　如，若出現順序為紅框汽車、紅框雨傘、藍框椅
　　　子、藍框杯子、紅框桌子，正確答案為：「car、
　　　umbrella、椅子、杯子、table」。

順序：圖像隨機抽換，物件重複時（例如前後兩張皆為桌
　　　子），若框色一樣，答案自然一樣，若框色不一樣
　　　則受試者必須換檔。

測試：記錄答題速度，以及錯誤頻率。

哥斯達建議我們自己在家做實驗。預先準備六個物件（如剪刀、杯子、鉛筆等等）和一張桌子，找一位雙語受試者（例如第一語言為中文、第二語言為英文）和他相對而坐。物件藏在你這邊桌面底下，受試者無法看見。遊戲規則：當你以左手或右手舉出物件時，受試者須快速說出名稱，但右手物件以中文作答、左手物件以英文作答。遊戲開始，你隨機以左右手秀出物件，並在受試者回答後一秒內拿出另一個，順序可連左或連右，或者左右切換。

　　透過上述測試科學家發現：切換語言時受試者花的時間較久，而且較易出錯。如果他的第二語言不夠流利，換檔所需時間更久。如此結果不足為奇，想當然爾。然而，科學家發現一個意料之外的現象。有兩種情況：

1. 從第一語言切換至第二語言

2. 從第二語言切換至第一語言

請問哪一種速度較快？按常理想，應該是第二種，因為我們較熟悉第一語言。然而測試的結果卻是：從第一語言切換到第二語言時速度較快。也就是說，從熟悉的母語切換至較不熟悉的外語較為容易，從外語切換回母語時，速度反而慢了下來。

為什麼會這樣？原來這和雙語大腦運作有關。之前提及，雙語者的兩種語言一直處於開機狀態，因此駕馭其中之一時，必須抑制另一以避免干擾。因此：

1. 從母語切換至外語的速度較快：使用熟悉的第一語言時，抑制第二語言所需的精力較少，因此較易切換。

2. 從外語切換至母語的速度較慢：使用較不熟悉的第二語言時，抑制第一語言所耗的精力較多，因此換回母語時反而吃力。

由此可證，雙語者使用語言時涉及抑制過程（inhibitory processes），必須時刻提防另一個語言干擾。

干擾無所不在，因此早先有些人擔心雙語使用會損壞大腦，抑制一個人的語言發展，甚至可能導致精神分裂。然而，晚近的研究卻發現干擾與駕馭對大腦有益。早在 1960 年代就有學者篤定地說，雙語腦袋比較優秀。2012 年《紐約時報》刊登〈為何雙語者比較聰明？〉指出「干擾是好事、駕馭是訓練」，因此腦袋活絡的雙語者較為機敏。

果真如此？且看下一章分解。

18. 心中有他者：雙語腦袋（下）

　　比較雙語和單語腦袋之前，哥斯達開宗明義聲明：在語言能力與其他認知範疇等層面，雙語經驗並未對個人造成戲劇性影響。我們知道雙語者可輕鬆駕馭兩種語言而不至發生混亂，因此，請放心，學習第二語言不至破壞第一語言。然而，雙語者並不比單語者聰明，雙方之認知能力並無顯著差別。因此打麻將時，不用擔心其他三家哪一咖是雙語者。

　　同時，哥斯達一再提醒，書裡提到的實驗只是目前研究成果，其中不乏爭議，因此僅供參考，而非固若金湯的學說。況且，學術圈存在偏見。同為紮實研究，發現雙單語腦袋之間有差異的文章較受期刊青睞，而發現沒差異的報告則被冷落一旁。媒體更糟，不但選擇性報導「有差異」的報告，還以譁眾取寵的標題昭示「突破性發現」。

可能的「壞處」

　　哥斯達打個比方：小明和大魏相約比賽網球，小明每天練習網球 3 小時，大魏則花 1.5 小時練習網球，另 1.5 小時練習回力球。假設兩人球技相當，你認為誰會獲勝？直覺應是小明，因為他訓練的時間較久。同樣的道理，若小明是中文單語者，大魏是中英文雙語者，小明的中文多半比大魏強。這無庸置疑，因為語言能力和其他技藝一樣，使用頻率與熟稔程度成正比。

不少研究顯示「指認名稱」測試裡，雙語者的表現不如單語者。一般年輕受試者說出正確名稱只需 0.6 秒，有些雙語者較慢，即便他兩種語言的程度相當，至於較晚接觸第二語言者速度更慢。但是，所謂慢，只是毫秒之差。而且此為兩種語言爭強奪勢、相互牴觸之正常現象。倒是頻繁使用第二語言而冷落母語時，會出現第一語言損耗（first-language attrition）現象：母語能力越來越弱，甚至只剩片段記憶。

你的腦袋裝了多少詞彙？根據哥斯達，受過高等教育者認識 35,000 字左右，但日常生活只用得著 1,000 字。據說《唐吉訶德》作者所有著作只用了 8,000 字，莎士比亞厲害許多，保守估計在 15,000-20,000 字之間。在母語方面，單語者的詞彙庫大過雙語者。此為普遍現象，且常被用來做為反對雙語教育的理由，但哥斯達提醒我們應小心詮釋。首先，差異有限。再者，一個人擁有詞彙之多寡不完全只和雙語使用有關。比這更關鍵的是語言經驗：如果一個人接觸的媒介大都是體育新聞或綜藝節目，那麼他的詞彙勢必比經常閱讀《國家地理》或學術文章的人要少很多。就詞彙平均值而言，雙語者比單語者少，但在許多母語測試裡，有些雙語者的表現比一般單語者優秀。因此重點在於提供小孩一個豐富、具挑戰性的語言環境。

問路得問對人

哥斯達開玩笑說，問路最好請教雙語者。說得極端點，問路之前最好先問對方是不是雙語者，否則不必浪費彼此的時間。大家都有經驗：問時好心人講得頭頭是道，這裡右轉、那邊左轉，過了兩個巷子之後……但往往我們很難依指示直達目的地。問題出在指路人和問路者心裡的地圖不完全吻合，有時初來乍到者腦海裡根本沒有地圖，

導致指示雖然能懂，卻無濟於事。

　　與人溝通，為對方設想至為重要。我們應站在他人的立場設想其語言能力，以及理解話題的程度。但心懷他者知易行難，一不小心便犯了自我中心的毛病，以為「只要我知道的，你應該都知道」。一項研究顯示：比起單語者，雙語人士較能設身處地為他人著想。此話當真？結論怎麼來的？

　　一項別出心裁的測試如下：

　　　　參與者：兩人，一為指導員，一為受試者。指導員完全了
　　　　　　　　解測試的目的，但受試者不知。後者必須聽從前
　　　　　　　　者的指令。
　　　　設計：兩人相對而坐，各自面前有一張圖像。兩張圖像類
　　　　　　　似但不全然相同。例如指導員這邊是兩輛汽車，一
　　　　　　　大一中，而受試者那邊是三輛汽車，大中小。重點：
　　　　　　　受試者知道指導員的圖像只有兩部汽車，一大一中，
　　　　　　　且指導員知道受試者的圖像有三部車，大中小。
　　　　指令：指導員對受試者說「請給我小車」。
　　　　答題：受試者必須從自己的圖像選一輛車給指導員。

他該選哪輛？從他的視角，所謂「小車」是他面前圖像裡三輛當中最小的車。然而他知道指導員的圖像只有一大一中兩輛，站在對方角度，指導員所指的「小車」應是受試者圖像裡的中型車。時間有限，受試者無暇考慮。哥斯達說，如果受試者是以自我為中心，他會選自己圖像裡的小型車，此為錯誤答案。若他從指導員的視野分析，應會選擇正確答案：面前圖像裡的中型車。

　　測試結果，直線思考的小孩經常答錯，也就是犯了自我中心的毛病。有趣的數據來了：4-6歲單語小孩答錯的機率是一半，但同年齡

層的雙語小孩答錯的比例只有 20%。並且影像紀錄發現單語小孩一
聽到指令，眼神立即飄向圖像裡最小的汽車。因此儘管之後選擇正
確，他們的直覺仍偏向自我中心。以上結果顯示雙語者或許較懂得換
位思考。

　　究其原因，哥斯達認為，雙語小孩可能較早發展揣摩他者意圖的
能力。每個人都懂「讀心術」，而理解對方意圖、欲望和知識能力是
社會化的必要條件。在這方面，雙語小孩發展較快。一項實驗裡，指
導員對受試的小孩說一個故事：

> 某男孩把巧克力棒放在廚房的紅色容器後，回到自己房間
> 玩耍。男孩在房間時，媽媽走進廚房，將巧克力棒放在棕
> 色硬紙盒裡。

指導員問年約四歲的小朋友：「男孩回到廚房拿巧克力棒時，他會往
哪找？」正確答案當然是紅色容器。然而若要正確作答，小朋友必須
能把自己和故事裡的男孩區隔開來；他知道的事（巧克力棒在棕色硬
紙盒裡）那個男孩並不知道。換句話說，他必須從男孩的角度設想。
測試結果：雙語小孩中有 60% 答對，但單語小孩只有 25% 答對。不
只是小孩，成人也似乎如此。一些類似但複雜許多的測試裡，雙語成
人表現得比單語成人較好。

大腦灰質

　　語言雕塑大腦。
　　學習任何事物都會影響腦袋，因為人腦有彈性：學習新東西會製
造新資訊的貯存，進而產生神經元之間新連結。雙語使用如何雕塑大

腦？負責處理語言的腦神經網絡這方面，雙語和單語腦袋有何不同？哥斯達指出，神經成像（neuroimaging）技術可以回答這個問題。

一些研究發現雙語和單語者處理第一語言時，腦部某些區域的活動量並不相同。有項頗為精密的測試比較了英語單語者和英語／希臘語雙語者。在理解語言這方面（例如聆聽話語），兩組人的腦部活動相似。然而遇上和語言製造系統有關的試題（例如指認圖像或大聲朗讀），腦部活動便有區別：雙語者額葉與顳葉區域的活動量大過單語者。這意味雙語者因為必須同時駕馭兩種語言，使用第一語言時得抑制第二語言的干擾，因此耗費的精力較多。單語者比較輕鬆，沒有干擾的問題。

不單是腦部活動量，雙語使用會改變腦部結構裡灰質（grey matter）與白質（white matter）的密度和體積。中樞神經系統有兩個重要組成部分，一是灰質，一是白質。簡單地區分，灰質負責處理訊息，白質則負責協調腦區之間的運作，以便傳遞訊息。

GPS 衛星導航問世之前，地球上所有計程車司機都得仰仗腦袋裡的地圖行車。我看過一部紀錄片，發現英國倫敦的司機執照可不好考：報考人須面對數個考官，一一回答問題，例如：「今天（面談日）下午五點半，從甲地到乙地該怎麼走？」報考人需考量當天彼時的交通狀況，說出最便捷的路線。一位報考人答錯了，因為他忘了那天某路段正在鋪面，必須繞道而行。可見報考人除了要把倫敦街道爛熟於胸，還得隨時留意施工公告。

一項研究比較兩組人，一組為具 14 年經驗的倫敦運將，另一組則未曾開過計程車，結果發現第一組人腦裡和空間認知功能有關的灰質體積較大。而且，這區域灰質體積的大小與執業年資成正比。「這些結果暗示：我們每天從事的活動會影響大腦結構，行為與學習會雕塑腦袋。」要問的是，雙語使用也是嗎？

是的。雙語者的大腦灰質，尤其是頂葉左下側（其功能之一即處

理語言）的密度高於單語者。情況頗為一致，無論是早期或晚期接觸第二語言的人。不過，雙語者若擁有較大的第二語言詞彙庫，該區的灰質密度更大。這涉及雞生蛋、蛋生雞的問題：到底是某些人天生腦袋灰質密度較大，因此使用雙語較能得心應手，抑或是雙語使用致始灰質密度較大？為此，聰明的科學家想出測試的辦法。細節就不說了，結果指向後者：雙語使用改變了灰質密度。

根據一項普查，80% 受訪者認為自己的駕駛技術優於一般人。哥斯達說這不可能是事實，除非受訪者全是職業車手。（另一項普查裡 80% 受訪男性認為自己的性愛技巧比一般人強，這也不可能是事實，除非受訪者個個都是 AV 男優。）這個數據只顯示人們往往對自己頗有信心。駕車挑戰一個人的專注系統，雙語使用亦然，必須避免干擾。

讓我們參考一項測試：電腦螢幕接連出現紅圓圈與綠圓圈，受試者看到圓圈時必須立刻按鍵，綠圓圈以右手按鍵（如 M 字鍵），紅圓圈以左手按鍵（如 Z 字鍵）。看起來很簡單，不過麻煩的是，圓圈忽而出現於左螢幕、忽而右螢幕，因此必須以右手按鍵的綠圓圈出現於左螢幕時，受試者常延遲反應或搞錯；反之亦然。此為著名的「賽門任務」（Simon task），意在偵測刺激（紅圓圈在右邊）與執行（必須以左手按鍵）矛盾時的反應，賽門效應大時表示受試者受到的干擾大，效應小時表示干擾不大。一項研究顯示雙語者的效應小於單語者。

看來，每天應付兩種語言的人士較不易被矛盾的情況難倒。使用雙語培養出來的專注力也能帶來其他好處，例如較易習得新語言、較能一心數用、同時多工作業（multitasking），或擁有較多認知儲備（cognitive reserve），這些好處或可延遲失智症來襲並減輕症狀。但以上觀察仍具爭議，並非每項研究皆獲致同樣結果。

下決策

你平常如何決定一件事？當機立斷或左思右想？

面臨複雜情境、必須選擇以解決問題時，一般人往往拋開細節，依心中的啟示決定行動，通常不會放慢腳步、一一審視可行方案。這種依經驗與直覺走捷徑的作法可省下不少頭痛時間。而且，大致行得通。哥斯達認為，當我們想結束一段愛情，不可能在心裡或紙上羅列種種「好處」與「壞處」，愛情是秤不出結果的。有些抉擇我們相信是對的，卻說不出理由。然而於某些情境，啟示型思考卻帶來災難，因為它往往曲解或誤讀面臨的狀態，而做出不利於己的判斷。

有一個經典測試：

> 琳達，31歲，單身、坦率、非常聰明。主修哲學。學生期間甚為關心歧視與社會正義議題，並曾參與反核示威運動。底下哪項較為可能？
>
> (a) 琳達為銀行出納員。
> (b) 琳達為銀行出納員並活躍於女性主義運動。

哥斯達認為多數人會基於直覺選 b（我就是）。然而，若能放下直覺、仔細思考，應該選第一項。為什麼？因為琳達同時擁有兩種身分（銀行出納員與運動參與者）的機率小於只有一個身分（銀行出納員）。更關鍵的是，即使琳達同時是銀行出納員與運動參與者，選她是銀行出納員準沒錯。畢竟，琳達為銀行出納員但並不活躍於女性主義運動的機率是存在的。原始測試裡，85% 受試者選了第一項，而不是較為理性的第二項。

直覺除了來自慣性思考，也出自情感。遇到激發情緒的難題，我

們多半依賴直覺而忘了冷靜地運用理智。和本章主旨有關的癥結是：雙語者較為冷靜嗎？科學家這麼認為：既然直覺式思考難免受情緒影響，若雙語者以較不熟悉的第二語言思考問題，下決策時較為冷靜。換言之，對語言的熟悉易引發情緒，陌生則能製造距離。果真屬實，將來遇到複雜且關鍵抉擇，我最好以英文思考。

語言與情緒

我們的道德抉擇並不必然根據理性思維，而是受情境引發的情感反應所左右。「彷彿，」哥斯達說，「我們的直覺將我們導向是非對錯的清晰答案，用不著詳盡分析每個特定情境的條件。」我們跟自己說「這是錯的，因為……它是錯的」。以底下大家熟悉的道德難題為例：

> 一輛火車即將撞及五人。火車的煞車出了問題，無法停下，除非有個厚重物體阻擋於道。你身旁站著一名胖子。為了使火車停下，唯一的辦法即把他推倒在車軌上，害死他但救了五個人。

你會把他推下嗎？大概不會，哥斯達說。測試結果顯示，將近80%受試者選擇不推倒那個胖子。哥斯達認為，一般人作答此題不會陷入長考，泰半依直覺決定。也就是說，直覺告訴我們「為了救人而殺人」是不對的。沒有人（除非是康德）此時此刻還在心裡嘀咕諸如「人的生命是神聖的，因此不應作為任何目的的工具」或「沒有人有資格決定其他人的生死」等理念。我們沒有時間思考這些，直覺讓我們說不。

然而，哥斯達接著說，如果停下來想想，犧牲一條性命可以解救

五條性命，不是划得來嗎？是划得來，如果你贊同功利主義道德觀。但康德可不同意，就他而言，人的生命不可當作工具這個道德信條，適用於任何情境。

哥斯達不是要探討哪一種選擇或道德觀才是對的。他感興趣的是語言：我們所做的決定不單取決於設想的價值或後果，亦受選項呈現的方式影響。某位哲學家換個方式陳述：

> 一輛火車即將撞及五人。火車的煞車出了問題，無法停下，除非有個厚重物體阻擋於道。若火車繼續行駛，那五人難逃一死。有個方法可使火車脫軌，但會導致一人死亡。

你會改變選擇嗎？大概會，哥斯達說。測試裡將近 80% 受試者選擇採取行動，而這些人和上一題的受試者為同一批。之前不願意，現在願意了。情境沒變，答案卻變了，發生了什麼事？癥結在於情感反應。之前那題明白指出「身旁的胖子」，而這題則刻意模糊其詞「導致一人死亡」，感覺「胖子」有血有肉，情何以堪，而「一人死亡」較為抽象，why not？

以這兩道題測試雙語者會有什麼結果？

以下是哥斯達和他同事的實驗：400 名雙語受試者都是大學生，母語皆為西班牙語，且在學校學習英語至少七年以上。他們平常不以英語與人互動，但都能理解以英語呈現的試題。400 人分 AB 兩組，各 200 人，A 組以母語（西班牙語）測試，B 組以第二語言（英語）測試，結果如下：

> 第二題（較不引起情感反應）：兩組反應差不多，約 80% 受試者選擇採取行動，讓火車脫軌。無論以母語或第二語言測試，兩組的抉擇相似。

第一題（較易引起情感反應）：

A 組（以母語測試）：83% 選擇不採取行動，只有 17% 選擇犧牲「胖子」。

B 組（以第二語言測試）：60% 選擇不採取行動，但 40% 選擇犧牲「胖子」。

17% 與 40% 的差距說明：當 B 組以較不熟悉的英語測試時，理性選擇採取行動的人數多過母語組別一倍以上。為求審慎，哥斯達和他的團隊公布結果之前進行另一場測試，不過條件反轉：受試者的母語為英文，第二語言為西班牙語，亦分為兩組。結果一樣，當英文母語者面對西班牙語試題時，犧牲「胖子」的人數增加許多，是另一組的一倍。

看來不但陳述問題的方式會影響我們的抉擇，呈現問題的語言本身也能發揮作用。以第二語言思考人們似乎較為冷靜，而非全憑直覺。陌生的語言延遲我們的反應，腦袋正忙著推敲語意時直覺受到抑制，因而迸出反思空間。

主要參考書籍

Costa, Albert. *The Bilingual Brain*. New York: Penguin Books, 2019.

修辭篇

19. 幫我把屁股往左挪一下

淡水國民運動中心二樓，健身教練說「幫我把屁股往左挪一下」，雖然覺得奇怪，還是照做了，不意他身體往後一彈，大喊「你幹嘛」，我說「你不是要我幫你挪屁股嗎」，他說「我是說你的屁股」，兩人因此不歡而散。之後換了教練，這傢伙也一樣，不時要我幫他做東做西。

新冠肺炎疫情期間，台灣服務業最夯的流行語應是「幫我」。走進任何一家店，店員勢必要你幫他完成實聯制，幫他測量額溫，還得幫他保持安全距離。這種用語聽多了自然明白，不至誤會，因此當好市多電扶梯工作人員說「幫我往前移動」，我不再覺得錯愕，也再無疑似性騷擾情事。

語言癌風波

2014 年底《聯合報》刊出「語言癌」系列報導，號稱要剖析台灣語言生病的「生成原因及治療解方，還給語言乾淨、健康」。不少專家（教授與作家）發表意見，堅稱此為「思考力弱化」的危機。報導引發網路熱議，「網路溫度計」更從 8,000 個網站、數百萬筆資料彙整贅字冗詞十大排行榜：

    1.「其實」

2.「然後」

3. 內建的「對」（例如：「這是個杯子，對。」）

4.「進行一個 XX 的動作」

5.「XX 的部分」

6.「所謂的」

7.「一種的概念」

8.「基本上」

9.「老實說」

10.「我這邊」

其中，「其實」、「然後」、「對」、「所謂的」、「基本上」、「老實說」、「我這邊」等為填充詞（verbal fillers），而「進行一個 XX 的動作」是將動詞當形容詞使用。至於「XX 的部分」與「一種的概念」屬增生語，多半純屬多餘。

參與議論專家中，除了一兩位年輕作家或學者外，老一輩一致撻伐「語言癌」並強調其延伸性影響，顯示這場論爭除了語言品味之外，尚且涉及世代分歧。風波初期，台灣語言學家明顯缺席，猶如房間該有的大象竟不見蹤影。媒體以「剖析」之名炒作，卻從未念及求教於語言學界。所幸，有人質疑語言學界為何隔岸觀火之後，學者終於打破沉默，於 2015 年舉辦兩場座談會，之後更由與談者增補所言、完成論文後集結成冊。

《語言癌不癌？語言學者的看法》這部台灣語言學第一本科普書值得一讀。借用麥克沃特（John McWhorter）的譬喻，五位作者不是岸上觀浪，而是潛入語言之海探尋真相，因此提出的觀察不同於一般。書中論述多少涉及專業術語和理論，但學者們已盡量簡化，不至拒門外漢於千里之外，只需一點耐心，或許會改變你的語言觀念。

沒有所謂的癌

　　五位學者著重的面向各有不同，但口徑一致：第一，語言不時改變，流行語只是較為顯著的徵兆，不用大驚小怪；第二，台灣的語言沒有生病，不需看醫生，更不用掛急診。

　　以下分篇簡述主要論點，同時提出我的想法。

　　〈語言癌不癌？〉作者何萬順首先指出兩種看待語言的方式，一為主觀地規範（prescribe），另一是客觀地描述（describe）。語言學研究採取後者之科學精神，因為唯有如此才能縱觀語言全貌而不僅止於局部現象。再來，填充詞或名物化有其作用，不應全都視為贅字冗詞。填充詞難以避免，即便對之深惡痛絕者亦無法免俗：你有你的「其實」、「基本上」，我有我的「這個」、「那麼」，英語人士則有他們的 "well"、"like"、"you know"。因此，重點在於分析使用當下之情境與脈絡，而不是一味地貶抑。當然，他說，一旦氾濫任誰都受不了：「讓我聽上 50 次的『來做個合照的動作』，我也會抓狂。」

　　（我曾於課堂上實驗，要求學生輪流陳述從早上起床一直到步入教室前所做的事，過程裡只能使用一次「然後」，一旦出現第二個便算出局，由下一位同學接棒。不少同學以「然後」起頭，接著便「然後」到底。總的來說，同學們多半只撐到刷牙洗臉，還不到吃早餐便遭淘汰。之後，我告訴他們「然後」不是不能用，只是不宜濫用：「我跟各位打賭，接下來講課期間我要是說了兩次『然後』，請大家吃雪糕。」願賭服輸，那天我買了 70 幾支雪糕。）

　　〈別鬧了，余光中先生！〉作者蔡維天提醒我們，不應將文體、語體混為一談。說話是即時的，不像書寫有時間思考、再三修改，因此不該以文體的標準要求語體。（同樣地，很多語言學者認為，不應將印刷文體與網路書寫或社交媒介混為一談。）接著，作者寫道，「時

下這些語言增生現象究竟是良性還是惡性，似乎無須急於判斷」。從漢語演變史來看，「白話是文言的語言癌」，不只見於 1910 年代後期白話文運動，早在漢魏六朝時期口語表達已有「說白話」的轉折。余光中多次為文討論「漢語西化」的問題，並區分「良性西化」與「惡性西化」。何萬順認為如此分法過於武斷、片面，蔡維天則說「語言癌的生成並非惡性西化所致，漢語本身兼容並蓄的體質才是決定性的因素」。（關於這點，我有疑問：很多語言如英語、日文、法語、德語等等皆具「兼容並蓄的體質」，漢文在這方面的特色是什麼？）

蔡維天主張唯有從語境著手，始能分辨增生結構是否為該切除的腫瘤：

> 他已經做好了一個清理的動作。（修剪後：「他已經清理好了。」）

> 我來為您進行解說的部分。（修剪後：「我來為您解說。」）

若修剪後不影響原意，多出的癌細胞應予切除。然而，

> 我做了一個吃驚的動作。（不等於：「我很吃驚。」）

> 當時他已經做了一個停止的動作。（不等於：「當時他已經停止了。」）

> 當時正進行阿 Q 被砍頭的部分。（不等於：「當時阿 Q 正被砍頭。」）

「動作」只是姿態，不等同實際行為，不可混為一談。舉個生活例子，

餐廳裡我叫了一瓶台啤，服務生拿酒來，對我說：

> 我現在為您做一個開瓶的動作。

如果服務生說完只做動作卻沒開酒，我不會怪他廢話太多，反而覺得幽默至極。假使服務生語畢，旋即打開瓶蓋，那麼「做」這個無特色的輕動詞可省，「的動作」也得省，以免造成誤會。

「我為你開瓶」簡單明瞭。不過，最好啥都別說，直接開了吧。

阿基師的矛盾

〈譬喻與修辭：語言癌的深度分析〉作者張榮興寫道：「語言癌事實上並沒有一個明確的定義，大體上是指在語言表達上出現贅詞、不符合大家所熟悉的語法，或令人感到怪異、冗長或突兀的語言現象。」語言學分析語義時有上位詞與下位詞之分，例如「大象」、「老虎」、「老鼠」、「狗」等四項對比於「動物」屬下位詞，而「動物」是上位詞。也就是說，「動物」一詞涵蓋了「大象」等四個概念。張榮興以阿基師「婚外情」事件為例，分析阿基師於記者會講述的內容。阿基師說他與該女「有做一個擁抱的動作，也做到了嘴對嘴的動作」。

於此例，「婚外情」是上位詞，下位詞則為「擁抱」、「親吻」及其他。張榮興認為阿基師自始至終就是為了避開「婚外情」這個上位詞，只願意承認「擁抱」與「親吻」，而且當他說「有做一個擁抱的動作，也做到了嘴對嘴的動作」，是刻意將焦點轉移至「動作」，以免引發「激情」或「喇舌」的聯想，藉以模糊內在情感成分。無獨有偶，何萬順也以阿基師的說詞為例，解釋話語的修辭技巧：

那麼在這兒呢，我也必須要坦白講，就在車子裡頭呢，那麼整個情緒一上來，有做一個擁抱的動作，也做到了嘴對嘴的動作。

看似廢話連篇，實則不然：

1. 填充詞如「那麼」、「在這兒呢」是為了換取時間思考。
2. 「坦白講」強調既然已被揭穿，只能實話實說。
3. 「在車子裡頭呢」意指不在摩鐵房間裡。
4. 「情緒一上來」強調是情緒，非情慾，更非愛情。
5. 「有做一個擁抱的動作，也做到了嘴對嘴的動作」巧妙避談那位女士。不是「我們擁抱了」，也不是「我擁抱了她」。

兩位學者的分析似乎合理，阿基師看來是個修辭高手。

不過，且慢。阿基師主持烹飪節目時是個濫用「動作」的慣犯，不時「我先做醃料的動作」、「XO醬進來提味的動作」或「我沒有去做上色的動作」。

張榮興認為濫用贅詞乃認知混淆所致，一旦釐清認知觀念，「解決語言癌、提升自體療癒之可能性極高」。話雖如此，但阿基師顯然病入膏肓，記者會上的用語並非孤立事件，而是普遍現象：無論任何場合，阿基師只要面對鏡頭便「動作」頻仍，且使用填充詞的次數不比任何主持人少。當他於專業領域也動輒「做一個XX的動作」，不能算是為了規避「烹飪」這個上位詞吧。只要不涉及「炒飯」，「烹飪」沒什麼不好說的。同樣的，我們很難從修辭的角度為「我先做醃料的動作」這種廢話辯解。弔詭的是，同款語言風格，為何在A場合予人覺得不經大腦，在B場合卻是精心設計？為何在電視節目是

語言癌，到了記者會卻神來一筆？

　　這個矛盾於〈語言癌？語言使用的觀點〉這篇的分析特別顯著。作者徐嘉慧認為，評判語言是否為癌，必須透過語體、語境、使用情境、使用者、功能和使用率等層面來衡量，否則純屬個人偏見。聽起來頗有道理，但五位作者中，徐嘉慧的立場最為包容、開放。就她而言，沒有一個不合宜的案例。

　　常見的「動詞變體」有兩種。一種將動詞當形容詞使用，如：

　　　　做一個下架的動作。（於此句型，可當動詞使用的「下架」
　　　　變體為「動作」這個名詞的形容詞。）

另一種是將動詞名詞化：

　　　　做一個佛經的閱讀。（於此句型，可當動詞使用的「閱讀」
　　　　變體為輕動詞「做」的受詞。此即寫作專家及部分語言學
　　　　家認為能免則免的「殭屍名詞」。參考第 8 章。）

徐嘉慧所參考的廣泛語料裡，口語體常見第一種，很多「做 XX 的動作」，較少第二種；至於書寫體裡，第一種現象也有，但第二種，動詞名詞化，出現的頻率特多。這顯示每當人們覺得需要慎重時，殭屍名詞便上身了。

　　根據徐嘉慧的統計，「阿基師──型男大主廚」節目 909 分鐘取樣裡，主持人很少使用動詞名詞化（頻率只 5.9％），但頻繁使用「做 XX 的動作」（高達 66.7）。作者寫道：

　　　　當一個語言形式特別出現在某一個情境，那個語言形式很
　　　　可能成為該情境的語言標記。動詞修飾的形式〔即第一種〕

可視為阿基師在公開場合的口語標記。

此標記不但使用於電視節目，也充斥於危機處理的記者會。作者認為，無論阿基師使用哪一類標記（第一種或第二種），他的「語言形式都具有符合溝通情境所需的功能」。阿基師在節目示範做菜時，使用動詞修飾的結構是為了標記「他個人的大廚專業及正面的公眾形象」，然而記者會上，阿基師使用動詞修飾的結構，「不是為了展現專業廚藝，而是在這個特定情境藉著動詞修飾結構所聯繫的正面公眾形象，增加陳述內容的說服力」。似乎在阿基師的例子裡，使用「XX的動作」無往不利，勝率百分百且任何情境都管用。

邏輯不通。

什麼樣的標準讓作者以為動詞變體必然有利於營造「正面公眾形象」？什麼樣的標準使得動詞變體必然「增加陳述內容的說服力」？

心中那把語言的尺

最後，魏美瑤於〈語言潔癖 PK 語言癌〉指出一個簡單但重要的觀念：指責別人的語言「有病」反而洩漏自己對語言的態度「有病」。這種病叫「語言潔癖」，源自於英國社會語言學家卡麥隆（Deborah Cameron）之同名專書。理智上，我們知道看待語言最好保持客觀的描述性立場，但於日常生活中，你我都是「未出櫃的規範狂」。正因如此，我們聽到（自認為）不恰當的用法時會皺眉頭，甚至想出言糾正。

魏美瑤同時討論「標準」的問題。世上很多事情都有標準，否則公司不知該聘用哪位新人、作文老師不知如何下評、體操裁判不知該給十分或七分。這些標準可以「行規」通稱。但是遇到語言的「標準」

時，魏美瑤提醒我們，得小心翼翼：「語言的『標準』是一種帶有價值觀的意識形態，而不是屬於語言本身結構的一部分。」因此，我們必須理解「標準語言的定義……與一般對標準的定義及態度不同」。所謂標準中文、標準英語並不存在，正如標準台語亦不存在；它們都是偏執。

說了半天，語言運用到底有沒有標準？可有好壞之別？

如果語言學家平克（Steven Pinker）認為語言使用不分優劣，不可能撰寫《寫作風格的意識》。關於書寫，他強調的是之於風格的"sense"，可譯為意識，亦可理解為概念。既有「概念」便不可能沒有「標準」、「潔癖」。問題來了，書寫可以有標準，且不同的書寫有不同標準（一般的、學術的、應用的、文學的），那麼話語呢，可有標準？

他人如何運用語言我們予以尊重，別動不動診斷別人有「語病」，但是面對自己的語言，自己怎麼說話，不可能不帶著「潔癖」。沒有語言潔癖的人是沒有語言風格的人，然而，沒有語言風格的人並不存在。每個說話的人都有自己的方式，即個人方言（idiolect），無論當事人是否自覺，個人方言各具特色。換言之，人人心中都有一把語言的尺，這把尺決定了個人方言的樣貌，也決定了我們對他人方言的印象與判斷。因為有這把尺，我們得以評斷某人言簡意賅或廢話連篇；因為有這把尺，我們得以品評自己和他人的修辭。因此，即便對話語的態度多麼包容、開放，遇到氾濫的表達形式，感覺不舒服是很自然的事。至於這把尺是否公正或流於主觀，但受公評與自省。

類似「XX 的動作」、「進行」、「XX 的部分」等句型怎麼來的？我認為和漢語西化關係不大，也與漢語兼容並蓄的體質無關。「就某種程度而言」或「在此情況下」顯然受英語影響，且由來已久。至於「XX 的動作」等增生語是晚近才出現的話語痙攣，乃台灣於 1990年代轉型為消費型社會之後才有的現象，而「使用較頻繁的人士包括：

餐廳的服務人員、學校教官，以及其他專業領域的人員」。誠如張榮興所言，使用這些贅詞的本意許是為了「凸顯事物更細緻的面向」，卻沒想到弄巧成拙，引起反感。

我同時認為它們是 SOP 大行其道之後的產物。這些制式話語若使人不悅，不能責怪店員或服務生，矛頭應指向背後的制度，企業文化。有段時期便利超商規定員工上貨結帳、補貨之餘還得兼做門鈴提示器，人進一句「歡迎光臨」、人出一句「謝謝光臨」，不但自己累別人也嫌煩。如此要求及訓練即是將有血有肉的員工當成自動機（automaton），因此當我們覺得有些店員態度僵化，其源頭就是把人當機器的 SOP。

至於電視上的「說話頭」（talking heads）及其他專業人士呢？他們有什麼藉口？為何他們也不時地「進行」，不時「做一個」？電視台不可能規範名嘴或主持人該如何說話，何以一夥人約好似地所謂個沒完？為何 NBA 球賽轉播節目裡，球評不斷說「做一個投籃的動作」？為何企業或公家單位場合裡，總有人要為我們「做一個說明」，而且說明裡還分好幾個「部分」？

我認為這是專家文化所孕育的技術官僚（technocrat）語言，換個學究說法即語言官僚化。這些人士以為如此說話才是專業，也因此偏差觀念才導致語言學者在「XX 的動作」與「展現專業、正面公眾形象」之間自動畫上等號。

專家文化與 SOP 情結底蘊互通，因為規定員工服務得更細緻些的主管個個無一不以專業人士自居。我們生活於技術官僚的年代久矣，不易察覺帶來的改變，時日一久自然受其薰陶，包括語言面向。語言魔法無邊，亦有無孔不入的感染力。接下來，請幫我翻到下一頁。

主要參考書籍

何萬順等。《語言癌不癌？語言學家的看法》。台北：聯經，2016。

20. 歷史裡的台灣語文

　　一般人大致清楚兩蔣極權時期獨尊國語、壓制其他方言這段歷史，但我猜很多人不甚了解國民政府來台前，日本統治下台灣語文的狀態和演變。如果你有興趣，鄭重推薦《想像與界限：臺灣語言文體的混生》，由中研院學者陳培豐所作。

　　作者首先指出，「十九世紀之前的殖民統治，主要是西方白種人挾歐美文化優勢，至遠方支配有色種人」，但日本人和臺灣人都是黃種人，且統治者與被統治者共享很多傳統文化資源。因此，日本相較於被統治者並無明顯的文化優勢地位。漢字漢文便為其中重要一項，以致造成「同文」下的異民族支配。

　　日本占領台灣之後，強力推行「國語」（日文）教育。臺灣總督府學務部長伊澤修二曾率領兩百多名通譯來台，誓言「要讓全部臺灣人都能說國語」，卻沒想到踢到鐵板。當時台灣已是多語社會，除了沒有文字文化的南島語系高砂族原住民外，閩南人和廣東人的共通點是漢文，但在口語上互相聽無。那些只懂北京官話的通譯無法和當地人溝通，唯有透過漢文才能傳達政策。口談不成，只好筆談：「沒有通譯仍可溝通事務，全乃仗和漢字之便。」

　　日語文字系統為「和漢混合體」──平假名、片假名、漢文──三者皆源自漢字：「日本人真正擁有的其實只有聲音，表記符號均直接或間接來自中國。」江戶末期已有人倡議擺脫文體對漢語的依賴，一步步廢止字體繁瑣的漢文。明治維新時期，日本人模仿對象由「支那」轉為西洋，知識分子追求現代化時大量引進新觀念，並鑄造新鮮

的漢字語彙。陳培豐指出，我們現在日常使用的詞語，如「自由」、「關係」、「規則」、「歸納」、「社會」、「經濟」、權力」、「概念」等等，皆為吸收自日本現代化的成果。

殖民地漢文

陳培豐以《臺教會》雜誌（殖民政府推行政策與日文之重要媒體）為例，示範殖民初期台灣語文混生現象，併合了以下三種形式：

> 古典漢文：甲午戰爭時期，日本媒體已通行學者所稱之「帝國漢文」，其特色為綜合了書記語與口語體、典雅漢文與日常俗話。然而「帝國漢文」在台灣派不上用場，殖民政府只好使用古典漢文，以利溝通。
>
> 台式漢文：由台灣口語與俗話衍生而來的漢文。和古典漢文一樣，具在地性與普遍性。
>
> 和製漢語：具現代性與啟蒙性，為因應新知而創之日式漢語文，如「體育」、「運動」、「感應」、「目的」、「體操」、「觀察」、「學校」、「生徒」、「社會」、「階級」、「秩序」、「慣習」等現今耳熟能詳的詞彙。雖以漢字書寫，純以日文發音。

此混生文體不只用於公家媒體，亦可見於知識分子的日記：

> 晴天，往墩，到役場領觀日露戰爭活動寫真入場券百二十

枚，又小兒券二十枚；又領黃麻子官斗壹斗六升八合。適
清波往云：中營佃人陳維持數簿來家，欲會對磧地差錯事、
予遂回與他會對」「厥後予轉一路云，汝兄弟分居，已將
此六十元之類分汝，今欲茍完，汝兄三幫出六元，餘十元
則與汝對開。

除了古典漢文用語，陳培豐指出，引文裡「會對」（一同核對？）、
「對開」（對分）、「磧地」（租用保證金）為台式漢語，而「役場」
（公所、政府辦事處）、「活動寫真」（動畫短片）、「入場券」為
和製漢語。又如：

伯淙上課一時許　國文一課更添國語三句　頗能記憶　近
午枋橋李健（鍵）塘君攜東家之為替手形二枚來　東家來
樓與坐片刻　昼喚菜三皿款待之　急行車因時間看錯不付
與之出行街即回。

其中「國文」、「國語」、「為替手形」（匯票）、「二枚」（「枚」
用以計算扁平的東西）、「急行車」（火車）為和製漢語，而「款待」
（招待）、「不付」（來不及）為台灣口語，其餘則為傳統漢文。

　　現代啟蒙家梁啟超於 1898 年亡命日本，雖無留學該國經歷且日
文造詣不高，卻能於期間大量翻譯與新知有關的日本書籍與文章，
「原因無他，就是中日『同文』的背景」。明治維新時，日本知識分
子翻譯西洋著作並不使用口語體，而是「帝國漢文」。此文體和古典
漢文「有濃厚親緣性」，因此梁啟超得以迅速有效地將日本現代知識
引進中國。此外，他編纂《和文漢讀法》，教導讀者如何快速理解日
文。梁啟超於 1911 年訪台時曾將此書贈予「未受正式『國語』教育
卻懂一些日文的林獻堂，建議他以這本書作為攝取西洋現代文明的管

道」。

梁啟超於 1902 年推出期刊《新小說》，以「新民體」譯介日文文章。「新民體」和「殖民地漢文」類似，「新舊交陳、文白相雜」，兩者可說系出同源。其意義在於：

> 殖民地統治造成空間隔閡與政治、文化上的斷絕，使臺灣與中國的文體產生差異，但兩地文體卻仍保持相當程度的類似性；而梁啟超翻譯「帝國漢文」的手法，也類似《臺教會》雜誌對「帝國漢文」處理的方式。

陳培豐順帶論及梁啟超與嚴復不同之處。嚴復翻譯西洋語彙時「自創新詞或取自中國古代用詞」，梁啟超則幾乎直接挪用與西洋語彙對應的和製漢語。有趣的發展是，嚴復的新譯語不受青睞，反而梁啟超的和製漢語較為普及。譚汝謙統計清末至民國初期各出版物：「在明治維新後，中國借用日本新造語數量高達 1,063 語之多。」

梁啟超受林獻堂之邀訪台那十幾天，於文化界造成轟動且影響深遠，其中一環即促使和製漢文在台灣社會廣泛流行。

台式白話文

1910 年代末期出現轉折，和製漢文面臨挑戰。

當時中國掀起白話文運動，部分台灣知識分子隨後響應。旅居日本的台灣文化人士於 1920 年創立「新民會」，並發行月刊雜誌《臺灣青年》（爾後易名為《臺灣》、《臺灣民報》），成為鼓吹中國白話文運動的關鍵媒介。「新民會」的成立具三重互為交織的意義。首先於政治層面：

臺灣的「中國白話文」運動，自始即帶有對抗日本帝國國語教育的色彩。臺灣人習得中國白話文，可以在日語之外多一條自主吸收現代啟蒙知識的途徑；加上是以「祖國」的文體進行書寫，而具有和中國同心協力的政治意涵。

在文學方面，「新民會」批判舊文學，基於「反封建主義、反貴族主義、反古典文學」立場，鼓勵以中國白話文創作現代小說。在語文方面，提倡中國白話文即抵制殖民地漢文，藉由白話文書寫實現言文一致的理想。

然而有一個結構性問題。胡適等人倡議之白話文運動以北京話為準，當時台灣人並不熟悉，因此「以臺灣本地語言（也就是閩南語或廣東話）為母語的臺灣知識分子，在 1920 年代發表的『中國白話文』文章，與用純粹的中國白話文書寫的文章，存在一定的隔閡——臺灣人書寫的文章摻雜臺語與日語，文法上也未盡正確」。導致有留學中國經驗的張我軍為文批判書寫的問題，堅持用語應符合純正的中國白話文，不應混合傳統漢文或和製漢語。曾留學上海的施文杞亦有如下指正：

1. 白話文裡不應有「開催」（舉行）、「都合」（指時間上的狀態）、「組合」、「手形」（手押、票據）、「萬年筆」（自來水筆）等日式漢語。
2. 不應頻繁使用如「啦」之語尾助詞；不應濫用白話文「的嗎了呢」或文言文「之乎者也」。
3. 白話文裡不應夾雜文言文，「有如身穿西服手持枴杖的人，頭上卻戴著清朝的瓜皮帽，腳上穿著清朝鞋子一般滑稽，一般不像樣」。

反諷的是，這些鼓吹純正白話文人士，自己的文章也沒那麼純正，例如張我軍於 1925 年所寫：

> 臺灣話有沒有文字來表現？臺灣話有文學的價值沒有？臺灣話合理不合理？實在，我們日常所用的話，十分差不多占九分沒有相當的文字。那是因為我們的話是土話，是沒有文字的下級話，是多數佔了不合理的話啦……我們欲依傍中國的國語來改造臺灣的土語。

且不論他的意識形態，也暫不提他錯誤的語言觀，光看文字也知他的白話文並不通順，其中摻雜台語語法。

根據陳培豐的分析，1920 年代喧騰一時的中國白話文到頭來催生出「殖民地台式白話文」，實為「臺灣式漢文、和製漢語、和式漢文、傳統漢文，加上新的中文口語體混雜而成的混成漢文」。

若具備語言基本知識，若不強求並不存在的語言純正，前述發展極為自然，語體眾聲喧譁、熱鬧非凡。在那些不甚通順的文字，我們看到先輩在異國統治下追求自我認同的努力，以及對現代化的渴求。然而就其心態而言，中國白話文所標榜之啟蒙、進步，「其實是臺灣人貶抑自我語言（也就是臺語）產生的結果」。而且，中國白話文專屬知識階層，與庶民生活差距極大。

關於當時流行的文體，《臺灣民報》1925 年 2 月一期於編輯後記有云：

> 幸得本報雖是折衷的白話體，卻也可說是淺白容易可得知道的，怎樣全都不用白話體呢？因為臺人有難解的地方很多的緣故了。又且本報非看重在文字，如古式的八比文極

力推敲文字是不取的，全在表現意思，使最多數的人能得
看取文字內的意思就可滿足了。

陳培豐認為這個說法頗具說服力：以折衷文體——包括依現今標準不
夠通順的白話文，以及台式、日語表達方式——為折衷文體辯護。折
衷（eclecticism）即不拘一格，兼收並蓄。堪用則用，要點是傳達訊
息與理念，而非語體的純正。

鄉土話文論戰

到了 1930 年代又有轉折。1930 年 8 月黃石輝於《伍人報》發表
文章揭示：

> 你是臺灣人，你頭戴臺灣天，腳踏臺灣地，眼睛所看見的
> 是臺灣的狀況，耳孔所聽見的是臺灣的消息，時間所歷的
> 亦是臺灣的經驗，嘴裡所說的亦是臺灣的語言；所以你那
> 隻如椽的健筆，生花的彩筆，亦應去寫臺灣的文學了。

〈怎樣不提倡鄉土文學〉這篇充滿自覺與反省的文章，就此開啟歷時
四年（1930-1934）的鄉土文學與台灣話文論戰。黃石輝批判張我軍，
指責他不應貶抑自己的母語，並指出台式白話文「只是知識分子可理
解的文體而且言文分離」。也就是說，知識分子撰文使用的文體（北
京話）與日常使用的語體（台灣話）並不一樣。因此，黃石輝倡議「鄉
土文學」，以台灣話文描寫台灣普羅大眾生活的文學。

隔年，郭秋生於《臺灣新聞》發表〈建設臺灣話文一提案〉。黃
石輝認為兩人立場不謀而合，因此於爾後之文學主張以郭秋生之論述

為後盾，導致論戰時而涉及文學，時而涉及「拯救文盲」，糾纏不清。陳培豐為我們整理論戰之三大主軸：

1. 有關鄉土文學的論爭。
2. 台灣話文與中國白話文的抗衡，也就是文學書寫工具選擇的論爭。
3. 台灣話文該如何建設的爭議。（支持鄉土／話文運動內部對於如何將口語台灣話轉為文字意見分歧。某方認為應「屈文就話」，以口語為主，用台灣話閱讀漢文；另一方主張「屈話就文」，以文言文為基準閱讀漢文；更有一派認為應創新字，將白話文裡不存在的台灣話以新創漢字表記。直至今日，分歧仍在，我們常於台語書寫看到以上三種方式。）

誠如陳培豐指出，論爭的重點是台灣話文（根據台語發音書寫的文字），不是鄉土文學，因為黃石輝面對詰問時，說不清他所說的「鄉土」意指為何。他的「鄉土」並非相對於「城市」，而是把整個台灣視為「鄉土」，因此難以自圓其說。

〈建設臺灣話文一提案〉針對 1900 年民政長官後藤新平於揚文會的演講而發。當時，後藤強調現代教育與現代語言於文明建設的重要功能，呼籲台灣幼教捨棄傳統書房、改入公學校。三十一年後，郭秋生嚴厲批判「國語同化」教育，認為該政策並未為台灣社會帶來高度現代化，「反而因為教育內容空洞化、差別化與入學機會的窄化，使許多欲求文明開化的臺灣人失去接受教育的機會，被埋沒在時代的潮流中成為文盲」。

郭秋生所指「文盲」不是不懂日文，而是「國語」教育下，台灣人已患了不懂台灣話語和文化的文盲症。殖民初期，台灣人曾排斥

「國語」教育，但為了攝取新知，只能妥協並借力使力，透過和漢混生的文體達到啟蒙目的。然而進入大正時期（自 1912 起）後，國語同化政策已經調整，課程內容稀釋了現代文明的元素，轉而大幅增加日本精神和國民道德的分量。另外，「混合主義」方針下，統治初期的公學校與書房都有漢文教學，但 1907 年後，公學校的漢語課程逐漸減少，且書房的教科書須經審查，不符規定者便遭取締。當時，資產家與士紳階級的兒女尚可透過書房接受漢文教育，但低收入階層的子弟只上得起公學校，因此「統治當局對下層勞動階級大量灌輸皇民思想及日本臣民精神，甚至連僅存而微量的漢文教育也逐漸被淘空」。

1930 年代之鄉土／話文論戰堪稱台灣知識分子本土自覺，一方面抗議鋪天蓋地的皇民教育，同時亦反對「中國白話文」的「貴族性」。

難以克服之困境

台灣話文該如何建立？台語該如何轉為文字？

黃石輝主張應將民間故事、童謠、俗歌等化為文字，使其流傳於社會各個角落。郭秋生則建議整理「過去的歌謠與現今的民謠」，從中歸納並統一台灣話的表記方式：

> 臺灣話文之基礎建設上所產生的新字，其實與其說是「新字的創造」，寧若說是「舊字的發現」。因為臺灣話文的前身——臺灣民間文學——這在不脫口碑文學之域……所以對於化石，硬化的言語，都莫不忠實地保存著。

陳培豐指出，郭秋生的「復古」──「只能與舊時代的文字知識接軌」──與黃石輝的基本立場雷同，兩人都期望藉助於過去文化遺產與當今庶民文化，建立純粹由台語讀出的書寫。

然而，困難重重。陳培豐認為當時反對派提出的質疑不容忽視。首先，反對陣營認為那些從過往民間文學找到的舊字乃是語言的「舊貨幣」，無法承載新文學的內容，而且若規定台灣知識分子必須以台語話文書寫，勢必「對於整體文學發展加了緊箍咒」。另外，他們擔心知識分子「為了救濟文盲可能被迫使用自己不熟悉的語文表記，進而犧牲創作品質」。同時，為此拋棄豐富語彙的「殖民地漢文」實非明智之舉：

> 臺灣話文若成功，臺灣人自身能夠創作什麼呢？既然與中國話文絕緣，那末中國書籍就沒有輸入的必要，而要再失去一個智識的寶庫。（林克夫）

明顯的事實是，當時純粹以台灣話文出版的書籍少之又少，若一味追求語言的純粹，勢必拖慢現代化的腳步：

> 我們一日都既不能延緩去研究外洋的文化。要去研究外洋的文，當然要識幾字外國字，所以我想與其要再創造一種文字，無如去宣傳中國現行的白話字……。（櫪馬）

即便是郭秋生，自己創作時也無法寫出純正的台灣話文，其中一部作品甚至大半以中國白話文完成。另一個例子是蔡秋桐，「不但參加過論戰，也力行臺灣話文書寫」，不過自 1931 年起便未再發表論述或創作，1935 年復出時已於作品增加中國白話文的分量。

黃石輝也嘗試文學創作，以大量台語俗諺表現台灣味，可惜缺乏

深度，有些詩文「淪於口號式呼喊」。台灣文學之父賴和為其小說〈以其自殺・不如殺敵〉潤稿時，「幾乎是將整篇小說的書寫形式往中國白話文……修正」。論爭期間，賴和站在台灣話文運動這邊。楊逵曾以中國白話文完成短篇小說〈死〉，爾後以台灣話文翻寫為〈貧農的變死〉，然而賴和為之修訂時卻又將部分台灣話文改為中國白話文。

實踐上的困難導致一個後患無窮的折衷。以下來自反對派張深切之建議：

> 以臺灣話文當作臺灣文學的主體文則不可，在對白之間而穿插臺灣話文，以靈活描寫上的實情，則亦無不可也。……小說的對白既能穿插臺灣話文，那末，劇本方面就應能完全適用臺灣話文了。

換言之，抒情敘事交給中國白話文，日常對白交給台灣話文。誠如陳培豐指出，如此文體發展到後來，不幸地變成「逢中必雅、逢臺必俗」的現象：「這個構文形式固定化之後所延展出來的，便是長期烙印在臺灣社會的刻板印象——臺灣話粗俗、低級的幻覺」。

沒想到，同一刻板印象於兩蔣時期急速內化而深深烙印於台灣人認知裡，以致至今仍餘緒可感，如此結果恐非黃石輝、郭秋生等純粹派所樂見的吧。

最後，陳培豐這段書末感言值得與各位分享：

> ……不管是日治時期或戰後的當下，「殖民地漢文」的存在對於身處東亞漢字文化圈交錯中心的臺灣而言，與其說是歷史的偶然，不如說是文化發展上的必然。在這個歷史文化的土壤上，為了達成尊重多元、保持融合並反映臺灣文化的自主性和特色的目標，遵循祖先們的啟示、巧妙操

作「同文」這個文化資產，策略性的利用混雜以達成「同中求異」的理想，應該是臺語文發展最自然且可行的一條路。

主要參考書籍

陳培豐。《想像和界限：臺灣語言文體的混生》。台北：群學，2013。

21. 語言魔法

　　修辭，語言的藝術，說話或書寫的技巧。更廣泛地說，修辭即每個人以語言與人互動的方式。小孩不知修辭為何物，但他們能直覺地運用修辭以便有效傳達意圖。

　　修辭之高下不一定和學問成正比，一個不善辭令的博士修辭功夫比不上一個能說會道的村夫。修辭不見得要優雅；粗話也是一種修辭。曾經有個男孩在飯桌上罵了一聲「幹」，身為語言學教授的老爸並沒斥責他，只跟他說「幹這個字要用在對的時候」，男孩長大後成為知名劇作家，因其劇本髒話連篇而有「髒話詩人」的雅號。

　　古希臘時期，修辭為說服的藝術，定義甚窄，多半意指勸誘聽眾以達政治企圖的演說。柏拉圖因此認為修辭不是好東西，乃欺騙與奉承的伎倆。執是之故，修辭有時為「空話」的代名詞——「你滿口修辭」意指對方只會空口說白話，不是毫無誠意，便是光說不練。幾個世紀之後，修辭的定義擴展了，其涵蓋的範疇不再侷限於政治或公眾領域，而是與日常生活之私領域及社會經驗息息相關。修辭無所不在。它不只是文法與邏輯，還涉及語調、節奏，甚至標點符號。修辭可能淪為「空話」，但大多時候它是「行動」。

　　說話即行動。有一首英文童謠這麼唱：

> Sticks and stones may break my bones
> But words shall never hurt me.

棍棒和石頭也許會打斷我的骨頭
但言語永遠無法傷害我。

本意是教小孩拒絕受言語霸凌影響，並於當下保持冷靜，但談何容易。任何曾被話語激怒或傷害的人都深知一點：話語如刀，是有殺傷力的。

小的心中只有感激

下文取自美國作家波特（Katherine Anne Porter）短篇小說〈魔法〉（"Magic"），故事很短，請耐心讀完：

還有，相信我，布蘭查德夫人，我喜歡跟著妳和你們一家人因為這兒很平靜，什麼都好，還有來這兒之前我在一家花間工作了很長時間——或許妳沒聽過花間是什麼吧？當然了……誰都多少會聽過一些的吧。這個嘛，夫人，我一向是有活幹的地方就幹活，而且拚命的幹活從早到晚，還看到很多事情，妳不會相信的事情，我不好意思跟妳說只是給妳梳頭時閒聊或許妳不會覺得無聊。也請妳別怪我，只是那天我不小心聽到妳跟洗衣女工說，有人對妳的床單下了魔咒，才會沒洗過幾次就褪色了。話說啊，那花間有個女孩，很可憐，瘦不拉磯的，但很受恩客喜愛，而且妳要知道，她和花間的媽媽桑合不來。她們常吵架，媽媽桑在女孩的工錢上不老實：是這樣的，女孩會得到工錢，以銅碼替代，一次得到一個，到了週末女孩會把銅碼全交給媽媽桑，是的，規矩就那樣，女孩從中抽取比例，她的工

錢很小很小的部分：這是買賣，妳知道，就像其他買賣——可是呢，媽媽桑裝蒜，說女孩只給她那麼多工錢，妳懂吧，其實女孩給她很多銅碼，但是銅碼不在她手上，她能怎辦？所以她總是說，我會離開這兒，然後咒罵加哭喊。然後媽媽桑會打她腦袋瓜，她總是用瓶子打人腦袋瓜，那是她打架的習慣。天啊，布蘭查德夫人，有時場面真的是有夠混亂，女孩哭喊著跑下樓，而媽媽桑拽著她的頭髮，用酒瓶敲她額頭。幾乎都是為了錢的問題，姑娘們全都一身債，想離開而不還清每一分錢是不可能的。媽媽桑跟警察有勾結；姑娘們要麼乖乖被警察帶回，要麼就蹲監獄。就這樣，她們總是跟著警察回來，或者是跟老媽媽桑的男性朋友回來。媽媽桑可以讓男人為她賣力，不是我說，也付他們不少錢。這麼一來，姑娘們只能待下去，除非是生病了；如果得了重病，她就把她們趕出去。

布蘭查德夫人說，「妳有點用力了，」然後把一股頭髮弄一弄，問道：「後來呢？」

對不起——可是這個女孩呢，她和媽媽桑有深仇大恨。她不只一次說，我比花間任何人都賺得多，每個禮拜都上演同樣戲碼。終於，有一天上午她說，我現在要離開這兒，並從枕頭底下拿出 40 元，說，還妳錢！媽媽桑開始尖叫，從哪兒弄來那麼多錢的妳——？然後指控女孩偷了恩客的錢。女孩說，放開妳的手，不然我打出妳的腦漿來：才說著，媽媽桑就抓住了她的肩膀，抬起膝蓋，拚死命地狠踢女孩的肚子，甚至最隱祕的地方，布蘭查德夫人，接著媽媽桑用瓶子砸女孩的臉，女孩逃回房間去，當時我正在打

掃。我扶她上了床，她坐在那兒，按著腰身兩邊，低著頭，等她起來時，坐過的地方都是血。然後，媽媽桑走進來，尖叫地說，妳現在可以滾出去，妳對我沒有什麼用處了。細節就不多說了，妳應該知道她說的有多不堪。不過，媽媽桑搜刮女孩所有的錢，送到門口，還提起膝蓋朝女孩的背後用力一頂，女孩一跤摔到街頭，然後站起來走開，幾乎是衣不蔽體。

後來，認識女孩的男客都不停地問，妮內特跑哪兒去了？接連幾天他們一直問，搞得媽媽桑不能再說，她因為偷錢而被趕了出去。不，她開始覺得把妮內特趕出去是個錯誤。於是她說，她幾天後就回來，不用擔心。

接著呢，布蘭查德夫人，如果妳想聽的話，我要講那件怪事了。妳說有人給妳的床單下了魔咒，我就想起了那檔事。那個地方的廚師是個女的，和我一樣是黑人，也同樣混著法國血統，也跟我一樣生活周圍總是有一些人會施魔法。但她的心腸很硬，什麼事都幫著媽媽桑。她把發生的事都看在眼裡，然後散布姑娘們的謠言。媽媽桑最信任她，於是她說，這下，要到哪能找到那個賤屄呢？因為媽媽桑在巴辛城外找她不著之前，早就拜託警察把她帶回來。這個嘛，廚師說，我知道紐奧良有一種魔法很管用，黑人婦女就用它來找回她們的男人：七天之內男人會回到家，高高興興地留下，卻說不出什麼原因。甚至你的敵人也會回到你身邊，還相信你是他的朋友。它肯定是紐奧良的魔法，過了河便不管用……然後她們就照著廚師說的下魔咒。她們找來這個女孩床下的便盆，然後在裡面加水和牛奶還有

所有找得到的她留下的東西：梳子上的頭髮、粉撲上的粉末，甚至包括她平常坐著剪手指、腳趾地毯邊緣找到的指甲；然後她們把沾著她血跡的床單浸在水裡，而這期間廚師一直在便盆上方低聲嘟嘟囔囔；我沒聽到全部，不過最後她對媽媽桑說，現在往裡頭吐口水：媽媽桑就吐口水，然後廚師說，等她回來時她就會是妳腳下踩的爛泥。布蘭查德夫人蓋上香水瓶，輕柔的咔嚓：

「嗯，後來呢？」

後來七天之內女孩回來了，看樣子病得很重，還是原來的打扮，但很高興她回來了。其中一個恩客說，歡迎回來，妮內特！而當她要跟媽媽桑說什麼時，媽媽桑說，閉嘴，到樓上換好衣服。而妮內特，這個女孩，她說，我馬上下來。從此之後她就在那兒安安靜靜地待下來。

說個故事

敘述理論學者費倫（James Phelan）於《敘述之為修辭》以此短篇為引，討論說故事時所涉及的修辭（敘述策略），以及敘述一件事時所代表的行動：說故事的人於特定時刻對著特定人物，為了某種目的而述說一件事。因此除了內容外，用字遣詞、聲調節奏，甚至述說的場合與時機都至為關鍵。

〈魔法〉是一則關於說故事的故事，描述 1920 年代美國紐奧良一帶，一名黑人女僕正為白種女主人梳頭，並跟她述說一段悲慘的故事。題材不登大雅之堂，涉及社會底層黑暗面，恐會玷汙夫人尊貴的

耳朵，因此女僕一邊娓娓道來一邊察言觀色，一會兒說是怕夫人無聊，一會兒又與夫人確認「如果妳想聽的話」。而夫人呢，從頭到尾只出聲兩次，一次是抱怨女僕太用力然後接著說「後來呢」，另一次只說「嗯，後來呢？」，顯然聽得入神了。就此層次而言，女僕的故事是成功的。但是她說故事的目的是什麼？純粹為了打發時間、討夫人歡喜，抑或別有用心？

女僕說的故事和一家妓院有關，涉及妓女、幫傭、老鴇、恩客、警察等人物，呈現不對等的權力關係。妓女想必身世坎坷，卻又飽受剝削，連工錢都拿得不踏實。老鴇是壓迫者，與官方有所勾結，再加上那些恩客，形成牢不可破的共犯結構。幫傭而不賣身的其他女子，有的只是袖手旁觀，例如這位女僕，有的則像那個廚師，自願成為老鴇的幫兇。妓女中有個敢於反抗的女孩，雖瘦弱卻個性剛毅，也因此受到最殘酷的虐待。某天她終於有能力償還所欠，決心出走，不意卻遭一頓毒打，流落街頭時衣衫不整且身無分文。她能上哪兒去？在外面如何存活？故事並未交代，只說老鴇後來發覺需要女孩這棵搖錢樹時卻遍尋不著，甚至警察也不知她的去向。

故事的亮點是巫術，一種只適用於紐奧良的魔法，施咒後七天內必有奇效，讓落跑者乖乖回頭，化敵為友。老鴇在廚師指點下施法，女孩果不其然於期限內自動歸返，從此順順貼貼。

巫術是重點，也似乎是最吸引夫人的地方，因此她好奇地問了兩次：後來呢？看似一幅尋常人家閒聊八卦的場景圖：女僕以她的社會歷練和夫人這朵溫室小花分享一則離奇故事。

若僅此而已，〈魔法〉不夠格成為「現代短篇小說」，更不會是一部為人津津樂道的作品。二十世紀初期，美國短篇小說充斥以情節取勝、微帶傳奇（romance）色彩的作品。很多人應該記得歐·亨利（O Henry）膾炙人口的〈聖誕禮物〉，講述一對貧寒夫妻為了送給對方最好的應景禮物，男方賣掉古董金錶為妻子購買鑲了珠寶的玳瑁髮

梳，女方卻賣掉一頭秀髮為丈夫買了白金錶鍊，交換禮物時兩人驚訝不已。結局出人意表，好不感人。然而，自從作家如安德森（Sherwood Anderson）出現之後，傳奇退位、傷感主義式微。安德森反對「毒藥情節」（the poison plot），於風格上另闢蹊徑，俟後起之海明威等人成熟時，短篇小說的藝術實驗已臻高峰，而〈魔法〉作者波特更是箇中翹楚。

咱們往下分析。

故事中的故事

有一個觀點，讀者（局外人）的觀點，不能忽略。

種種跡象讓我們感覺事有蹊蹺。女僕何故述說這個不愉快的故事？又為何提到魔法？表面理由是她不經意聽到夫人抱怨，胡扯有人對她的床單下了魔咒，因而聯想曾經見識的魔法，合情合理。也就是說，若她別有用心，夫人並未察覺。

細心的讀者不難發現故事有兩組平行對照：一組是花間女孩與老鴇，一組是女僕與夫人。兩組皆為不對等的權力關係。女孩屬社會底層，猶如女僕來自社會底層；女孩得看老鴇的臉色，猶如女僕得看夫人的臉色。最大不同在於女孩覺得受到剝削，但女僕對於這份工作心懷感激。正因女僕感恩戴德在前，致使夫人不疑有他，直愣地聽著故事。布蘭查德夫人唯一的抱怨是女僕力道過重，但這個細節給了我們揣想空間：女僕一時不小心？或者，她越講內心越激動，以致陷入某種心境而無法自已？又或者，女僕突然意識到不對等的關係，故意弄疼夫人，只因潛意識裡認同那個女孩，並將夫人比做老鴇？還有，女僕提到女孩被老鴇剝削，並說「這是買賣，妳知道，就像其他買賣」，是否暗指自己的工錢不符所花的勞力？上述說法若成立，也只是移情

作用：女僕一時誤將夫人當作老鴇。但還有另一可能，女僕不單是認同女孩，還和她一樣不好惹，想藉此故事暗示夫人不可小看她？

以上解讀皆成立，因為文本夠開放。唯一較牽強、極端的解讀是：女僕自從聽到床單魔咒之後，便處心積慮地找機會給夫人一個教訓。亦即女僕開口之前便已於內心沙盤推演，然後一步步引導夫人聽懂她的警告：善待我，否則……。此說不通，因為若真如此，她冒的風險太大，而且照理說，她應該修改故事結局，而不是讓那個叛逆的女孩乖乖就範。正因結局證明魔法有效，夫人才不至聽出弦外之音、覺得女僕跟她玩心理戰。我認為一切出自即興，並非預先設計，正如日常情境。女僕不具這種膽識，因為之前她從未因女孩的遭遇挺身而出。她並非沒有立場，也不是沒有心機，但基於地位卑微，唯有透過一個故事的述說，讓心理底層的敵意略為釋放，同時間接讓夫人了解受壓迫者並非都會逆來順受。由是觀之，故事的主題不是神奇的魔法，而是女僕間接傳達潛在威脅：善待我，否則！

或許有人反對，認為夫人允許她胡說些巫術已夠縱容、主僕關係已夠親近，因此女僕的心機反而辜負了女主人的寬厚。然而，一個細節早已暗示布蘭查德夫人的為人。她不滿床單褪色太快，是因為床單真的不耐洗，還是她抱怨成性？若床單品質確有問題，她該怪罪廠商或者怪自己不捨得買高檔貨，怎能跟女工胡扯床單被下了符咒？在在流露輕浮或迷信的一面，一點也不自持穩重。況且她的抱怨即使並非直指洗衣女工做了手腳，總是讓人不舒服，彷彿暗示褪色是女工的錯。這些小細節巧妙地側寫女主人的人品，為她做事得戰戰兢兢。

無論女僕有多少自覺，她藉題發揮的潛在敵意不容忽視。還有一個線索：梳頭。女僕一邊為夫人梳頭，一邊多次提及老鴇總是攻擊別人的腦袋，雖屬巧合，多少會讓夫人感到不安，尤其夫人被梳子弄疼時，潛意識或許感覺受到威脅。再者，女僕照顧布蘭查德夫人起居，除了梳頭，想必包含其他事項。故事裡施法儀式所需道具——頭

髮、粉撲、指甲等等——女僕爾後若想下手，夫人的貼身物品唾手可得……倘若夫人聯想至此，恐怕會毛骨悚然。

……布蘭查德夫人蓋上香水瓶，輕柔的咔嚓：
「嗯，後來呢？」

此段描述顯示夫人一方面甚是好奇，急著知道魔咒是否有效，但另一方面，根據她小心翼翼蓋上香水瓶的舉動研判——和她之前在洗衣女工面前口無遮攔的行徑反差極大——或可解讀為：夫人不但聽得入迷，也於不覺中被女僕震懾了。

故事外的故事

以上分析提到兩個互為呼應的組合：

老鴇 —— 女孩
夫人 —— 女僕

還有一個組合值得玩味，存在於女僕的故事以外的「故事」，也就是小說本身：

作者 —— 讀者

和前兩組合一樣，作者與讀者的權力關係並不對等。作者知道的比讀者多，但她只選擇透露部分，女僕或女主人是何個性，讀者只能根據有限的線索意會。然而，作者對讀者不存敵意，只不過跟我們玩著文

學遊戲：透露三分，剩下七分由讀者填補。

　　首先，作者故意讓讀者感到錯愕，因為小說以「還有，相信我，布蘭查德夫人……」開場有點莫名其妙，既未鋪陳場景，亦不交代人物關係，就這麼讓讀者一頭栽進敘述之中。更糟的是，作者沒依循格式，以致有時我們分不清誰在說話。小說裡有個旁觀的敘述者，這個超然的敘述者置身於女僕與夫人的故事之外，和兩位人物有所區隔，但讀者只在兩個時刻感受他（她）的存在，每一次都和夫人的反應有關。如此安排無非是讓讀者沉浸於女僕的故事之中，正如布蘭查德夫人的投入是一樣的。然而，敘述者突兀的穿插造成讀者錯愕，也同時拉開讀者的視野，意識到不能以布蘭查德夫人的角度，消極地接收女僕的故事。

　　錯愕拉開距離，距離導向反思。

　　我們發覺故事（妓女戶事件）之中還有故事（女僕的心理戰），而且故事之外更有個故事：作者企圖呈現的情境。關於魔法：妓女戶的世界裡，老鴇和廚師都相信女孩乖乖返回是因為魔法奏效；同時在布蘭查德夫人寢室的時空，女僕和夫人也以為魔法發威了。但就身處故事之外的讀者而言，所謂魔法只是迷信。女孩之所以返回乃因無處可逃。換言之，真正的「魔法」是社會結構：老鴇不但買通了警方且四處埋伏眼線，布下天羅地網致使女孩無路可走，即使她想從良、找一份苦工賺錢，在那共犯結構下顯然困難重重。女孩是被制度打敗的，和「魔法」一點關係也沒。

話術之為魔法

　　再來是話術。

　　〈魔法〉充分展現說話的藝術。話術即魔法，而施展高超技巧的

人正是女僕。進入故事主題之前，女僕先讓夫人卸下心防，強調她慶幸有這份美好的工作——「還有，相信我，布蘭查德夫人，我喜歡跟著妳和你們一家人因為這兒很平靜，什麼都好……」。表面意思是，小的心中只有感激。接著，她的轉折極其巧妙，從無意間聽到夫人嚷嚷的魔法巧妙導入她曾見識的魔法，感覺順理成章，不著痕跡。過程裡，女僕不斷將夫人帶進話題之中：

或許妳沒聽過花間是吧？

這個嘛，夫人，我一向是有活幹的地方就幹活……

還看到很多事情，妳不會相信的事情，我不好意思跟妳說……

也請妳別怪我，只是那天……

也請妳別怪我，只是那天我不小心聽到妳跟洗衣女工說……

而且，妳要知道，她和花間的媽媽桑合不來……

這是買賣，你知道，就像其他買賣——

可是呢，媽媽桑裝蒜，說女孩只給她那麼多工錢，妳懂吧……

以上都是女僕試圖將夫人融入情境之中的手段，有時意在拉攏、增加

夫人的參與感，有時則是打預防針，好使夫人卸下心防。述說過程裡，女僕四次恭敬地尊稱「布蘭查德夫人」：

> 還有，相信我，布蘭查德夫人，我喜歡跟著妳和你們一家人……

> 天啊，布蘭查德夫人，有時場面真的是有夠混亂……

> 抬起膝蓋，拚死命地狠踢女孩的肚子，甚至最隱祕的地方，布蘭查德夫人……

> 接著呢，布蘭查德夫人，如果你想聽的話……

陳小明，該倒垃圾了

　　平常我們和熟識的人面對面說話，可會直喚對方的名字？一般不會；應該說很少，除非我們想強調某個重點。有時候，當面叫喚名字是希望對方仔細聽好。假設有一對夫妻，小明和阿珍。阿珍跟小明說：

> 「別忘了倒垃圾。」

沒有問題，只是善意提醒。要是她說：

> 「小明，別忘了倒垃圾。」

此為帶著強調的提醒，不是今天的垃圾特臭，就是小明經常忘了倒垃圾。倘若她說：

「陳小明，別忘了倒垃圾。」

這是警告，顯然小明前科累累，老是忘了倒垃圾。針對「別忘了倒垃圾」，要是小明回答：

「妳去倒啦。」

這是犯懶，看看能否賴掉一回。如果他說：

「阿珍，換妳倒一次了吧。」

此為抗議，強調「怎麼老是我倒」。如果他說：

「簡阿珍，換妳倒一次了吧。」

分明是攤牌，小明已忍無可忍。在這種情況，稱名道姓通常帶著指責或反抗之意。面對此類話術，小孩和大人一樣敏感。假設小明與阿珍有個小孩叫大魏，當這孩子聽到：

「陳大魏，手遊可以停了吧。」

他自然明白事態嚴重，最好乖乖聽話。

然而有時候，呼喚對方的名字是為了拉近距離：

「阿珍，妳今天可以倒垃圾嗎？」

語氣親切，帶著討好意味。同樣地，女僕述說故事時多次尊稱「布蘭查德夫人」，且皆穿插於句子之中（以免過於明顯），不但是為了拉近距離，也為了發揮「催眠」效果，好讓夫人掉入故事的邏輯而不至懷疑她意有所指。如果夫人事後感受「底層人物不無反抗之心，老娘得小心對付」，應是受故事魔力感染，而非源自明晃晃的威脅。女僕唯一穿幫那次，就是過於入戲而用力過猛才招致夫人埋怨，所幸後者已著迷於故事而不做他想。無論如何，女僕絕對是話術高手，充分發揮語言魔法。

同時，對讀者而言，作者也是高手。這篇〈魔法〉不著痕跡地施展文學魔法、語言的藝術，透過隱性後設結構呈現女僕的修辭技巧之餘，間接透露作者的文學觀：語言呈現的方式和其內容一樣重要。

這就是修辭。

主要參考書籍

Phelan, James. *Narrative as Rhetoric*. Columbus: Ohio State UP, 1996.

22. 透明與神祕

　　語言本身不會影響一個人的世界觀，但世界觀當然可以透過語言呈現。除了表達的內容以外，使用的方式也能間接透露獨特的文化或觀點。

　　奧爾巴赫（Erich Auerbach）為猶太裔德國語文學者，鑽研羅曼語族（Romance language，屬印歐語系拉丁文一支）。對奧爾巴赫那一代傑出的學者而言，語文學（philology）不光是研究詞語起源，它更重要的任務是從歷史與比較的視野詮釋文獻（文學作品、編年史、布道書、隨筆），所涉層面包括貨幣學、碑銘研究、修辭、律法，乃至於文學觀等等。二次大戰前幾年，奧爾巴赫被納粹驅離德國而流亡土耳其。

　　在那期間，奧爾巴赫根據有限資料於 1946 年完成《模仿論》這部經典。作者關照的範圍從荷馬史詩、《舊約聖經》，到文藝復興時期、十七、八世紀文學，一直到二十世紀意識流作家如普魯斯特、吳爾芙，為讀者勾勒西方文學敘述手法兩千多年來的演變。書中，最為人稱頌者即首章〈奧德修斯的傷疤〉（"Odysseus' Scar"）。

傷疤怎麼來的？

　　話說聰明睿智、詭計多端的伊薩卡（Ithaca）國王奧德修斯，花了十年打下特洛伊城（Troy）之後，又歷經十年艱苦才回到故土。當

時，一些野心分子正密謀殺死王子、娶下王后，以便取代奧德修斯、成為國王。這一切，偽裝成流浪漢的奧德修斯看在眼裡，但按兵不動。

《奧德賽》（Odyssey）第19書寫道，落魄的奧德修斯受王后收留，並由奶媽為他清洗：

> 老婦取來光亮的水鍋，用來為他洗腳，注入很多冷水，再加溫水。

奧德修斯心知不妙：

> 但奧德修斯於爐邊角落一坐，便立刻轉向暗處，只因他心中隨即有不祥預感，當她碰觸他，一旦注意到腳上的傷疤，真相自然大白。

正如他所料：

> 她走近主人身邊，動手盥洗，立刻認出那道疤痕，多年前一隻野豬以其白亮獠牙撕裂的傷口，當奧德修斯造訪……

緊張時刻，荷馬卻突然插入一段很長的枝節，陳述奧德修斯名字的由來，以及年輕時造訪外祖父時的經歷。這段插曲可非 "By the way"（順帶一提），而是面面俱到、鉅細靡遺：外祖父是怎樣的人、外祖父如何為他喜愛的外孫命名、奧德修斯年長後參加外祖父家族狩獵與其驚心動魄的過程、奧德修斯意外受傷的經過等等。

拖延許久之後，故事才重回高潮那刻：

> 這傷疤，老婦抓住腿腳於手心時一摸便知，以致鬆脫雙手，

> 腳丫掉入水裡，撞響銅盆，使其傾斜一側，水濺出於地面。
> 然後奶媽悲喜交加，雙眼熱淚盈眶，喉嚨哽塞斷續。她摸
> 著奧德修斯的下頷，說道：「錯不了，心愛的孩子，你確
> 是奧德修斯，而我先前不知，直到我摸到主人的身體。」

說罷，奶媽看向王后，但後者正想著別的事，才要開口讓女主人知道她親愛的丈夫已在身旁時，卻被奧德修斯制止。

　　如此關鍵時刻的離題（digression）於荷馬史詩屢見不鮮——例如酣戰之際名劍出鞘，敘述轉而以悠哉的節奏交代名劍的來歷。如何詮釋這個特色，是奧爾巴赫關心的課題。對現代讀者來說，它營造懸疑的伎倆。奧爾巴赫認為這個解釋說得過去，但並未觸及核心。荷馬史詩的懸疑成分少量輕微，我們找不到任何企圖緊緊扣住讀者心弦的設計。離題不是用來吊胃口，反而是為了鬆弛張力。奧德修斯傷疤從何而來，本身便值得描述，因此荷馬沒有遺漏任何細節——包括狩獵前那頓引人垂涎的全羊大餐——好讓讀者暫時忘卻眼前的危機。如此一來，倒敘的往事成了前景，而當下洗腳的畫面反成了背景。

　　浪漫主義時期，歌德與席勒注意到這個特點。於信件往返裡，兩人論及荷馬史詩「延滯的成分」（retarding element），以及敘事時而往前推進、時而往後回溯的方式，與悲劇風格大相逕庭。悲劇形式是一路挺進、累積懸疑和張力，最後於高潮爆發，但荷馬說故事的方式不是為終極高潮而服務，而是讓每一個插曲都能依其性質得以充分展現。歌德與席勒一致認為此為史詩的通則，但奧爾巴赫不以為然，因為歷史上其他重要史詩作品，無論是古代或現代，少有「延滯的成分」。奧爾巴赫認為，此為荷馬史詩獨有特色。而且，他說，荷馬以這種方式說故事和美學考量無關，其真正的目的在於讓所述的事件清晰可見，而不是半隱於幽冥之中或半藏於表象之內。

全都攤在陽光下

荷馬風格的基本衝動是：讓所述現象全然外顯，賦予它們具體形式；每一部分都可看見並可觸知，且彼此之間有著鎖定的時空關係。這個原則不只適用於時空描述，也同時展現於人物心理鋪陳：荷馬的人物知無不言、言無不盡，沒有對他人講的，留待跟自己獨白，讀者因此能全面掌握。「很多恐怖情事發生在荷馬詩篇，但絕少發生於無言之中。」奧德修斯追殺奪妻的野心分子時，仍不忘喋喋不休。同樣地，特洛伊戰爭裡，赫克托爾（Hector）與阿基里斯（Achilles）決戰之前與之後也依然唇槍舌戰、有來有回，毫不因情緒激動或熱血沸騰而結結巴巴、語無倫次。

奧爾巴赫認為荷馬的天才在於儘管故事忽進忽退、不時離題，他敘述的方式一氣呵成，猶如無縫接軌，毫無跳脫或更換視野的感覺。我們來看敘述如何從「洗腳」轉到「傷疤」：

> 她走近主人身邊，動手盥洗，立刻認出那道疤痕，<u>多年前一隻野豬以其白亮獠牙撕裂的傷口</u>，當奧德修斯來到帕納索斯，訪見奧托魯科斯和他的孩兒，前者是他母親高貴的父親，比誰都精於狡詐、發咒。神明赫密士親自傳授他技法，奧托魯科斯不時焚祭，為祂獻上羊羔和小山羊的腿腱，使神明心裡舒爽，有求必應。

就在奶媽認出主人的傷疤那當口，荷馬以逗點引進相關子句（「多年前一隻野豬以其白亮獠牙撕裂的傷口」）讓故事「滑入」多年前的事件，述說起奧德修斯到外公家的往事，提到神明赫密士時則以句點另起爐灶，名正言順地轉換時空，先將焦點挪至外公，再一步步描述奧

德修斯及長後受傷的經過。這段插曲篇幅不短且獨立存在，因此不算功能性交代。最後，故事說到奧德修斯傷癒後，外公將他送回父母身邊：

> 父親和尊貴的母親滿心歡喜，眼見他的歸來，問他發生的一切，為何受傷，而他據實以告，說他狩獵時如何被一隻野豬以雪白獠牙攻擊，於帕納索斯時和奧托魯科斯和他的孩兒一起。這傷疤，老婦抓住腿腳於手心時一摸便知，以致鬆脫雙手，腳丫掉入水裡，撞響銅盆，使其傾斜一側，水濺出於地面。

完整描述往事之後，荷馬順勢提到「瘡疤」以及奶媽的反應，就這麼無縫接軌地回到「洗腳」現場。值得注意的是，荷馬回到過去時空時，並不以「這時奧德修斯憶及」或「話說那個傷疤」開場，因此傷疤事件不是回顧，而是嶄新且獨立的故事。奧爾巴赫指出，荷馬的敘述並無前景、背景之分：每個事件都是前景，每一段敘述都有即時感。

　　金庸小說常見類似手法。隨便舉個例子，《神鵰俠侶》第六回〈玉女心經〉，楊過與小龍女逃離古墓時有這麼一段：

> 行了一陣，小龍女摸著一塊石壁，低聲道：「她們就在裡面，我一將師姊引開，你便從西北角傷門衝出。洪凌波若是追你，你就用玉蜂針傷她。」楊過心亂如麻，點頭答應。
>
> 玉蜂針是古墓派的獨門暗器，林朝英當年有兩件最厲害的暗器，一是冰魄銀針，另一就是玉蜂針。這玉蜂針乃是細如毛髮的金針，六成黃金、四成精鋼，以玉蜂尾刺上毒液煉過，雖然細小，但因黃金沉重，擲出時仍可及遠。只是

> 這暗器太過陰毒，林朝英自來極少使用，中年後武功出神
> 入化，更加不須用此暗器。小龍女的師父因李莫愁不肯立
> 誓永居古墓以承衣缽，傳了她冰魄銀針後，玉蜂針的功夫
> 就沒傳授。

> 小龍女凝神片刻，按動石壁機括，軋軋聲響，石壁緩緩向
> 左移開。她雙綢帶立即揮出，左攻李莫愁，右攻洪凌波……

關於玉蜂針的來歷，金庸的作法是另起段落描述，交代完畢後，再新
起段落，接續之前被打斷的戲劇動作。但在荷馬史詩看不到如此明顯
區隔，而是讓敘述不著痕跡地穿梭於當下與過往。

老爸，獻祭的羊羔在哪？

如果拿荷馬史詩和《舊約聖經》相比，奧爾巴赫說，荷馬的天才
更加顯著：

> 自此以後，神試驗亞伯拉罕，對他說：「亞伯拉罕。」他
> 回答：「我在這裡。」神說：「帶著你的兒子，就是你所
> 愛的獨生子以撒，到摩利亞，在我所要指示你的一座山上，
> 把他獻為燔祭。」亞伯拉罕清早起來，預備好了驢，帶著
> 兩個童僕和自己的兒子以撒，也劈好燔祭用的柴，便起程
> 前往神指示的地方。第三日，亞伯拉罕舉目觀望，遠遠看
> 見那地方。亞伯拉罕對他的童僕說：「你們和驢留在這，
> 我與孩子要到那邊敬拜，然後回到你們這裡來。」亞伯拉
> 罕把燔祭的柴，放在他兒子以撒的身上，自己手裡拿著火
> 與刀。他們二人一起向前走的時候，以撒問他父親亞伯拉

罕說：「爸爸。」亞伯拉罕回答：「我兒，我在這裡。」以撒說：「你看，火與柴都有了，可是燔祭的羊羔在哪呢？」亞伯拉罕回答：「我兒，神必親自預備燔祭的羊羔。」於是二人繼續一起前行。他們到了神指示的地方，亞伯拉罕就在那裡築了一座祭壇，擺好了柴，捆綁了自己的兒子以撒，就把他放在祭壇的柴上。亞伯拉罕伸手拿刀，要殺他的兒子。

奧爾巴赫提出一連串所有第一次接觸這段文字的讀者都會感到好奇的問題。神出聲時在哪裡？祂是否現身？有具體形象嗎？亞伯拉罕（Abraham）答「我在這裡」，「這裡」是指哪裡？在郊外或城裡？室內或室外？神為何要試驗亞伯拉罕？亞伯拉罕聽到神的殘酷要求，心裡有何反應？錯愕？驚嚇？反抗？難道一點掙扎也沒嗎？還有，神要他前往摩利亞某一座山的某處執行燔祭，指的是哪座山的哪一處？

這些提問，我們只有一個答案：不知道。敘述有太多空白——無論是時空交代或是人物心理層次——與荷馬史詩大異其趣。宙斯長什麼模樣、穿什麼衣服、心裡想著什麼、為何要懲罰某人、在某地出現之前去了何處等等皆詳盡交代。相較之下，聖經裡的上帝就是神祕。

其他描述一樣陽春，我們只知隔天一大早亞伯拉罕便已上路。時間的指涉一方面交代時序，但較像是為了表彰他對神的忠誠，毫無怠慢之心。我們只知旅程花了三天，但期間發生了哪些細節則一片空白，唯一的動作是亞伯拉罕抬頭遠望，看到神指示的地點——這個空間實際在哪並不重要，而是上升的地勢暗示它的崇高。這三天旅程，奧爾巴赫說，彷彿發生於真空，就象徵層次而言，進一步強調亞伯拉罕的決心。接著，第三個主要人物以撒（Isaac）現身了。我們只知他是亞伯拉罕鍾愛的獨子，但不知其樣貌或個性。相形之下，荷馬筆下主要人物各個神采飛揚，躍然紙上。

至於《聖經》裡的對白：

> 神：亞伯拉罕。
>
> 亞伯拉罕：我在這裡。
>
> 神：帶著你的兒子，就是你所愛的獨生子以撒，到摩利亞，在我所要指示你的一座山上，把他獻為燔祭。
>
> 以撒：爸爸。
>
> 亞伯拉罕：我兒，我在這裡。
>
> 以撒：你看，火與柴都有了，可是燔祭的羊羔在哪呢？
>
> 亞伯拉罕：我兒，神必親自預備燔祭的羊羔。

荷馬人物之間交談是為了表露內在，然而以上對話卻意在顯示「沒有說出來的心思」。神給亞伯拉罕指令，但沒說出理由；亞伯拉罕接受指令但沒說出感想。以撒斗膽詢問老爸，沒有羔羊如何燔祭，後者只回答上帝已有準備。亞伯拉罕心裡想的是「我兒，你就是羔羊」，卻沒料到正要動手時天使降臨，且身旁奇蹟般多出一隻羔羊。

兩種基本風格

就敘述風格而言，奧爾巴赫說，我們無法想像其他作品如荷馬史詩與《舊約聖經》有著如此巨大差異：

> 荷馬史詩：外顯、清楚描述所有情境、時間地點明確、事件之間緊密相連而無間隙、所有事件皆以前景呈現、充分表達思緒與情感、從容且悠閒地述

說事件而少有懸疑感。

舊約聖經：只依敘述意圖所需外顯局部，其餘則隱於晦暗
之中；只強調事件裡幾個關鍵時刻，它們之間
的過程則略而不提；思緒與情感未得表露，只
以沉默或碎片的對白呈現；時空並不明確；全
篇瀰漫未得緩和的懸疑感，朝著單一目標邁進
（因此更具統一性），維持一貫神祕感並「充
滿背景」（fraught with background）。

關於前景與背景，奧爾巴赫進一步說明。荷馬史詩的時空雖前後跳
躍，但是於敘述當下，那個事件是「唯一的現在」，而不是透過某
個人物的回憶或聯想，因此沒有視野變換的感覺。反觀聖經人物則充
滿背景。上帝雖無所不在卻深不可測。至於亞伯拉罕，原本游牧於哈
蘭一帶，遵從神的指示後遷移至迦南地。成家多年苦無子嗣，75 歲
時承上帝許諾將多子多孫，但於 99 歲高齡方喜獲一子以撒。當神指
示他以獨子做為獻祭羔羊，我們可以想像亞伯拉罕心中多麼震撼與不
解。因此，他沉默的順從是多層次的，是有背景的。如此問題重重的
心理情境在荷馬的英雄身上看不到。他們的命運早已註定，「每天早
上醒來猶如生命中的第一天：他們的情感儘管強烈，既單純又可立即
抒發」。

　　荷馬詩篇在心智與文字句法上已高度發展，但人物刻畫則相對扁
平，且和現實世界比起來，單純許多。荷馬構築的世界以追求肉體存
在的喜悅為最高目標。這個世界自給自足，用不著依附於真實世界。
而且，荷馬史詩既不隱藏密碼，也不夾帶任何訓誨。我們可以分析荷
馬，但用不著詮釋。

　　《聖經》則不同，其目的不是使讀者沉浸其中，所有的感官描述

只為具體呈現道德與宗教信念。《聖經》的敘述者關心的不是寫實，而是真理。我們可以質疑特洛伊戰爭是否真的發生，但你若質疑亞伯拉罕的虔誠，那是你的悲哀。因此，《聖經》傳達的真理既迫切且霸道，摒退其他版本，這就是它的專制性：所有插曲都為這個中心思想服務。荷馬詩篇的敘述具延展性，但《聖經》裡故事與故事之間並無因果關係。可以這麼說，荷馬的統一性是水平的（由時序或情節之間的關聯串起），《聖經》的統一性是垂直的（所有各自獨立的故事皆以中心思想為核心）。

如果說荷馬是為了使讀者忘卻現實，一味地浸淫於傳奇夢幻之中，《聖經》則是要我們克服現實：「我們應將自己的生活融入它的世界，讓自己成為普遍歷史結構裡的要素。」正因如此，《聖經》亟需詮釋。在那看似單純、極簡的敘述底下串流著一股深沉的真理。荷馬透明而《聖經》神祕，後者的神祕需經解譯才得以理解。上帝之為「隱密之神」且《聖經》人物充滿背景，唯有透過詮釋才能理解祂的作為與人物的反應。然而，詮釋因時空轉移而有所不同，尤其當現實世界愈趨世俗，即中古世紀之後，詮釋的任務益發艱鉅了。

奧爾巴赫認為荷馬與《聖經》代表兩種基本敘事模式，孕育了之後西方文學以文字再現人生的手法，其影響力一直延續到我們所熟悉的現代小說。同時，我們也在現代小說見識自十九世紀以降，作家揉合並改變兩種基本模式，創造呼應時代精神的作品。

感官即心理

現以喬伊斯（James Joyce）著名短篇小說〈阿拉比〉（"Araby"）為例，簡單說明西方寫實主義小說的特色。

故事由「我」娓娓道來，回憶年幼時初戀以及為了暗戀對象踏上

冒險旅程，打算從阿拉比市集帶回一份禮物給她。「阿拉比」這個名字十足異國情調，令他遐想聯翩，尚未出發前便幻想自己為守護聖杯的騎士，猶如十字軍東征深入異教徒世界。然而，好不容易到了那邊卻發現市集原來是商人的噱頭，裡面的店員根本不是阿拉伯人，而且滿口英國腔。幻滅之餘，他凝視眼前的黑暗，為自己的虛榮滿懷羞愧，「雙眼因極度痛苦與憤怒而灼燒」。

限於篇幅，僅分析小說最前兩段文字。同時，為了方便對照，我的譯文盡可能遵循原文語法。故事這麼開始：

> North Richmond Street, being blind, was a quiet street except at the hour when the Christian Brothers' School set the boys free. An uninhabited house of two storeys stood at the blind end, detached from its neighbours in a square ground. The other houses of the street, conscious of decent lives within them, gazed at one another with brown imperturbable faces.

> 利奇蒙北街，為死巷，平時靜悄悄除了基督教兄弟會學校男生放學時分。一幢兩層、無人居住的樓房杵在死巷盡頭，與方形廣場兩旁的鄰居分隔開來。街上其他屋舍，各自以為生活較為體面，以褐色、漠然的臉孔相互凝視。

第一段描述敘述者幼時居住環境。利奇蒙北街是一條死巷，但作者不這麼寫，而是「利奇蒙北街，為死巷」以插入子句呈現，其效果一方面看似附帶說明、可有可無，另一方面卻使得分隔的「為死巷」（being blind）顯眼起來。作者大可這麼寫：

> North Richmond Street was a blind street.（利奇蒙北街是一

條死巷。）

然而，如此便無法彰顯 "blind" 於全文的重要性。"A blind street" 即死巷，而 "blind" 只是形容詞，依附於名詞之前。相較之下：

North Richmond Street, being blind, ...

猛然一看，"being blind" 彷彿描寫某人的視力，因此不著痕跡地將一條街道擬人化了。"Blind" 既指此路不通，亦影射盲目、輕率、未加思考、視而不見、無洞見。上述指涉皆可用來形容小男孩自以為是，也同時呼應故事結尾時男孩眼前一片漆黑。

　　死巷意味沒出路，唯一逃逸路線就是離開，而男孩隻身前往市集即象徵「出走」。但為何想要出走？

　　環境滋養動機，動機促使行為。小男孩住在一個死氣沉沉的社區，所上的學校宗教氣息濃厚，想必管教嚴格。孩子們放學時，原文這麼寫：

North Richmond Street, being blind, was a quiet street except at the hour when the Christian Brothers' School <u>set the boys free</u>.

底線部分直譯即「放男孩們自由」。主詞為校方、動詞的受詞是男孩們，兩者位階一高一低，予人學童受學校「禁錮」之感。然而這些孩子是社區唯一有活力的跡象，讓安靜的周遭熱鬧起來。遺憾的是，不只社區毫無生氣，大人之間甚為疏離；抑或是，大人之間少有互動、各過各的日子才導致環境死氣沉沉。關於這點，敘述者描述公寓外觀時已暗藏評語：

街上其他屋舍，各自以為生活較為體面，以褐色、漠然的
臉孔相互凝視。

也是擬人化：房子的漠然影射屋主的漠然，自以為比鄰居高尚。褐色
並不明亮，看起來沉重，而土色建築間接形容住戶們黯淡的臉孔。
　　進入第二段：

The former tenant of our house, a priest, had died in the back
drawing-room. Air, musty from having been long enclosed,
hung in all the rooms, and the waste room behind the kitchen
was littered with old useless papers. Among these I found a few
paper-covered books, the pages of which were curled and damp:
The Abbot, by Walter Scott, *The Devout Communicant* and *The
Memoirs of Vidocq*. I liked the last best because its leaves were
yellow. The wild garden behind the house contained a central
apple-tree and a few straggling bushes under one of which
I found the late tenant's rusty bicycle-pump. He had been a
very charitable priest; in his will he had left all his money to
institutions and the furniture of his house to his sister.

我們家之前的房客，一名神父，死於屋子後方起居室。空
氣，因長期封閉而有霉味，懸掛所有房間，而廚房後的雜
物間散落一堆老舊廢紙。我在其中找到一些平裝書，書頁
蜷曲泛潮：《修道院長》、《虔誠的領聖餐者》和《維德
克回憶錄》。我最喜歡後面那本因為它的書頁都已發黃。
屋子後荒涼的花園中央有一棵蘋果樹及一些雜亂的樹叢，
在那兒底下我找到已故房客生鏽的打氣筒。他是個樂善好

施的神父；遺囑裡將所有錢財捐給一些機構，並把名下的
家具送給妹妹。

看來男孩的環境離不開宗教，不但上天主教學校，家裡還住個神父。
神父死後，後方起居室的空氣充滿霉味，「懸掛」這個動詞鮮活地傳
達濃厚窒息感。

　　不僅外面了無生趣，屋內也暮氣沉沉，然而男孩卻受其吸引，流
連其中，顯然耽溺於腐朽陳舊的氛圍。這個傾向足以解釋為何他偏好
不合時宜的傳奇故事，以致白日夢裡以中古騎士自居，並將暗戀的女
孩比作純潔無比的聖母瑪麗亞。男孩的虛榮有很多層次，其中之一即
以為自己的愛戀純屬精神層面，其實真正吸引他的是感官與肉體（夜
燈下女孩頸項雪白曲線，以及驚鴻一瞥的白色襯裙）。他曾以「褐色
的身影」形容女孩，可惜當時並未了悟對方只是自己理想化的產物，
其實和他厭惡的俗人俗物沒有不同。另一面向是他犯了大人同樣的毛
病，自以為比別人超脫，其實想要的東西同樣俗氣。

　　神父是什麼樣的人？敘述者語帶批判，但只含蓄暗示，頗有損人
不帶微詞的味道。男孩在神父房間找到的三本書都是傳奇小說，這情
況好比在一個和尚住處找到的書籍不是佛經而是古龍、金庸的武俠小
說。最後那句：

　　　　他是個樂善好施的神父；遺囑裡將所有錢財捐給一些機構，
　　　　並把名下的家具送給妹妹。

明褒實貶：神父看似愛心無限，其實所留遺產（legacy）只是物質的
東西，無涉精神感召之類的啟示。

　　既然宗教色彩如此濃密，讀到花園那個段落，很難不從蘋果樹聯
想伊甸園，進而聯想生鏽的打氣筒狀似引誘人類犯罪的蛇。然而，這

個伊甸園是現代沉淪版，荒蕪而雜亂。而神父自己，身為神的僕人，亦因內心幻滅而變得市儈。這時，回頭想想那幢無人居住的廢墟，莫非它是已然消失的上帝的居所，與其他鄰舍並無連結，遺世獨立？無論如何，故事裡宗教色彩無所不在但情操已蕩然無存，儼然宣告世俗年代已然降臨。

同樣是寫景，喬伊斯不像荷馬那樣滿足於純感官渲染。他的描述裡物質影射精神，感官的即心理的。然而他不會直說，而是利用暗示性字眼和語法側寫，好似《聖經》裡的留白。當然，《聖經》留白可非任君想像，而是定錨於基本中心思想：上帝的偉大及其神祕的安排。反觀喬伊斯作品（或現代小說），留白所暗示的意義是開放的，但憑讀者詮釋。因為開放，作者給予的線索必須精準，否則天馬行空、意義渙散。就此層面，喬伊斯的造詣堪稱一流。

人類獨有的語言是奇妙的東西，我們可以透過它創造想像世界，成就美極的文字藝術。使用語言傳達訊息和情感涉及兩個層面：什麼（WHAT）與如何（HOW）。什麼為內容，如何是方式。摸清內容與方式後，我們方能揣測 WHY：為什麼對方以某種方式表達特定內容？當我們同時理解字面意義，並感受溢出字面的餘韻時，才算接收真正的訊息。

主要參考書籍

Auerbach, Erich. *Mimesis: The Representation of Reality in Western Literature*. New Jerzy, Princeton UP, 2013.

23. 心語

心語很有意思。

我從心語的角度研究文學作品，並於戲劇創作以對白傳達人物的心語。同時，從文學到生活，我試著以心語理解周遭人事與時代趨勢。心語是通往靈魂的一面窗。

我的心語和語言學界「思想的語言」（mentalese）不同。有一種假設，叫思想的語言假設：人們透過思想語言思考。一個人說出話語之前，腦袋會先出現思想的語言。這種語言的結構和話語的結構類似：「它涵蓋某些可以組成句子的字眼；這些字眼與句子都有意義；而每一句話之所以具有意義，是因為字眼本身的意義以及它們系統性組合。」例如看到一隻鯨魚，你說出「鯨魚」之前，腦袋會先出現「鯨魚」這個思想的語言；之後腦海又冒出「哺乳動物」，於是你說「鯨魚為哺乳動物」。

這個假說引發不少爭議，但我因不覺得值得探索以致了解有限。科學家研究思考時，不得不避開情緒——表達時當下以及時間累積的情緒——因為一旦涉及捉摸不定的情緒，對於思考便難以給予科學的通用法則。同時，鑽研思考與語言關係的學者也顧不得發話的情境與脈絡，否則他們無法歸納出基本模式。然而讓我著迷的心語，除了具體話語（與文字）外，脫不出情緒（心理因素）、情境（社會因素）、脈絡（涉及個人與社會之歷史因素）等三個範疇。我透過這三個面向來理解話語的意義。

語言學家之間常見的爭議是：思考避得開語言嗎？我們非得用語

言思考不可嗎？很多語言學家，包括平克（Steven Pinker），認為沒有語言也能思考，因此我們的思考並不受限於使用的語言。這個論點可信；若非如此，無法想像原始人如何從事任何對生存有益之事。我比較感興趣的是思考和情緒的關係，但這個議題不會有科學上的解答。

人類可以完全不帶情緒地思考嗎？不可能。

情緒與思考不可分，而且感受（或用時髦術語「情動力」：affect）先於語言，甚至超越語言。在任何情境，我們說出話語前先會經歷一股湧自內心的感受。第一次看到鯨魚的人，口中的「鯨魚」和《白鯨記》船長口中的「鯨魚」勢必帶著不同的感受。女兒小時《威鯨闖天關》看了十幾遍，她看到鯨魚時說出的「鯨魚」所傳達的感受也和其他人的不同。而且，從感受到用言語說出感受中間有一段短促的過程，在那過程裡立即的感受已經剪裁、修正，以致感受不等於話語、話語不等於感受。

揣摩心語即領會感受與言說之間的裂隙。

溢出了字面

俄國心理學家維果茨基（Lev Vygotsky）為語言與思想關係研究之開創者。關於這個議題，他認為之前的努力全都白費功夫。較早的學派以為語言等於思考（我說的話語如實傳達所思所想）。既然語言和思考為同一現象，兩者之間能有什麼關係？有啥值得探究？之後的流派則將思考和語言分開來談，思考的歸思考、語言的歸語言，因此得到的結論是兩者之間只有機械式關係；也就是說，語言與思考之間只有外在關係，語言為思想的載體，如此而已。

維果茨基借用比喻批評第二種方式。例如水這個東西，如果我們

把水的元素分開來分析，會發覺氫氣是高度易燃物質，氧氣亦為助燃氣體，因此所得到結論無法解釋為何水能滅火。怎會這樣？因為氫氣或氧氣都只是水的一部分，不是它的全部，我們不能用局部來理解全部。因此，當我們把一個現象的各個元素隔開來分析，將導致所得到的個別特色無法解釋整體功能。水的例子裡，局部和整體分開來看甚至相違背。維果茨基認為語言和思想不是同一個現象，但兩者之間有內在關聯，不應分開來看。話語交流裡，字義（the word meaning）是不容忽視的第三元素：唯有考量字義，我才能選擇適當的文字表達心思，唯有透過字義你才能理解我想表達的內容。

維果茨基的論點只能就此打住，因為他對字義的解釋和我想談的心語無關。人與人之間，共識來自字義，歧義也來自字義。一個字的意思不是釘死的；光是「正義」（justice）代表什麼便值得寫一本書，即便我讀完相關書籍，仍舊無法給個毫無爭議的定義。好吧，不談抽象概念，舉個簡單例子：

　　「吃蘋果吧。」

友人對我說。我要嘛聽他的，吃下蘋果，要嘛不予理會，不吃蘋果。「吃蘋果」能產生什麼交流上的歧義？不一定。假如他一邊切蘋果一邊要我吃蘋果，我理應解讀為單純的邀請。假如我們之前討論電腦，我說我用的是微軟，他不以為然，堅持 Mac 才夠專業，請我吃蘋果可能是希望我換電腦吧。或者，假設我們之前在討論犯罪而我有點猶豫，他說「吃蘋果吧」，許是暗示我該放手一搏？假設我知道他之前在蘋果注入毒液，「吃蘋果吧」有點恐怖了。

日常互動裡，意義不只是字典上的意思，必須考慮多重因素：

　　1. 說話的內容與方式。

2. 說話時的眼神、手勢及其他肢體語言。

3. 當下心境（自己與對方）。

4. 發話場合與當下氛圍。

5. 之前的話題。

6. 兩人的關係，之間的歷史。

7. 兩人各自的遭遇。

8. 兩人個性與人生態度。

9. 兩人各自對語言的敏感程度。

看起來好複雜，然而再自然不過，你我（包括小孩）一直在多重因素考量下與別人周旋。我想說的是，日常對話中所謂意義，總是溢出字面指涉的意思。

　　且看一段對話，出自美國劇作家馬梅特（David Mamet）極短篇〈生意人〉（"Businessmen"），場景為飛機上鄰座兩名男性商人閒聊。以下標點遵照原文，表示加強語氣之斜體字亦然；又，語助虛詞不易翻得準確，且以原文標示：

> 灰先生：……沒錯沒錯，我們去過那家！
>
> 黑先生：你們覺得如何？
>
> 灰先生：Well…
>
> 黑先生：你們點了什麼？
>
> 灰先生：我們點了魚。
>
> 黑先生：我們從來不點魚。
>
> 灰先生：不好吃。（停頓。）
>
> 黑先生：不好吃？
>
> 灰先生：不，一點也不。
>
> 黑先生：我們從來不點魚的。

灰先生：不好吃。

黑先生：是麼？

灰先生：不。（停頓）可能是那晚。

黑先生：Uh-huh.

灰先生：很難說。（停頓）

黑先生：我們每次去都很享受。

灰先生：當然，當然。不。（停頓。）氛圍很好。酒呢，
酒很棒……

黑先生：Uh-huh.

灰先生：不。（停頓）我們應該再去一次。

黑先生：你們應該的。

灰先生：不。我想我們應該。

黑先生：很可能是那天晚上。

灰先生：沒錯。非常非常可能或許是。（停頓。）

黑先生：你們點什麼魚？

灰先生：比目魚。

黑先生：Mm. 什麼醬汁？

灰先生：是的。加了些白酒的醬汁。

黑先生：Uh-huh.

灰先生：你知道吧……黃黃的醬汁。

黑先生：Uh-huh.

灰先生：不。我確定是魚出了問題。（點頭。）新鮮的魚……
（搖頭。）很難說。（停頓。）不。我當兵的時
候有一連全都吃壞了肚子。

黑先生：魚不新鮮？

灰先生：Uh-huh.

黑先生：是喔？

灰先生：魚湯。

黑先生：Uh-huh. 我猜也是。

灰先生：病得像狗一樣。

黑先生：在哪？

灰先生：薛來頓軍營。

黑先生：Uh-huh.

灰先生：芝加哥郊外。

黑先生：Uh-huh.（停頓。）

灰先生：病得像狗一樣。（停頓。）

黑先生：你們那一連？

灰先生：不是。不是，謝天謝地。（停頓。）

黑先生：Mmm.（停頓。）

灰先生：我蠻懷念那個。

黑先生：Uh-huh.

灰先生：我想我唯一懷念就那個。

黑先生：Uh-huh.

灰先生：你當過兵嗎？

黑先生：沒有。

灰先生：陸海空？

黑先生：沒有。（停頓。）

灰先生：Uh-huh. Uh-huh.（停頓。）那時週末放假就往芝
　　　　加哥跑。

黑先生：Uh-huh.

灰先生：那在鬧得翻天覆地。

黑先生：在芝加哥。

灰先生：Well, yeah. 基地離鬧區不過一小時車程，eh？薛
　　　　來頓軍營。

黑先生：Uh-huh.

灰先生：（冥想地）沒錯。（停頓。）有一家辣味肉豆小吃店在那，對面，就公車站附近的小角落，在，在那個角落……Clark 和 Lake 街交接的角落。捷運高架底下。（停頓。）

黑先生：Uh-huh.

灰先生：*超棒的辣味肉豆。*（停頓。）*超棒的辣味肉豆。*（停頓。）*咖啡好喝。*（停頓。）*天啊，真好喝，冷天裡。*（停頓。）*在那些冰冷的冬天裡。*（停頓。）*我還能感覺那味道。我們會坐著，坐在窗邊，熱氣騰騰的。抽菸。*（停頓。）*看著窗外。在高架底下……*（停頓。）*熱氣騰騰的……*（停頓。）Well，我最好辦點公事了（拿出筆記本和鉛筆。）

黑先生：是啊，我也是。

灰先生：你回家嗎？

黑先生：不，出差。（停頓。）你呢？

灰先生：回家。

黑先生：真好。

兩個人物都是男性，也同為生意人。馬梅特的戲劇世界，男人加生意人，無異好強加好強。他們有個習性，不只想要在商場打敗競爭對手，日常互動亦同樣好戰。至少這是我的經驗：當你述說一個驚悚的見聞；他們會回以另一個更驚悚的見聞；當你分享一段痛苦的經歷，他會回敬你一段更悲慘的經歷。男人不服輸，連不幸也要比賽，而生意人只想贏。君不見開車迷路時，總是女性提議向人問路，偏偏男人抵死不從；君不見大半是女人認為需要心靈成長，而很少男人覺得他需要學習。

劇中兩人互不相識，只是閒聊。話題來到一家餐廳，顯然高檔等級，在芝加哥享有名氣。灰先生很興奮，連說兩次「沒錯」，提到餐廳時刻意加強語氣。黑先生問他食物如何，灰先生有點遲疑，看來沒想像中美好。灰先生說他們點的主菜是魚，黑先生馬上說「我們從來不點魚」，之後再次重複，顯然暗指對方外行，那家名店的特色不在海產。這時灰先生已居下風，想找個下台階，於是說可能是那天運氣不好（主廚生病、失手或鬧脾氣等等），不是他不諳門路。但黑先生不放過他：「我們每次去都很享受」，這句話力道夠猛，使得灰先生更顯頹勢，只能重複說「當然」，並支支吾吾地提及餐廳的氛圍和紅酒。接著：

> 灰先生：不。（停頓）不，我們應該再去一次。
> 黑先生：你們應該的。
> 灰先生：不。我想我們應該。
> 黑先生：很可能是那天晚上。
> 灰先生：沒錯。非常非常可能或許是。（停頓。）

灰先生所說的前兩句都是肯定形式，為何皆以否定（「不」）起頭？或許是他說話的習慣，常以「不」為發語詞，但較為可能的情況應是他陷入窘境時的防禦性反應。兩次的「不」似乎顯示他「既認輸又不願認輸」的心情。這時，黑先生給他下台階——「很可能是那天晚上」——灰先生先明確地回答「是的」，但接著說「非常非常可能或許是」（"It very, very well could *have* been."）：兩次「非常」修飾一個假設，多少顯示灰先生已信心動搖。

接著，黑先生問對方點什麼魚。從灰先生的描述判斷，他不是老饕，形容醬汁只能說出基本的白酒及其顏色：

> 灰先生：你知道吧……黃黃的醬汁。

灰先生強調「*你知道吧*」，表面意思是「不需我多說」，心裡卻想蒙混過去，因為一時想不出道地而雅痞的描述。

一路挨打的灰先生必須轉換話題，脫離窘境，於是從餐廳的魚聯想以前當兵時讓人吃壞肚子的魚。話鋒一轉，灰先生找機會取得主導。當他提到芝加哥郊外薛來頓軍營，而黑先生只有「是麼」（Uh-huh）反應時，灰先生知道這傢伙沒聽過那個地方：

> 灰先生：我蠻懷念那個。
>
> 黑先生：Uh-huh.
>
> 灰先生：我想我唯一懷念就*那個*。
>
> 黑先生：Uh-huh.
>
> 灰先生：你當過兵嗎？
>
> 黑先生：沒有。
>
> 灰先生：陸海空？
>
> 黑先生：沒有。（停頓。）
>
> 灰先生：Uh-huh. Uh-huh.（停頓。）那時週末放假就往芝加哥跑。

「我蠻懷念那個」是高招。我們後來知道「那個」是指專賣辣味肉豆（chili）的小店，但灰先生此時只說「那個」，後來再強調一次，使得黑先生一頭霧水，只能以虛字反應。展開「反攻」之前，灰先生先搞清楚黑先生是否當過兵，確定答案之後，他以「是麼，是麼」開場。於此，他的發語助詞和黑先生軟弱無力的「是麼」不同，而是蓄勢待發，一副「換恁爸囉」口吻。

男人加當兵，macho 加 macho。每個當過兵的男人都有 macho 的

故事分享，沒當過兵的人只有聆聽與羨慕的份。灰先生提到部隊放假時在芝加哥「鬧得*天翻地覆*」，還提到寒冬在小店裡抽菸、喝咖啡的浪漫。期間，黑先生只能 Uh-huh。注意：之前黑先生也不時「是麼」，但那時他占上風，口中的「是麼」帶著質疑成分，因此具侵略性。「是麼」和其他虛字一樣用途甚廣，但看情境：有時代表同意，有時是幫襯的「繼續說」，有時只是敷衍，有時卻意味不以為然，彷彿挑釁的「你繼續掰吧」。

灰先生形容那家店面時有些間斷：

> 灰先生：有一家辣味肉豆小吃店在那，對面，就公車站附近的小角落，在，在那個角落……Clark 和 Lake 街交接的角落。捷運高架底下。

但間斷並不意味他邊說邊捏造；反而，斷句與停頓顯示他一邊進入回憶，一邊有畫面地說出那家小店的確切位置，以表確有其事，絕非瞎掰。最後，眼看已扳回一城，灰先生見好就收，以辦公事為由，終止談話，黑先生跟著表示他也需要工作，頗有鬆了一口氣的感覺。

一來一往之後，雙方平手，各有勝負。收尾時，作者來個回馬槍：

> 灰先生：你回家嗎？
> 黑先生：不，出差。（停頓。）你呢？
> 灰先生：回家。
> 黑先生：真好。

原來灰先生是外地人，正搭機返家，而黑先生是芝加哥本地人，離家出差中。先是黑先生以本地人的優勢糗了灰先生一頓，之後情境逆轉，外地人逆勢反擊。其中隱含雙重反諷：餐廳不在高檔與否，資訊

就是力量，灰先生以一家不起眼小店便可扭轉情勢。同時，外地來的灰先生以芝加哥當兵的經驗，使得本地的黑先生毫無插話的餘地。

兩人較勁的過程含蓄，事後亦不傷和氣。從心語的角度解讀，雙方「動作」頻仍，有攻有守，充分再現男性生意人本色。

沒有沒有意義的話語

心語即溢出字面的話語。說出的字眼並不全部代表內在思緒，話語既透露心中所想，亦同時隱藏心中所想。

心語不是潛台詞。

潛台詞是隱藏於字面意義底下真正想要表達的心思。潛台詞要我們往裡面挖掘、發現，讓沒有說出的心思曝光，因此找到了潛台詞便找到話語的核心意義。心語既往裡鑽亦往外擴散，在抑揚頓挫、虛字和話語瘂攣、眼神手勢之中解讀超出字義的情緒。心語不是要找到核心，而是理解情境並感受綿延不絕的餘韻。

如此看來，如何說話很重要。1980 年代起，一些美國劇作家強調言說的重要。參考底下英語俗諺：

Talk is cheap.（用講的便宜。）

Action talks, bullshit walks.（行動說話，屁話滾蛋。）

兩句皆指行動強過說話。許是受語言學者奧斯丁（J. L. Austin）「言說行動理論」（speech act theory）影響，這些劇作家紛紛主張：說話就是行動。他們尤其強調節奏，認為節奏甚於內容，因此進一步指出：怎麼說比說什麼重要；換言之，HOW 大於 WHAT。

矯枉過正。

我們來看一些生活的例子：假設開車途中於鄉間小路拋錨，我下車打開引擎蓋察看，當然看了也是白看，反正對機械一竅不通。這時有輛轎車駛近，在我停車處幾公尺後停下，駕駛下車、走過來：

> 駕駛：拋錨了嗎？
> 我：是啊。

這是最可能發生的狀況。光從字面來看，駕駛明知故問，說了一句廢話。如果我是二百五，對話或許這麼發展：

> 駕駛：拋錨了嗎？
> 我：廢話，你以為我閒著沒事車子停在鄉間小路打開引擎蓋欣賞風景嗎？

這麼一來，完全辜負駕駛的好意。從社會語言學角度來看，「拋錨了嗎」不是廢話，它表達駕駛的關切。「拋錨了嗎」怎麼說也很重要，駕駛若真有意幫忙，他不會以幸災樂禍的口吻說出。我們來看別的可能狀況：

> 駕駛：哈哈，拋錨了嗎？
> 我：你笑什麼笑！

「哈哈，拋錨了嗎」內容本身就不懷好意，不管駕駛多麼和顏悅色地說，還是會讓我覺得不舒服。何況，「哈哈，拋錨了」如何滿懷關切地表達？於此例，我們看到話語內容與說話方式相輔相成、相互影響。

她還真慢啊

　　你可能說，同樣的話語以不同方式表達會有不同效果。沒錯，例如早上出門時遇到對門鄰居：

　　　　我：早。
　　　　他：早。

極其普通的問候。若我和他之間沒有「歷史」，兩人不過是以簡單問候表示禮貌。然而，假設我和對門鄰居原本關係尚可，卻因昨晚電視開得太響而惹來對方抱怨，致使兩人之間有點不快：

　　　　我：早。
　　　　他：早。

我的「早」是為了示好，跟他早起或不早起無關。這時我的語氣不免帶著尷尬，算是間接為昨晚道歉。而鄰居說「早」的方式也會和平常不一樣，願意回我一個「早」，顯示他原諒我了。誰說內容不重要？試想以下：

　　　　我：早。
　　　　他：……

我碰到釘子了，他還在為昨晚不悅，以沉默拒絕和好。或如：

我：早。

　　他：早個屁！我昨晚沒睡好，現在已經遲到了。

回答的內容已決定節奏。以上簡單例子只想說明，內容與方式同等重要。

　　再舉一個西方現代戲劇批評史上所犯的錯誤。1940 年代後期，荒謬劇場大行其道，主要劇作家如貝克特（Beckett）、尤內斯庫（Ionesco）等以不同的方式處理對白。於此之前，傳統戲劇或寫實戲劇的對白為表露人物內心的媒介，然而到了荒謬劇場，對白已不再具備表白或溝通之功能。因此，以艾斯林（Martin Esslin）為代表的學者紛紛指出，荒謬劇場之非理性世界裡，話語已失去了意義。最著名的例子即《等待果陀》收尾對白：

　　ESTRAGON: Well, shall we go?（那麼，咱們走吧？）
　　VLADIMIR: Yes, let's go.（好，走吧。）

　　They do not move.（舞台指示：兩人不動。）

劇中兩位人物一直等待果陀到臨，或許希望他（祂？）能指點迷津，之於存在的意義或未來何去何從。不意果陀一再失約，兩人猶豫不決，於是嘴巴說「走吧」，身體卻不動。學者因此指出，話語被實際行為（不動）消弭了。如此詮釋完全曲解語言的功能：就社會語言學來說，沒有任何一句話（包括沉默）是毫無意義的：

　　我：以後再也不去 KTV 了！

結果是晚我又去了 KTV。誓言與行動相違背，不能說發出誓言這個

行動是假的或不具意義。它代表我的認知與決心，雖然不一定做得到。倘若某人對我發出一連串不成語言的噪音，顯示他以「無意義語言」表明拒絕溝通。

　　劇中兩位人物透過話語表示，該放棄了，別再等了。其中深層的意義是，咱們不該繼續依賴外界（先知／神祇）教我們怎麼過活。然而他們不動，意味內心仍有不捨，依舊抱持希望。於此，話語和行動相違背，並非意味話語被行動吃掉。反而是：話語和行動相互抗衡、拉扯，顯示人類永恆處於左右難定之間：一邊執著於追求形而上真理，另一邊不再渴望獲得真理、決心直面荒謬的存在。

　　英國劇作家邱吉爾（Caryl Churchill）名作《心之所欲》（*Heart's Desire*）具體呈現心語耐人尋味的一面。劇本這麼起頭：

> Brian: She is taking her time.
> Alice: Not really.

> 爸：她還真慢啊。
> 媽：不會啦。（王曉音譯）

人物才講完這兩句，馬上倒帶重來。

> 爸：她還真慢啊。
> 媽：不會啦。

接著再倒帶重來，但第三次重複時對白有新發展，到某一段落戛然而止後，倒帶重來。透過多次重複，以及延展段落加入的情節，情境變得複雜、多重，導致我們感受「她還真慢啊／不會啦」的心語也不同了。

劇本描述一個英國家庭，移居澳洲多年的女兒即將返回，搭乘的飛機應已落地，就等她坐地鐵回到家中。等待期間，爸媽反應不同。爸爸較為心急，媽媽老神在在。這可能和個性有關，也可能和兩人思念女兒的程度不同有關。接著爸媽開始鬥嘴，原來兩人關係緊張，或許是因為女兒即將返回，過度興奮，也可能是夫妻倆長年不和。於是：

　　　　爸：她還真慢啊。
　　　　媽：不會啦。

或可解讀為媽媽故意和爸爸唱反調：你焦急我偏裝著不焦急。正如她後來對丈夫說：女兒都35歲了，已環遊整個世界，剩下最後一哩路，你擔什麼心。爸爸的反應是：「妳怎麼可以這樣說女兒？」媽媽指出女兒已成年並沒說錯，爸爸的反應較像是：女兒好不容易回來，妳竟可以如此不關心！或許，基於某種原因，媽媽不希望女兒回來？

　　隨著不斷變奏，平行的劇情更多樣了。其中一段暗示爸爸以前曾性侵女兒（若無性侵，至少父權式的「關愛」曾給她莫大壓力），以致她多年不願返家。有此背景：

　　　　爸：她還真慢啊。
　　　　媽：不會啦。

簡單對話頓時沉重起來，流露兩人不同的心語。爸爸焦慮顯然不是擔心女兒的安危。他急著見到多年不見的女兒，為了什麼？女兒回來後，他想做什麼？希望獲得女兒原諒？抑或回到從前，繼續……？「她還真慢啊」一方面表示他急著見到女兒，卻也同時意味他害怕或不敢見到女兒。若真有亂倫情事，媽媽當時是否知悉，劇本未明白交代，只暗示她並非全被蒙在鼓裡。因此當她一派輕鬆地說「不會啦」，

或許暗示她不希望女兒回來。女兒返家不但會勾起心理愧疚，還可能帶來更多麻煩。因此，前兩句話：

> 爸：她還真慢啊。
> 媽：不會啦。

其心語或可譯為：

> 爸：她真會拖。不想回來了嗎？
> 媽：不回來最好。

全劇演練各種情境，其中一個插曲爸爸終於見到女兒，對她說「妳是我心之所欲」。這句話的心語視情境而定，可以是慈祥老爸的心聲，也可能是恐怖的表白。

對話論

心語看重節奏與脈絡，但絕不忽視內容。

沒有 WHAT 為起點，無法分析 HOW，更無法臆測 WHY。感受心語即從人際交流中體會話語與意圖之細微差別，並察覺字義之外的雜音。

關於這點，沒有人比俄國學者巴赫汀（Mikhail Bakhtin）解釋得更清楚。巴赫汀看待語言的方式和某些語言學家不同，他不贊成一味地將語言視為真空的抽象系統（如索緒爾，Ferdinand de Saussure），因為語言與使用者、人際關係、階級差異、社會情境等等息息相關。語言有血有肉，兼具物質、精神層面。

字義是死的，語意是活的。

巴赫汀提出對話論（dialogism）：每一個言說即動詞形式的對話。

光是句子與句子之間無法對話，只有人類透過語言互動才算對話。少了說話的人，句子只是句子。言說至少需要兩人，說話的人與聽話的人。因此，言說有其針對性，可能是針對站在面前的人，也可能是閱讀文字的大眾。因此，巴赫汀說，沒有針對性構不成言說。字典裡所舉的例句不具針對性，不算是言說，但街頭看板上的文字乃為吸睛而來，因此屬於言說。我太太寫給我的字條（「垃圾！」）是言說，我無意間在路上撿到的字條，對我而言不算言說，雖然之前或許是。

一般的言說皆為對話，惟威權論述（authoritative discourse）例外。根據巴赫汀，威權論述來自往昔、不受挑戰的話語，例如宗教經書（基督教《聖經》、《可蘭經》、佛經）、祖訓、國族神話，亦可廣義地包括政黨意識形態、官員致詞、教室一言堂、父母庭訓等等。威權論述往往被視為遺傳而來，不容質疑，而且「它要求我們認可它，並將它成為我們的論述⋯⋯」。

我們可以不服從威權論述，但無法和它們辯論；論述之所以威權是因為它已關掉對話之門。一個全然接受威權論述的心靈拒絕成長，而一個全然接受單一意識形態的社會亦因封閉了對話空間而無法成長。至於如何與威權周旋，以及對話論與威權論述之間的折衝與抗衡不在本文討論範圍。

我們的主題是如何理解對話、揣測心語。

對話的意義是蔓延而非內聚。分析對話不能光是關注字眼與字義，而是需要考量其他因素。就此層面，分析心語就是研究巴赫汀所指的對話。它涉及兩個互為參照的維度。一是後設語言（metalanguage），分析語言的使用方式：為何用那種方式說話、為何使用某些字眼、為何採取否定句型或倒裝句等等。另一是超語言

（translinguistics）層次，分析對話者個人心理與社會背景，以及對話情境。

巴赫汀注重言說的腔調，近似當代美國劇作家強調的節奏，但巴赫汀絕不會忽視內容。以下介紹巴赫汀所舉的例子，並加以延展以便說明清楚。

「生活美好」（"Life is good."）與「生活不美好」（"Life is not good."）是兩個句子，各自表達對人生的評價。兩者同時出現時，呈現相互否定的邏輯關係。目前雙方並無對話，可是一旦出自兩人之口（或兩篇文章）便開啟了對話。

> 甲：人生美好。
> 乙：人生不美好。

兩人對人生的詮釋相左，因立場不同而產生對話。然而對話論不是辯論，亦非辯證。辯論和辯證需要正反兩方，對話論則不一定。例如：

> 甲：人生美好。
> 乙：人生美好。

兩個言說提出同樣的評價，但依然具對話性質，因為乙方重複甲方所說，以示同意或認可的立場。

姑且發揮想像，假設以下情境：甲乙為美國歌手保羅·賽門（Paul Simon）所作《老友》曲中的人物：

> 老友，老友
> 坐在公園長椅如兩片書夾
> 一張報紙隨風飄過草坪

落在圓凸頭蓋

老友們的高筒鞋

老友，冬日伴侶，老人們

迷失於外套裡，等著日落

城市的噪音篩過樹間

止息如塵埃於老友們的肩膀

你可否想像多年於今日之後

共坐公園長椅安靜的？

好可怕的奇怪，都七十了

老友，記憶刷著同一年代

沉默分享同樣的恐懼

兩個老人彷彿那張隨風飄盪的舊報紙，而他們圓圓凸起的鞋頭蓋讓人聯想墳塚；皺縮的身軀迷失於曾經合身外套裡，如此無聲的等待黑夜降臨。突然，兩人打破寂靜：

甲：人生美好。

乙：人生美好。

有此背景之後，如此對話所表達的心語令人動容。

再假設，甲一生風平浪靜、事事如意，乙則艱苦度日且遭逢悲劇，那麼當他認同甲的評價也說「人生美好」，如此認可所傳達的心語便複雜許多。進一步想像：如果乙不是別人，而是希臘悲劇無意間弒父娶母、導致王國瘟疫四起、最終刺瞎雙目的伊底帕斯（Oedipus）。若他說「人生不美好」，這話分量十足，若他說「人生美好」可就驚人了。

當某人說「人生美好」或「人生不美好」，從整體社會與人類歷

史來看，他的言論和別人或之前的言論產生了對話。社會充滿雜音，當下與過往的雜音，因此巴赫汀認為語言從來就不是單一系統。

如果強調秩序的言論代表向心力（centripetal forces），那麼**翻攪秩序的聲音**便屬離心力（centrifugal forces）。然而，實情不如二分那麼單純。一方面，支持維持現狀的向心力內部之間雜音不斷；另一方面，那些反抗既成秩序的雜音亦不能以單一系統視之，它們之間也有衝突、爭辯與對話。簡單而言，此即巴赫汀所指「眾聲喧譁」（heteroglossia）：無論是中文、英文或其他任何語言，不存在單數的語言（language），只有多數語言（languages），因為語言總是以「多聲道」（不同風格）呈現不同立場與見解。不只一個語言如此，一個人的話語也是如此。以我為例，我的話語同樣眾聲喧譁：身為男人的語言、丈夫的語言、爸爸的語言、老師的語言、老人的語言、消費者的語言、看病時病人的語言等等。

每一個人的言說和其他論述撞擊之下，都可以是向心或離心的參照點，因此積極地參與了話語的多樣性。甚至，巴赫汀指出，任何一天或某個時代的語言，或者某個社會組織、文類或學派等等的語言，總是迅疾地來來去去。我們可試著具體詳細地分析任何言說，藉此證明語言在其表面統一底下，總是充滿矛盾與張力，總是隱含著兩種相互角力的傾向。換言之，每個言說、每一席話皆企圖表達核心思想（向心力），但因語言本身的雙面性質，其內容與腔調總不免流露背離核心思想（離心力）的蛛絲馬跡。

阿基師於記者會長達 13 分鐘的自白為絕佳範例。整段言說裡，阿基師一邊自白（「老實講」、「坦白說」）一邊隱瞞（我們沒理由相信聽到的全為事實）；一邊展現良心、一邊保護事業；一面把對方（那名女子）說得極其脆弱，一面形容她頗有擔當；一會兒責怪自己逾舉，一會兒自讚很有愛心；對方稱他為「老公」，但他不承認兩人曾有性行為，因此語言（「老公」）不等於行為；同時，又說行為（開

車進賓館）不等於行動（進入房間做愛）。

當然，阿基師是方便的例子，因為那是特殊情境下的表現，更何況當時他內心充滿矛盾。巴赫汀指的是一般情境下的言說，例如一種主義的宣言、一個組織落於文字的宗旨、牧師的布道、一本小說、一部電影、男人（女人）發表對於女人（男人）的高見，甚或是一個酒駕慣犯聲淚俱下的誓言等等。

撰寫本章期間，第95屆奧斯卡典禮發生打人事件。威爾・史密斯（Will Smith）之後的說詞（尤其那句「然而愛讓你做出瘋狂的事」）一邊自責暴力行為不可原諒，一邊暗指他情有可原；一方面高調宣揚博愛，一方面以暴力捍衛私愛。遇到類似情境，每個人都想占盡語言的便宜，邏輯翻來覆去，放大語意曖昧兩可的本質。在此情境，沒有一個當事人會抱怨語言不夠精準。

不在場的第三者

關於語言使用，存在主義哲學家沙特（Jean-Paul Sartre）寫道：

> 我所表達的「意義」總是逃離我。我從來無法確切知道它指涉我企圖指涉的……〔我對於聽者是否理解我的意思一無所知，因此〕，我建構我的語言，像是飛離出我的不完整現象。一旦我表達自己，只能猜測我表達的意義……〔與我是誰〕乃同一回事。他者總是存在、在場，並被我視為賦予語言意義的那個人。

我是怎樣的人端賴他人怎麼看我；說出的話語就看他人如何理解。然而，語言難以全然掌握，說出口的總是比意欲表達的來得多或少。而

且無法確保精確，找不到適當字眼時，權且以另一個字眼充數。因此一旦開口說話，話語和自我之間出現了裂隙，導致對自己的語言感到疏離。

巴赫汀的對話論持類似立場。「自我─他者」關係裡，我透過語言呈現自己，但一方面語言如泥鰍般滑溜，另一方面他人理解語言的能力不在我控制之內，該如何是好？

巴赫汀提出一個假設：我們跟人說話時，有沒有可能不是真的說給對方聽的？那麼，說給誰聽？說給不在場的第三者聽，「它／她／他／祂」可能是神明，可能是心愛的貓，也可能是心目中的理想聽眾（正如作家為理想讀者而寫）。隱形第三者比真正的聽眾可靠，可以完全理解我的話語。言說中，第三者是我們內心的投射，代表能夠被理解的希望。少了它，少了這份希望，自然少了言說的欲望。

對自己的話語與他人的話語感到好奇而多加玩味，即體會心語的起點，同時也是探索自我與外在世界的開端。揣摩心語有點像是成為理想的第三者，根據言說的內容與腔調領略弦外之音。

當然，態度必須謹慎、心胸得保持開放，可別像我一樣把自己搞得神經兮兮，以為字字帶刺、草木皆兵，老是在心裡嘀咕：他剛才什麼意思？

主要參考書籍

Bakhin, Mikhail. *The Dialogic Imagination*. Ed. Michael Holquist. Texas: U of Texas Press, 1981.

⋯⋯ *Problems of Dostoevsky's Poetics*. Minneapolis, U of Minnesota Press, 1884.

Hirschkop, Ken and David Shepherd. *Bakhtin and Cultural Theory*. Manchester: Manchester UP, 1989.

Morson, Gary Saul and Caryl Emerson. *Mikhail Bakhtin*. California: Stanford UP, 1990.

24. 什麼叫溝通？

　　論及功能，一般學者都說語言主要是溝通（communication）的工具，但杭士基（Noam Chomsky）不這麼認為。語言之首要功能，他說，在於支撐人類的思考程序，而且在它輔助人際溝通之前，語言已先存在：

> 我想語言重要面向之一和建立社會關係與互動有關。常常，這被形容為溝通。但此為極大誤導。溝通意味企圖讓他人理解我的意思。而這，自然地，是語言的一個用途及社會功能。但我不認為它是語言唯一的社會功能。同時，社會用途也不是語言的唯一功能。例如，語言可用於表達或釐清一個人的思考而不用顧及社會情境，如果有的話。

也就是說，語言輔助思考，而且思考和社會情境無關。我可以獨自於腦海用語言思考一件事，得到的想法尚未表達之前，不用考慮社會情境。從電視看到令人髮指的新聞，我內心跑出「媽的，該槍斃」的念頭，唯有跟太太聊起時，因不想挨罵才改口為「是的，該嚴辦」。或如，語言幫助記憶，容我整理過往經驗並寫於日記。除非是為了出版回憶錄，日記的意義即永不公開，因此不用管社會情境。（當然，以上說法避談自我早已內化社會的面向。）

　　杭士基相信人類的語言能力是天生的，因此先有語言，才有社會：語言在創造社會空間的過程裡扮演重要角色，和狹隘意義的溝通——

傳達訊息——關係不大。語言學者雷波歐（Anne Reboul）贊同此說，主張語言之所以形成主要是作為認知的工具。以上論點若站得住腳，得有個先決條件，那就是人類甫出生腦袋已有內建的語言迴路。

離不開情境

無論如何，溝通雖不是語言的唯一功能，但絕對是個重要功能。人們用語言交流時是什麼狀態？現代語言學之父索緒爾（Ferdinand de Saussure）提供一個模式：

> 甲：現在幾點？
> 乙：六點半。

甲說出話語之前，腦海有個地方將心理概念與適合的語音連結起來。例如，霍德克羅夫特（David Holdcroft）為我們解釋，當某人說「貓」以前，貓的概念已經和其對應的語音結合起來。甲說出「現在幾點」的過程涉及以下階段：

1. 甲腦海裡的概念開啟了對應的聲像（sound image），為心理過程。
2. 腦袋傳送說話的動機給發聲的器官，為心理過程。
3. 聲波傳導至乙的耳朵，純然物質過程。
4. 聲波於乙的腦袋啟動了聲像，為心理過程。
5. 聲像接著啟動乙的腦袋裡對應的概念，為心理過程。

這五個步驟只是語言溝通程序的一半，當乙回答「六點半」時，同樣

的程序完成了另一半。

看起來複雜，做起來不費吹灰之力。然而，這個模式無法涵蓋話語交流的所有面向，尤其是它輕忽了溝通涉及的理解（understanding）。學者樂福（Nigel Love）指出索緒爾的模式抽象地設定了理想狀態，但現實生活裡人際交流的情境往往不是那麼理想。所謂理想狀態，即甲乙談話時所有利於溝通的條件必須一一到位：雙方使用同一個方言，且駕馭與理解語言的能力完全相當；兩人皆無表達方面的障礙，且都有心交流，對話題同樣感興趣；以及甲乙對話題的熟悉程度一模一樣。

不用說，如此理想情境發生的機率是零。樂福以教室裡授業解惑為例，指出「理解」沒想像中容易。同樣的講解為何在學生當中產生不同程度的理解，甚至誤解？

論及使用，有些學者將語言的基本系統孤立起來，完全不考慮情境。例如，萊特福特（David Lightfoot）如此解釋，打電話時一些話語差異與個人特質讓我清楚知道誰在話筒另一端跟我通話，但我不會理會這些差異；每個人都有自己的風格，但說話時都會符合嚴格、不變的基本語法要求，而這些要求容許我們繞過差異而理解對方在講什麼。

太天真了吧。樂福認為這種立場用於分析對話，毫無幫助可言。有必要指出，樂福反對描述派（參考第 19 章），並不表示他屬於規範派（規定別人應如何使用語言），而是強調：討論話語溝通時，千變萬化的情境與脈絡不可不納入考量。樂福認同英國語言學家哈里斯（Roy Harris）的學說：

> ……我們一邊使用一邊創造語言，無論是個人或社群，正如我們創造我們的社會結構、我們的藝術表達形式、我們的道德價值，以及宏偉組合的文明之任何事物……。

為了理解這個現象，我們不應再將語言視為不變、單一巨大的結構，獨立存在且超越情境：正確的方向應是將話語現象視為溝通情境的產物。

我的想法是：言談時，基本語法確實扮演重要的規範性角色，然而涉及心理、社會、文化的分析不可能停留於基本語法。

緊急！打 119

分析話語現象時，有些學者做了以下區分：一方面是語言能力，另一層面是溝通能力。同時，當溝通失敗時，學者認為問題通常出在溝通能力，不是語言能力。關於這個區分，哈里斯認為必須思索兩個問題：

1. 如何精確界定溝通能力，使它成為有用的概念？
2. 如此二分的理論站得住腳嗎？

英國 BBC 電視台曾推出系列社教節目，教導一般民眾如何加強溝通效率，之後並發行為書籍。書裡討論的第一個假想情境是緊急報案：

接線生：緊急專線。你需要什麼服務？

泰瑞莎：我家爐子上的鍋子正在熱洋芋片而我被鎖在門外。我已經聞到煙味了。

接線生：妳打來報案的電話幾號？

泰瑞莎：什麼幾號……幾號……溫伯利社區 126 號。

接線生：電話幾號？

泰瑞莎：喔，趕快過來，快啊！

接線生：妳打來報案的電話幾號？

泰瑞莎：幾號……幾號……8……8……

接線生：88……還有呢？

泰瑞莎：不，不是88。839……9……9……

接線生：839……還有呢？

泰瑞莎：839-1925。

接線生：839-1925？

泰瑞莎：是的，是的。

接線生：不要掛斷，我為妳轉接。

對話之後，書裡附上分析：一邊是恐慌的泰瑞莎，一邊是冷淡、一副官僚口吻的接線生。當後者問及她的電話時，泰瑞莎不懂為何在此節骨眼上問她手機的門號。她家地址不是更重要嗎？「難道消防隊能透過電話滅火？」但接線生這邊必須遵守 SOP，第一步就是記下來電者的號碼。接線生沒有說明，只公事公辦地問了三次，致使恐慌的泰瑞莎更加焦慮。

從內容研判，兩人都說一口流利英語，因此溝通時產生的歧異和語言能力無關。由此可證，一般理論如是說：有效的溝通需要良好的語言基礎，但光是語言能力無法擔保溝通成功，因為另一個必要條件是溝通能力。泰瑞莎與接線生之間的問題和後者有關：泰瑞莎的困惑一方面源自她不懂 SOP，另一方面是接線生沒為她解釋。

另一個例子較值得玩味。A 君看到倫敦地鐵的廣告：

"The last train leaves later than you think."

「最後一班地鐵出發的時間比你所想的晚。」

於是投書給《泰晤士報》，寫道：

> Sir, the latest advertisement on the London Underground tells us that"The last train leaves later than you think". Why in the face of such stiff competition, has the last train been selected for special mention?

> *閣下，倫敦地鐵最近的廣告告訴我們『最後一班地鐵出發的時間比你所想的晚』。面臨如此激烈競爭，為何選擇特別提到最後一班？*

廣告原意是：你如果晚回家，不用擔心，最後一班出發的時間比你以為的晚些。但幽默的投書者假裝誤讀原意，抱怨地說：倫敦地鐵不準時乃家常便飯之事，既然遲開不時發生，何必特別告訴我們最後一班也一樣？

根據某些理論家，一個光是具備英語能力的讀者，勢必因不懂投訴的幽默而感覺困惑。然而，若此人同時具備溝通能力，應會立即抓到重點：投書者真正的怨言是倫敦地鐵很少準時出發。依此邏輯，一個英語能力只勉強過關的人，光是看到海報本身也會覺得奇怪，更遑論領略投書者的幽默了。

換個情境，以下是兩人的對話：

> 甲：最後一班地鐵是十一點半。
>
> 乙：（上網查詢後）最後一班地鐵出發的時間比你所想的晚。

乙說的和廣告所寫的一字不差，但兩者情境不同且意思也不同。哈里斯問道，為什麼人們看到廣告時知道如何正確解讀？這項能力從哪來的？有些學者因此認為，溝通能力涉及和語言無關的面向，並提出一組專屬溝通能力的生成法則（generative rules）。但哈里斯認為，再多再細的法則也無法顧及千變萬化的情境：「成功的溝通行為在情境上受制的方式無法和生產語句的方式相提並論。」也就是說，分析溝通能力不應從規則著手。

老師騙人！

第三個例子很可愛。小明第一天上學回家，快快不樂：

> 媽媽：怎麼啦，親愛的？不喜歡學校嗎？
> 小明：他們沒有給我禮物。
> 媽媽：禮物？什麼禮物？
> 小明：他們說會給我禮物。
> 媽媽：這個嘛，我確定他們沒這麼說。
> 小明：他們有！他們跟我說：「你叫陳小明，是吧？那麼先坐在那兒等禮物。」我整天坐在那兒但從來沒拿到禮物。我再也不回去了！

溝通出問題的是這句：

Teacher: Well just you sit there <u>for the present</u>.

老師：那麼先在那兒坐下。（"for the present" 於此情境意

指「這期間」、「暫且」，但 "present" 另一個意思是「禮物」，因此小明誤會，以為老師要他坐下來「等禮物」。）

提出此例的唐納孫（Margaret Donaldson）認為兩個原因導致溝通失敗。首先，小明不知道，而老師也忘了考慮他可能不知道，「學校通常不是一個得到禮物的地方」。第二個原因是小明不懂 "for the present" 這個成人之間的慣用語意指「這期間」。第一個原因和溝通能力有關，第二個和語言能力有關。換言之，老師具備語言能力，但因不察小明可能誤會，因此缺少溝通能力，而小明呢，則是既沒語言能力（聽錯了），也不具備溝通能力（誤判情境）。

　　哈里斯認為這場誤會和情境誤判一點關係也沒。即便小明對學校的期望（可以得到禮物）是正確的，他終究得不到禮物，因為老師的話語並沒有要給他禮物的意思。如此看來，問題不是溝通能力，而是小明的語言能力。然而，對從未接觸 "for the present" 用於「這期間」的小明來說，老師的意思就是「等禮物」。因此誤會的根源在於老師的語言與小明的語言之間的歧異：

"Just you sit there for the present."

解釋為「先在那兒坐下」或「在那兒坐下等禮物」皆通。怎能說是小明的錯？

　　我的想法是：這一切和小明對學校的期望無關。任何第一天上學的小孩不太可能以為學校是可以得到禮物的地方（除非爸媽亂講），他們或許期待學校很好玩，這非常合理（因為爸媽亂講）。因此小明的誤會不是溝通能力有問題。而且，就他的語言程度而言，將老師說的解讀為「在那兒坐下等禮物」正常得很，不能說他錯了。

然而，誤會的確發生。重點是：哪些是語言能力因素，哪些是溝通能力因素，分得清嗎？哈里斯認為，將語言能力和溝通能力視為不同範疇的論調問題重重。我們無法，也不應，截然二分關於語言的知識與關於世界的知識。哈里斯因此提倡「整合式」（integrational）方法論，因為：

> 現實生活裡，我們都知道，經驗無法區分一邊屬於語言、另一邊屬於非語言。兩者已整合一塊。話語並不是與情境分隔開來：它們是情境的一部分，無論就社會或心理層面而言。而且，少了那關鍵整合，我們既無法習得語言，也無法有效使用語言。同時正因為〔語言與情境的〕整合，將「溝通能力」……視為語言之外的東西……反而弄巧成拙。

「我們之間的問題是溝通失敗」

這句名言出自保羅・紐曼主演的《鐵窗喋血》（*Cool Hand Luke*）：

"What we've got here is failure to communicate."

主角路加（Luke）服刑期間不受管教，殘暴的牢頭「隊長」（Captain）動輒以酷刑伺候，但他桀驁不馴、不時找機會逃獄，有一次被逮回時，隊長對他說「我們之間的問題是溝通失敗」。

這麼說對嗎？路加不想活在宰制之下，隊長從宰制他人得到變態樂趣，兩人立場南轅北轍以致雙方對立，這和溝通失敗有什麼關係？

照隊長說法，假使路加安於坐牢的命運，兩人之間的「溝通」便算成功。隊長告訴路加把他關起來是為了他好，路加回道：「真希望你不要對我這麼好。」

教育家伯里斯（Carol Burris）以此名言為引討論美國教育界的爭議。教育改革者推動計畫時常遭老師或家長質疑，老師這邊認為針對他們的評量系統有問題，家長則覺得為期數天的評量測驗對孩子來說壓力太大。每每有人抗議，教改陣營內部先是認為，此為溝通不力的結果，因此需要進一步說明或改變修辭。然而，經過多次聽證會後仍無法平息爭議時，他們便改口道：溝通失敗。教改者最常說「長遠來說，這是為了老師（或孩子們）好」，但反對者卻希望他們不要那麼好。伯里斯指出，這不是溝通出了毛病，既然雙方已各自表明立場，何來溝通失敗？

當人們說「溝通」，他們到底在說什麼？何謂溝通成功、溝通失敗？例如我想勸某人做某事，提出一堆理由藉以誘導。假設他誤解我提出的理由卻答應去做，這算溝通成功嗎？假使他完全理解我的理由但決定不做，這算溝通失敗嗎？兩個問題的答案都：不是，除非我秉持本位主義地看待溝通。溝通的意思是互相了解立場，不是互相贊同對方的立場。然而一般人對溝通持有幻想，以為溝通的結果應是正向的，而所謂「正向」，說穿了，就是如我所願。

許是以對白為主要形式，劇作家特愛呈現「溝通障礙」，學者分析劇本也不時繞著溝通的問題打轉。以美國主流戲劇為例，舞台上「溝通失敗」的場景甚為普遍，而評論者則於紙上大肆分析其前因後果。劇作家艾爾比（Edward Albee）所著《動物園的故事》有以下對話：

> 傑瑞：待會再告訴你我為何那麼做；我很少與人交談，除
> 　　　了說：給我啤酒或廁所在哪，或者是正片哪時開始，
> 　　　或你的手放尊重點，仁兄，你知道吧，那些的事。

彼得：我必須說我不……

傑瑞：但偶爾我想跟人說話，真的說話；想了解那個人，
　　　關於他的一切。

對傑瑞而言，同時對作者而言，交談分兩種層次，一種是寒暄與閒
聊，並不真正促進人際之間的理解，另一種是說出心底事，彼此掏心
剖肺、深入交流才能達到真正的分享。另一位美國劇作家拉比（David
Rabe）透過制式的日常問候暗示疏離感：

兒：嗨，媽，嗨，爸。

媽：嗨，瑞克。

兒：嗨，媽。

爸：嗨，瑞克。

兒：嗨，爸。

爸：好吧，瑞克？

兒：很好，爸。你呢？

爸：很好。

兒：那就好。

這個段落讀起來像是初階英語課本，示範親子間該如何打招呼。但其
修辭設計——機械性、單音節字眼、單調的節奏——意在指出家庭成
員沒有真正交流。

　　如果說一般人對溝通的態度偏向本位主義，兩位劇作家則
理想化溝通，因此描寫人際互動時，心裡想的其實是心靈交融
（communion），以致賦予日常應對過於沉重的功能。我們可透過禱
告、冥想與造物者心靈交融，也可徜徉自然以臻天人合一境界，因此
當然能夠經由懇談和某人交心。

沒錯，從 communication 昇華至 communion 洗滌人心，但神奇時刻不是天天有，也不應期望它天天來。

　　日常問候或閒聊有其制式的一面，亦有身心上的療效。看似廢話連篇，但以修辭或心語的角度視之具社會意義，若沒洗滌作用，至少有麻痺效果。麻痺不一定是壞事，只有作家以為人人都該一直清醒。一直麻痺當然不好，但一直清醒可是會瘋掉的。

　　因此，我想給溝通較為平實的定義：溝通即言談，言談即溝通。人可以不書寫，但不能不說話。一旦開口說話，字眼跑了出來，內在正負能量跟著釋放，你我溝通中。

　　套用女兒的說法：We are gou-tong'ing!

主要參考書籍

Harris, Roy. *The Foundations of Linguistic Theory*. Edited by Nigel Love. New York: Routledge, 1990.

Holdcroft, David. *Saussure: Signs, System, and Arbitrariness*. Cambridge: Cambridge UP, 1991.

謝詞

　　這本書沒有王俐文與劉怡麟兩位相助無法順利完成。感謝她們不只為文稿校對，幫忙核對資料、修改語法、檢驗論述，並提供寶貴意見。

文學叢書　692

我們的語言：應用、爭議、修辭

作　　　者	紀蔚然
總 編 輯	初安民
責 任 編 輯	陳健瑜
美 術 編 輯	陳淑美
校　　　對	孫家琦　陳健瑜　紀蔚然

發 行 人	張書銘
出　　　版	INK 印刻文學生活雜誌出版股份有限公司
	新北市中和區建一路249號8樓
	電話：02-22281626
	傳真：02-22281598
	e-mail：ink.book@msa.hinet.net
網　　　址	舒讀網www.inksudu.com.tw

法 律 顧 問	巨鼎博達法律事務所
	施竣中律師
總 代 理	成陽出版股份有限公司
	電話：03-3589000（代表號）
	傳真：03-3556521
郵 政 劃 撥	19785090 印刻文學生活雜誌出版股份有限公司
印　　　刷	海王印刷事業股份有限公司

港澳總經銷	泛華發行代理有限公司
地　　　址	香港新界將軍澳工業邨駿昌街7號2樓
電　　　話	852-2798-2220
傳　　　真	852-2796-5471
網　　　址	www.gccd.com.hk

出 版 日 期	2022年 9 月 初版
ISBN	978-986-387-611-3
定價	450元

Copyright © 2022 by Chi Wei Jan
Published by INK Literary Monthly Publishing Co., Ltd.
All Rights Reserved
Printed in Taiwan

國家圖書館出版品預行編目(CIP)資料

我們的語言：應用、爭議、修辭／紀蔚然 著.
--初版. --新北市中和區：INK印刻文學, 2022. 09
面；14.8×21公分. --（文學叢書；692）
ISBN 978-986-387-611-3（平裝）
1.語言學 2.語言哲學 3.文集
800.107　　　　　　　　　111013258

舒讀網